堂場瞬一

20 ニジュウ

堂場瞬一スポーツ小説コレクション

実業之日本社

実業之日本社文庫

20 CONTENTS

1 有原の場合 その1

B
S
O

右足が攣《つ》りそうだ。

有原秀《ありはらひで》は、マウンドの後方で膝の屈伸運動を繰り返した。八回まで百二十八球……球数が多過ぎる。今まで、一試合でこれだけ投げたことがあっただろうか。

ある。もちろんある。高校の頃も、いつもこんな感じだった。とにかく球数が多く、試合が長くなる。

キャッチャーの仲本《なかもと》が、ホームプレートの後ろにしゃがみこむ。面倒臭そうに右手を挙げ、「準備ＯＫ」の合図を寄越した。それを受けてマウンドに上がってみたものの、八回までとは傾斜がまったく違って感じられたのに驚く。急に勾配がきつくなり、短い距離を「登る」感覚だった。前屈して指先でロジンバッグに触れ、ボールを一度グラブに叩きつけてから投球練習に入る。

静かだな、と思う。実際、観客も少ないし……スターズはこんなに人気のないチームだったのか、と有原は驚いていた。俺が小学生の頃は、チケットを取るのも一苦労で、一シーズンに一試合でも観られればラッキーだったのに。今日は、やっと東京スタジアムの半分が埋まっているだけじゃないか。特に外野席はがらがらで、観客が固まっているのはライト側だけ。その一角だけは、チームカラーの白が目立つ——公認応援団の定位置だ。

でも、声援はほとんどない。まあ、そうだよな、と皮肉に考える。シーズンを通じて最下位争いをしてきたチームの最終戦なんて……既に五位が確定し、二位でシーズンを終えようとしているイーグルスとの試合には、何の意味もない。わざわざ観に来ている人は、熱心なファンというより、暇潰しをしているだけじゃないか。

これが俺のプロ初先発なのにな、と思うと侘《わび》しくなる。一方で、これぐらいの観客で助かった、とほっとしてもいた。あがり性ではないが、興奮しやすい性質《たち》なのは、自分でも分かっている。満員——東京スタジアムの上限は四万二千人——のファンの視線が集中したら、舞い上がってしまうだろう。もちろん、今でも十分舞い上がっているけど。

投球練習の一球目、ボールが思い切り低目にいってしまい、仲本がショートバウンドで押さえる。投げ返す時、マスクの奥の目が凶暴に光ったようだった。脅さないで下さいよ、先輩……ボールを受け取ると、有原は右手で胸のマークの辺りを押さえ、動揺を鎮《しず》めようとした。仲本は絶対のレギュラーであり、打線でも中軸を担っている。有原にすれば、頭の上がらない大先輩だ。試合中でなくても怖い。今日、試合前のミーティングで話した時にも、自分を見る目に時折殺気が籠っているように感じて、まともに指示を覚えられなかった。この人、いつもこんな感じなんだろうか。テレビで観ていたのとは、ずいぶんイメージが違う。

二球目は、逆に高くなり過ぎた。仲本が思い切りジャンプして腕を一杯に伸ばし、辛うじてボールをミットに収める。呆れたように肩をすくめ、山なりのボールを放って寄越した。いい加減にしろよ、とでも言いたげに……有原は思わずキャップを取り、無言で謝ってしまった。頼むから怒らないで下さいよ。俺のコントロールが壊滅的なのは、もう十分分かっているでしょう。

八回までノーヒットピッチングが続いているのは、コントロールの悪さのせいかもしれないが。

ボールをグラブに入れたまま、有原は後ろを向いた。ズボンを直す振りをして、素早くスコアボードに目をやる。

ヒット、ゼロ。間違いない。イーグルス打線は、ここまで有原を打ちあぐねているのだ。しかし、まあ……ひどい試合だよな。「E」もあるけど、ここまで四球を七つも出しているんだから。高校野球だって、こんなピッチングをしていたら、途中で降ろされるだろう。

ここで野球トリビア。ノーヒットノーランを達成した中で、一番多く四球を出したピッチャーは？　もちろん、有原は答えを知らない。ただ、自分が有力な候補になりそうなことは想像できる。

とにかく、ノーヒットノーランだよ。どうする？　これが俺の先発デビューなんだぞ。

プロ野球の世界で、「初物に弱い」ジンクスを持つチームは幾つかあり、イーグルスもその一つだ。データ野球重視の時代だからこそ、二軍から上がってきたばかりのデータが少ない選手に対応できないというのは、何だか皮肉な話である。

だけど、俺？

急に、足が痙攣《けいれん》するように震えた。プロ初先発がこんなことになるとは。プロ入りした時には、そんなに高い望みがあったわけではない。とにかく一軍に定着できれば……先発できれば……完投は無理か？　でも、投げるからには完封したい。

自分では願っても考えてもいなかった事態に、戸惑うばかりだった。アウトをあと三つ取る。そんな簡単なことが、とんでもなく高い壁になって立ちはだかっている。

ノーヒットが続いていることは、七回表を無得点に抑え切ったところで気づいていた。マウンドを降りる時、ちらりとスコアボードを見て、「H」のところが「0」だと分かったのだ。マジで？　四球を連発し、毎回ランナーを背負っていたので、ヒットなどとうに打たれていると思っていた。思わず立ち止まり、もう一度スコアボードを確認する。

ノーヒット？

足元から地面が消えたように感じた。ふわふわと頼りなく、ダグアウトがずっと遠くに思える。何とか真っ直ぐ見詰めると、ダグアウトの中にいる全員が自分を無視しているのが分かった。何で？　まさか、夢ってことはないよな？

考えてみれば、昨夜からずっと夢が続いているようなものだ。

一軍に合流したのが二十日前。ペナントレースも終盤、試合日程が飛び飛びになる中、これまで五試合に登板した。いずれも中継ぎで、試合の大勢には影響のない場面だったから、正直、緊張感を覚えることすらなかった。何となく、今年はこんな感じで終わりになるのか、とぼんやり考えていたぐらいである。

ところが昨夜の試合が終わった直後、有原は突然、監督の樋口《ひぐち》から「明日、先発だ」と言い渡された。その瞬間、弛緩していた気持ちが、切れそうなほど張りつめた。

本当なのか？　正直、もう今シーズンは終わりだと思っていた。それがいきなり……びっくりして、興奮して、心配になって、昨夜はほとんど眠れなかった。いざ先発のマウンドに立ったら、とにかく夢中で投げてきただけで、細部はまったく覚えていない。

そして今、ダグアウトにいるスターズの選手は、全員が俺を無視している。いったい何なんだ。ダグアウトに一歩近づくごとに、心臓が高鳴る。何か、やばいことをやったか？　ここまでヒット一本も許していないのに、何か怒られるようなことがあるのか？

ダグアウトに戻ると、いつものようにベンチの一番隅に腰を下ろす。今日はずっと隣に仲本が座り、一イニング終わるごとに細かく指示を出してきたのだが、この回はそれもなかった。仲本は少し離れた所に座って、無言でスポーツドリンクを飲んでいる。ちょっと、これじゃまるで負け試合みたいじゃないですか……しかし、身を乗り出してもう一度スコアボードを見ると、スターズは間違いなく1対0で勝っている。

有原は立ち上がり、仲本の隣へ行って腰を下ろした。仲本がびくりと体を震わせ、素早く腰を上げて距離を置く。

「あの」

「何だ」仲本は顔を上げようともせず、ミットの紐を締め直し始めた。

「あの……」

「何だよ」じれた、ほとんど怒鳴り出しそうな声。

「俺、何かやりました？」

「はあ？」

「いや、何か、あの……何で無視されてるんですか？」

仲本が、うつむいたまま溜息をついた。肩は緊張して盛り上がり、スパイクが苛立たしげにコンクリートの床を打っている。戸惑いながら左右を見ると、相変わらず自分が無視されているのが分かった。仲本と同じようにうつむいている者もいる。若手の選手たちはダグアウトの手すりに両腕を預け、グラウンドを見詰めていた。背中に緊張感が張りついているのが分かる。

「分かってないのか？」

「何がですか」

「阿呆か、お前は」

仲本がいきなり立ち上がり、ベンチの片隅に置いてあるクーラーバッグの所へ行ってしまった。戸惑いながら、有原は周囲を見回した。ダグアウトの中の空気は、依然として重く硬い。

「さあ、もう1点取りに行こう」

急に声を張り上げたのは、監督の樋口だった。定位置——ロッカールームへ通じる通路に近いベンチの右端に座り、腕組みをしている。何だか疲れている——いや、緊張している様子だった。突然立ち上がると、有原のところへ歩み寄って来た。隣に腰を下ろすと、唐突に、「俺は完全試合で二回、キャッチャーをやった」と切り出す。予想もしていない話だったので、有原は「はあ」と間抜けな声を出してしまった。

「完全試合の緊迫感は、こんなものじゃない」

「はい」

「誰も、何も喋れなくなる」

「ええ」

「俺は今、喋ってるよな」

「そうですね」

「お前……」樋口が溜息をついた。「自分が何をやってるか、分かってないのか？」

「ヒット、打たれてないですよね？」言ってからようやく、ダグアウトが緊張感に包まれている原因に気づいた。七回まで終わって、まだノーヒットノーラン。あと二回を抑え切れば……突然、鼓動が激しくなり、喉が渇く。こういうことが本当にあるんだ、と仰天した。先発ピッチャーが一本もヒットを打たれていない。誰がそれを告げるのか、いつ告げるのかで困り切り、ダグアウトにいる選手は全員口を閉ざしてしまう——そんな話を聞いたことがあった。ピッチャーに余計なことを意識させてはいけない。もしかしたら、投げている本人も気づいていないかもしれないのだから、ということか。

気づいたよ、俺は。

「監督、余計なこと、言わないで」

ピッチングコーチの真田《さなだ》が近づいて来た。スターズのかつての大エースで、自らの引退試合で完全試合を達成した男。樋口とは同期入団で、去年からは一軍の監督とピッチングコーチという関係になっている。有原が見た限り、同期とはいえ仲はよくなさそうだ。本気で言い合いをする場面を、何度も目撃している。真田さんも案外人間臭いんだ、と驚いたものだ。

「こいつが自分で気づいたんだ」樋口が反論する。

「気づいた時点で、だいたい終わるんだ」真田が肩をすくめる。

「縁起でもないこと、言うな」

「新人に、そんなに簡単にノーヒットノーランができるわけないぞ」

「それはピッチングコーチの台詞《せりふ》じゃない」樋口は本気で怒っているようだった。

「まあまあ」真田がにやにや笑った。「気づいたものはしょうがない。有原、後は適当にやっておけ」

「少しはピッチングコーチらしいことをしろよ」樋口が文句を言った。「何かアドバイスぐらいないのか」

「アドバイス?」真田が肩をすくめる。「今さらコントロールのことを言ってもしょうがないだろう。とにかく腕を振れ。今日のお前のスピードなら、少しぐらい甘く入っても打たれないから。変にコントロールを意識すると、棒球になるぞ」

「それがアドバイスか?」樋口が肩をすくめた。「中学生でもできるぞ」

「お前にピッチャーの何が分かるんだ」真田が唇を尖らせる。有原がアマチュアの頃に見て圧倒されたピッチングをしていた男とは思えない、子どもっぽい仕草だった。

「ああ、そういう話は試合が終わってからな」樋口がひらひらと手を振った。「ガキじゃないんだから。試合中なんだぞ」

「仕かけてきたのはそっちだろうが」真田が反論する。「いい加減にしろよ」

樋口は何も言わずに立ち上がり、定位置に戻ってしまった。真田も姿を消す。ブルペンに電話でもかけに行ったのだろう。

一人取り残された有原は、今のは自分をリラックスさせるための芝居だったのだろうか、と訝《いぶか》った。

だったら、失敗だよな。

俺はがちがちに緊張している。

投球練習は滅茶苦茶なまま終わった。誰がジャッジしているわけでもないが、一球もストライクが入らなかった。

足元をスパイクで均《なら》しながら、有原は初球をどう入るか、必死で考えた。とはいっても、難しいことはできない――球種は三つしかないのだから。直球、チェンジアップ、スライダー。今日は、いつもより直球が走っているのは分かっていた。指のかかりがいい。スライダーはイマイチだ。引っかかりがよ過ぎて、何度もワンバウンドになってしまっている。確実にストライクを取りにいくなら、初球はストレートしかない。仲本は何を考えているだろう。この回、マウンドに登る前にも「思い切り腕を振れ」としか言われなかった――皆がそう言う。俺、そんなに腕が振れてないか？　萎縮してるのかな？

そうかもしれない。実際、ノーヒットを意識した後の八回は冷や冷や物だったのだ。自分でもボールを置きにいく意識があり、コーナーの四隅を狙い過ぎて、腕の振りが小さくなっていた。バックのファインプレーがなければ、ノーヒットノーランは途切れていただろう。

しかし、腕を振れと言われてもなあ……もう百二十球以上も投げている。疲れは腕だけではなく全身に広がっていたし、精神的にも一杯一杯だ。試合が始まって既に三時間。そのうち半分以上は、自分が一人でマウンドを守っているのだから。

天を仰ぐ。ドーム球場の白い屋根が、頭上一杯に広がっていた。ドーム内の温度は常に二十六度に保たれているのに、少しだけ体が冷たい感じがする。十月はもう、レギュラーシーズンではないのだ。プレーオフのための一か月。自分がここにいるのは、あくまでおまけのようなものだ。

おまけと言えば、そもそも自分はドラフト六位。スターズに入る夢は叶ったが、他の選手の「ついで」のようなもので、一軍で投げるのは何年も先になるだろうと思っていた。二年ぐらいは二軍で体力をつけ、まずは敗戦処理の中継ぎからでもいい。順番にステップアップして、最後は高校時代のように抑えになれれば……決して度胸があるわけじゃない――むしろ弱気なのは分かっているが、短いイニングなら集中して、全力を解放できる。

実際、先発したのは、高校二年の夏が最後だった。九回を投げ切って、1点差で負けた都予選の決勝。四球でランナーを溜めては、後続を三振に打ち取る――まるで自作自演のひどい試合だった。バックの野手たちがうんざりしているのを、有原は背中で感じ取っていた。あの試合で、菅本《すがもと》監督は、俺の先発に見切りをつけたのだろう。

抑えは……まあまあ、上手くいったと思う。それほど打たれた記憶もない。スターズだって、抑えとしての実績に目をつけて、俺を指名したはずだ。実際二軍では、何度も抑えで投げさせられた。一軍に上がってからは中継ぎ――というか敗戦処理。だからこそ、この試合で先発してここまで投げてきたことには違和感がある。

もしかしたら……。

空調の涼しい風に頬を撫でられた瞬間、嫌な予感が頭に入りこむ。

見切られたとか？　このシーズンだけで、プロでは通用しないと判断された……このマウンドに立っているのは想い出作り？　まさか、それはないだろう——プロ野球の世界に、そんな甘さはないはずだ。しかし、否定するそばから、嫌な考えが押し寄せてくる。

チームの身売りが関係しているのでは？

スターズが「名門」と言われたのは、過去の話だ。いや、今でもスポーツメディアに登場する時には「名門」の枕詞がつきものなのだが、ほとんどはその後に、皮肉な内容が続く。「名門の凋落」「名門の意地はどこへ」「名門とは名ばかり」等々。

確かにここ数年は、Bクラスが定位置だ。予想外の戦力流出などがあったとはいえ、明らかにチームとしての力が落ちている。生え抜きの樋口を監督に据えてチーム改革に乗り出したものの、初年度は最下位、今年も五位が確定してしまった。しかもシーズン終盤には買収交渉が成立して、チームの中はどこかぎすぎすしている。ルーキーの自分にはぴんとこない話だったが、ニュースで見る度に、どこか不快で居心地悪い気分になったものだ。何だか自分たちが悪いことをしているような……オーナーが変われば、チームもがらりと変わるだろう。もしかしたら自分は、来年からの新しい首脳陣に、もう見限られてしまったのか？　いや、一軍での実績がない若い選手をいきなり切ることはないはずだ——自分にそう言い聞かせても、不安は消えない。

ホームプレートに向き直る。仲本が両手を大きく広げ、待ち構えた。まるで、お前だけストライクゾーンを広目に取らないと、とでも言いたげに。それにしても仲本さんも、淡々としてるよな。ノーヒットノーランまであと三人なのに、興奮するでもなく、まるで負け試合のように機嫌が悪い。意識しないようにしているのかもしれないけど、何だかこちらまで乗りが悪くなってきますよ。

あと三人だぞ、と意識し始めると、緊張感で頭が膨らみ、集中力が飛んでしまう。プロ入り初先発でノーヒットノーランを達成したピッチャーが何人いるだろう。自分がここで偉業を達成すれば、歴史に名前が残るはずだ。それより何より、来年も首がつながるのではないか。

そう考えると、体の中心からパワーが湧き出てくる……のではなく、さらに緊張してきて、頭の中が真っ白になった。サインを覗きこもうと上体を前に倒すと、体がぎくしゃくする。ふいに、もう投げられないのではないか、という恐怖に襲われた。

サインはやはりストレートだった。まあ、それしかないだろうな。一度上体を起こし、頬を膨らませてからぷっと息を吐く。突然、野次が耳に飛びこんできた。

「有原、狙え！」

はいはい、分かってます……今の野次は、どの辺りからだろう。声が大きく聞こえたから、バックネット裏付近かな？　いつも煩《うるさ》い外野席の応援団も、今は静まりかえっていた。先ほどまでは、太鼓やトランペットの音が大きく響いていたのに。そうか、もう九時を回っているのだ、と改めて気づく。世田谷の住宅街にある東京スタジアムでは、午後九時を過ぎると鳴り物入りの応援が禁止される——こっちの方がいいな、と思った。応援はありがたいけど、やはり静かな方が集中できる。

プレートの前の土を均す。体を折って、右の指先でロジンバッグに触れたが、思い直してすぐに、指先をズボンの腿になすりつけた。やはり今日は、ボールが引っかかり過ぎる。少し滑るぐらいが好みなのだが……そういえば、明日の予報は雨だったな、と思い出す。湿気が高いのは、顔にずっと汗が張りついていることからも明らかだった。ドーム球場の空調も、あまり関係ないということか。

もう一度、指先をユニフォームに擦りつける。

有原は大きく振りかぶった。「おお」というどよめきがスタンドに走る。それはそうだろう。今日はずっと、ノーワインドアップで投げていたのだ。状況に応じてワインドアップしたりしなかったりというのが有原のピッチングなのだが、今日はコントロールを大事にするために、初回からノーワインドアップを貫いてきた。でも、これだけ四球を連発しているのだから、今さらコントロール云々を言っても無意味だろう。それより真田のアドバイス通り、思い切り腕を振った方がいい。そのためには、やはりしっかり振りかぶらなければ。

マスクの奥で、仲本が目を細めるのが分かった。気に食わない？　そうかもしれない。突然違うことを始めると、失敗するものだから。しかし有原自身、深い考えがあっての行動ではなかった。とにかく強く投げたい、それだけだ。

疲れはある。しかし、始動するとそれを忘れた。左足を一気に胸まで引き上げ、一瞬止めてためを作る。「二段モーションに取られるかもしれない」と二軍のピッチングコーチからは注意を受けていたのだが、この一瞬の静止でパワーを溜めこめると信じていたので、ずっと貫き通してきた。事実、ビデオを観ても、足を上げた状態で一度完全に静止しているから問題はないだろう、と判断している。この試合でも、特に注意は受けなかった。神経質な人はどこにでもいるもんだよな、と途中から皮肉に考えるようになった。

よし、体重の乗りは最高だ。大きく踏み出し、腕を思い切り振ることだけを考える。指先へのかかりもいい。あとは、ストライクゾーンか、とにかくその近くへ行ってくれ――。

内角へ入ったが、高さが少し甘い。もっと低く抑えたかったのだが、ベルトの高さになってしまう。バッターの寺田《てらだ》が迷わず手を出した。思い切り振り抜いた打球は、鈍い音を残してグラウンドを這う。

いや、大丈夫。殴られたような勢いで振り返った有原は、高鳴った鼓動が一瞬で収まるのを意識した。ショートゴロ。楽勝……のはずだ。

だが、打球の勢いが緩かった。ややサード寄りの打球に対して、ショートの須永《すなが》は無理に回りこまずにバックハンドで左手を下ろしたが、タイミングが合わず、一度グラブに入ったボールが零《こぼ》れてしまう。慌ててボールを拾って一塁に送球するが、一瞬早く、バッターランナーはベースを駆け抜けていた。

何だよ——有原は、顔面から血が引くのを感じた。球場全体が歓声とブーイングに包まれているのだが、どこか遠くで誰かが騒いでいるようにしか聞こえない。今のは……今のはどうなんだ？　仮に普通にキャッチしても、一塁はセーフになっていたかもしれない。いや、それはないはずだ。一度グラブに入ったボールを零せば、プロのレベルだったら「エラー」じゃないか。

恐怖。有原は、ゆっくりと後ろを振り向いた。スコアボードには何の表示もない。「H」も「E」も、ランプは灯らない。

無限に長い時間が過ぎたような気がした。もう、勘弁して欲しいよ。鼓動は胸を突き破りそうなほど激しい。これがヒットだったら、今までの努力は——あるいは運のよさは何だったんだ。

「E」の横に、ぽっと赤くランプが灯る。助かった……全身から力が抜けたように感じる。それと同時に、スタンドからも安堵の声が降ってきた。有原は、今までエラーにこれほど感謝したことがあっただろうか、と考えた。

2 須永の場合

B ○○○
S ○○
O ○○

ああ……今までこんなにほっとしたことがあっただろうか。我がプロ野球人生、今年で十八年目。数々の修羅場を潜り抜け、栄光も挫折もたっぷり味わった俺にしても、こんなに焦ったことはない。もちろん、「エラーでよかった」と思ったのも初めてだった。

須永はうつむいたまま、定位置前の土をスパイクで均した。気休めというより、これはいつもの癖だ。

「須永、しっかり守れ！」

野次に反応して思わず顔を上げそうになり、首に力を入れてグラウンドに視線を落とす。東京スタジアムは巨大球場なのだが、ドームのせいか、やけにはっきりと野次が反響して聞こえる時がある。どこか声が通りやすい場所でもあるのか、それとも俺の耳がよ過ぎるのか。このスタジアムのショートのポジションで約千試合も守ってきたのだが、一試合に一回ぐらいは、はっきりと野次を耳にする。大概、自分に関係ないものだが、今日ばかりは……つい数十秒前のプレーを思い出すと、また鼓動が激しくなってくる。

顔を上げ、ちらちらと周囲を確認する。一塁には寺田。取り敢えずアウトにならなくてよかったと、露骨にほっとした表情を浮かべている。それはそうだろう。あとアウト三つで、初先発の新人がノーヒットノーランを記録するのだ。それに手を貸したい人間は、イーグルスのダグアウトに一人もいない。

有原は、マウンドの後ろで丁寧に膝の屈伸運動をしていた。背中――背番号「41」が歪んで見える。あの背番号……若い番号をもらえなかったのは、あまり期待されていなかった証拠だ。ここまでノーヒットというのは、でき過ぎ――いや、あまりにも荒れ球で、イーグルス打線が的を絞り切れていないだけだろう。しかもスピードだけはある。「もしも当たったら」という恐怖は、バッターを萎縮させるものだ。何しろ硬球は、凶器にさえなり得るのだし。

次打者が、ゆっくりと素振りをしている。緊張しているのは見ただけで分かった。こういう場合、バッターはよく最悪のケースを想定してしまう。今は、「内野ゴロでダブルプレー」だけは避けたいだろう。しかし、次打者の大貫《おおぬき》は、引っ張り専門の右バッターで、しかも足が遅い。それに、何故か肝心な時にダブルプレーを食らうという印象があった。それはどこかに、データとしてきちんと出ていたはずだが……思い出せない。思い出しても無駄だと思う。例えば、大貫をダブルプレーに打ち取ろうと思ったら、しかるべくお膳立てをしなければならない。まず、やや内角寄りの微妙なコースに何球か投げこみ、両手を縛ってしまう。それから外角の変化球をひっかけさせ、バッターから見て内野の左半分に処理の簡単なゴロを打たせれば、盤石だ。

ところが、有原のピッチングは計算不能である。微妙なコントロールなどとても期待できないし、まずはストライクとボールを投げ分けてくれれば御の字、という感じだった。

そう言えば今日は、やけに疲れている。内野手は、とかく気を遣う商売なのだ。試合前に、相手チームのバッターの特徴、それにここ十試合のバッティングの傾向を頭に叩きこみ、味方バッテリーの攻めの方針も覚えこむ。そしていざ試合になれば、一球ごとにキャッチャーのサインを確認し、バッターの動きを注視する。頭に入れておかなければならないのは、アウトカウント、ランナーの有無、ピッチャーの疲労度、グラウンドの荒れ具合……いつもはほとんど無意識のうちに、そういうデータを頭の中で処理しているが、時々パンクしそうになる。

今日は特にそうだ。予《あらかじ》め頭に叩きこんだデータと、有原のピッチングの傾向が合致しない。仲本がいくら考えてサインを出しても、有原がその通りに投げられることなど、十球に一球あるかないかだからだ。考えても無駄だと、途中からはデータを吟味するのを放棄してしまったが、一球ごとに準備しなければならないことに変わりはない。爪先立ちし、ぐっと前傾姿勢を取って低く構える。ところがボールは、とてもバットが届かないところへいってしまい——背中を伸ばし、もう一度低い姿勢を取る。そんなことを百回以上も続けていれば、誰だって疲れる。それに途中からは、ノーヒットノーランのプレッシャーが襲いかかっていた。

まったく、コントロールの悪い新人ピッチャーはこれだから……現役時代の真田が投げている時は本当に楽だった、とつい懐かしくなってしまう。変化球の切れとコントロールで勝負するタイプだったから、ほぼ全てのボールが、キャッチャーの指示通りのコースにいっていた。本人もそれを意識していて、キャッチャーのサインを覗きこみながら、背中に隠した右手人差し指を、ちらちらと動かしていたものである。次、サードに打たせるからな……というような合図。バレーのセッターがサインを出すようなものだ。そして実際、その通りにバッターが打たされてアウトにした時の快感は、何物にも代え難かった。

その真田は、ダグアウトの一番前で渋い表情で腕組みをしている。それはそうだよな、と須永は一人納得した。真田にとって、有原は一番嫌いな――認めたくないタイプのピッチャーだろう。真田いわく、「ピッチャーは野球で一番偉い」。その理由は、ピッチャーが投げなければ試合が始まらないからだ。しかしだからこそ、ピッチャーには大きな義務がある。きちんと試合を組み立て、野手を疲れさせないこと。リズムを作り、それを最後まで崩さずに試合を終えること。

そのために俺たちはコントロールを磨くんだ、磨かなくちゃいけないというのが真田の口癖だった。

あれ？ 真田さん、俺を睨んでるんじゃないか？ 勘弁して下さいよ、と須永は口の中でつぶやいた。しっかり守れ、と無言でプレッシャーをかけられているようだ。

確かにさっきのは……ヒットでもおかしくなかった。というより、今年の俺だったらヒットになっていた確率が高い。去年なら確実にアウトにできていた打球に、追いつかなくなってきたのだ。初めてそれを意識したのは、キャンプの時である。別に足が遅くなったわけでも、視力が衰えたわけでもない。それでも、打球に対する最初の一歩が遅れがちになるのだった。

諦めたのはいつだっただろう。守備範囲が狭くなっても、自分の守備の成績が落ちるわけではない。今まで追いついていた打球を処理できなくても、「エラー」ではなく「ヒット」になるだけだ。むしろ無理して追いつけば、エラーになる確率が高くなる……去年までは、こんなせこいことなど考えてもいなかった。徹底したデータ解析、打球に対する読み、そして無理だと思ってもボールに飛びつく執念――だからこそ、リーグを代表するショートとして長年活躍できたのだと自負している。

意図して守備範囲を狭めたことは、誰にも気づかれていない――いや、真田は知っているかもしれない。あの人は、やけに観察眼が鋭いから。ということは、監督の樋口にも伝わっていると考えるべきだろう。同期入団のあの二人は、一見ウマが合わないように見えて、実は通じ合っている。

実際、夏の始め頃から、樋口から声をかけられることが少なくなっていた。現役時代はずっと一軍半の選手で、苦労を分かっているだけに、何かと選手には声をかけてくる人なのだが……そのうち、嫌な噂が耳に入ってきた。

トレード。

チームが今、大きな変革の時期に入っていることは、須永にも分かっている。長年リーグの強豪チームとして君臨してきたスターズも、今は毎年Bクラスが定位置だ。そのきっかけは、七年前の沢崎《さわざき》の大リーグ移籍だったと須永は考えている。絶対的な中核打者を失ったスターズは、その後から成績が不安定になった。そして今年のシーズン途中に出てきた、チーム身売りの噂……いや、もはや噂ではない。今の親会社と、チームを買おうとしている会社の話し合いは九月に合意に達し、大々的に発表されたのだ。それ自体、野球に対する冒瀆だったと須永は憤《いきどお》っている。シーズンたけなわ、これから優勝争いが本格化するタイミングで、そういう重大な発表をしなくてもいいのに……こういうことはプレーオフが終わってから、というのが野球の世界での基本的な礼儀だ。

リーグきっての名門球団・スターズも、すっかり普通のチームになってしまったということか。

十八年前、自分が入団した時の高揚感は、いまだに覚えている。他のチームだったら、あんな風には感じなかったかもしれない。あの名門チームのユニフォームに袖を通せるなんて……入団記者会見で何を喋ったか、まったく覚えていない。後でその時の様子を観返す機会もあったのだが、喋っているのは自分ではなく別人のようだった。

時は流れ、名門は地に落ち、俺は衰えた。三十六歳。

有原がセットポジションに入る。腹の所でグラブを止め、ゆっくりと一塁に目をやった。ランナーのリードは大きくない。視線を切ってバッターに相対した瞬間、仲本が右手の人差し指を一塁側に動かすのが見えた。

須永もちらりと一塁に目を向ける。リードが少しだけ大きい。荒れ球のピッチャーは、盗塁を狙うランナーにとってはいい獲物だ。しかしイーグルスは1点のビハインド、そして最終回である。そこそこ足は速いランナーだが、ここで無理に走らせてチャンスを潰すリスクを冒すこともあるまい。

有原がすっとプレートから足を外し、体をターンさせた。危ない――あのタイミングだと、ボークを取られてもおかしくない。同じように感じた観客も多いのか、呻くような悲鳴が須永の耳にも届いた。どうも、この有原という若いピッチャーは危なっかしい……ランナーが、頭から一塁ベースに滑りこむ。だが有原の牽制球は大きく外れ、ファーストの篠田《しのだ》が体を思い切り伸ばして、辛うじて頭上でボールを押さえるほどの高さになった。念のためタッチにいくが、当然間に合うわけもない。

篠田がファーストミットからぽん、とボールを浮かせ、右手で摑んだ。ランナーが一塁ベースに触れたまま、慎重に立ち上がる。それを確認して、篠田は一歩前へ出て有原に返球した。篠田は笑っている。少なくとも、緊張している様子はない。口が動くのが見えた。誰に向かって喋っている？

ボールを受け取っても、有原はなかなか投球動作に入ろうとしなかった。まあ、急がないのはいいことだ。ぎりぎりまでバッターを焦《じ》らしてやれ。お前だって疲れていないわけじゃないんだから、時間稼ぎで体力の回復を待つのも悪くない手だ。

しかし……さっきの打球はやはり、アウトにしておくべきだったな。去年までの俺だったら、確実にアウトにできたはずだ。そもそもああいう打球こそが、ショートの見せ場である。三遊間の深い位置に飛んだ打球をバックハンドでキャッチして踏ん張って送球し、一塁でバッターランナーを刺す――何度やっても気持ちがいいプレーだし、肩の強さを見せつけるいい機会でもある。それもこれも、長年二遊間コンビを組んでいた上田《うえだ》が、セカンドベース寄りの守備範囲が広かったからこそできた技だ。自分の左側を広く任せられるから、その分須永は、三塁側に寄った守備位置を取れる。

しかし上田は、怪我で戦列を離れていた。六月にアキレス腱を断裂。とうとう復帰できないまま、シーズンが終わろうとしている。あいつがいないのも、俺の調子が上がらなかった原因だ。

ようやく次に投げるボールが決まって――案の定ストレートだった――有原がセットポジションに入る。しかし仲本は、また一塁牽制のサインを出した。有原が肩に顎を乗せるようにして、一塁をちらちらと見る。視線を外したと思った瞬間、素早い牽制。これは――セーフだ。ボークにはならない。

こんな場面には何千回――もしかしたら何万回とも立ち会っている須永だが、次第に緊張して、嫌な汗が背中を伝うのを感じていた。投げているのが真田だったら、こんな風にはならなかったはずだ。あの人は、一塁へ牽制する時でさえ、完璧なボールを投げる。ランナーが頭から滑りこんで帰塁する時、頭のすぐ上にボールが行くような高さ。

今度は、ホーム側へ大きく逸れた。篠田が慌ててベースから離れ、何とか押さえる。スタンドに、諦めたような笑い声と野次が回った。

「ストライク、投げろ！」

それはそうだよな。普段は、試合中には決して表情を変えないのに、須永は思わず苦笑してしまった。これでよく、ここまでヒットを打たれないできたものだ。有原の耳に野次が届いたのかどうか……キャップを脱ぐと、アンダーシャツで額の汗を拭った。頬を膨らませてから大きく息を吐き、キャップを被り直す。仲本を見やると、マスクの奥で眉をひそめているのが分かった。牽制はいい……どんどんやるべきだ。しかしあんな牽制では、ランナーの頭に恐怖心を植えつけることはできないだろう。ちょっと冒険心のあるランナーなら、さらに大胆にリードするかもしれない。そして有原を慌てさせ、牽制悪送球を狙うのだ。

俺だったら、絶対にそうする。スピードには自信があるし……あったし。考えた途端に過去形に訂正してしまった。

やはり、自分のスピードは確実に失われつつある。

レギュラーに定着して以来、今年が最低の成績になるのは確定していた。打率は二割三分。毎年二十以上を記録してきた盗塁も、今年は二桁に届かず終わる。守備の衰えは目立たないが、打撃成績が悪化しているのは誰にでも分かる。監督なら特に、だ。

最後に樋口とちゃんと話したのはいつだったか……七月、オールスターが終わった直後だ、と思い出す。後半戦が始まる日の試合前、ミーティングが終わったところで声をかけられ、コンディションに問題はないか、と聞かれた。

「ないです」と即座に答えた。

樋口は無言で、須永の顔を凝視した。その目を見ながら、須永は胃の中で硬い物が固まっていくような不快感を意識していた。しっかり見られている。例えば普通のファンなら、スポーツ新聞に載っている個人成績を見ても、「今年は調子悪いな」ぐらいにしか思わないだろう。しかしチーム内の人間は、一試合ごと、十試合ごとにデータをまとめ、単に調子が落ちているだけなのか、根本的に衰えているのかを判断できる。

「思い切って走ってもいいんだぞ」

樋口に言われて、須永は焦った。確かにその時点で、盗塁は五つを記録していただけである。だが樋口は元々、そういう細かいことを一々言わないタイプだった。選手とはよく話すが、詳細に指示するわけではなく、精神論が主流である。技術的な問題はコーチに任せている感じだった――そういうやり方に文句を言う選手は一人もいなかったが。監督から直接細かい話を持ちかけられると、むしろ緊張してしまう。コーチの立場もなくなるし。

「頑張ります」

そう言うしかなかった。他にどうしろと？ 樋口の現役時代をよく知っている須永にしても、彼は今や「上司」である。口ごたえはできないし、気の利いた答えを返すのも筋が違う。だいたい今年の樋口は明らかに、選手との間に薄い膜を作っていた。

その後だ、トレードの噂が耳に入るようになったのは。

最初は、ロッカールームの中での軽い冗談だと思った。三試合続けてノーヒットに終わった日の夜、がっくりしてロッカールームに戻ると、「須永さん、出るかもしれない」という声が聞こえてきたのだ。こういう話はよくあるが……凍りつき、思わずロッカールームに入らずに廊下で立ち止まってしまう。耳を澄ませて話の続きを待ったが、それ以上話題は続かなかった。「出るかもしれない」の前に、どんな会話が交わされていたのだろう。声の主が誰かは、すぐに分かった。中堅の外野手、福永《ふくなが》。普段から話し出すと止まらず、噂話の大好きな男である。一方須永は、無駄話に加わるのが大嫌いだった。だからこの時も、話題の主が自分だというのに、福永に突っこめなかった。

それだけだったら、忘れていたかもしれない。野球選手だって暇ではないのだ。半年に及ぶシーズン中には、やらねばならないことが多過ぎ、余計なことに気を遣っている暇はない。

だが意識せずとも、自分に関する情報は入ってくるものだ。「出るかもしれない」という噂を聞いて一か月ほど経った頃だっただろうか、一緒に食事に行った後輩の池《いけ》本《もと》が、心配そうに切り出したのだ。

「須永さんがトレードって、本当なんですか？」

おいおい——焼肉を焼く手が思わず止まってしまった。

「そんな話、誰から聞いた？」福永だろうかと思うと、あの夜の記憶が一気に蘇ってくる。

「いや、ツイッターで……」

「そんな物見て、信用してるのかよ」呆れて、黒焦げになった肉を頰張る。

「どうなんでしょうね」急に池本が背筋を伸ばした。「結構そういう噂、流れてるみたいですけど」

「俺は聞いてない」

いくら何でも早過ぎる。普通そういう話は、シーズン終了間際になって出てくるものだ。噂が先に回って、本人が知るのは最後、というのも珍しくはないが。

須永も長いプロ生活で、何人もの選手がチームを変わるのを見てきた。引退まで、数チームを渡り歩く選手も珍しくない。だが自分は、そういうこととは縁がないと思っていた。チームへの貢献度を考えれば、出されるわけがないと自信を持っていたから。だが今年の俺は、走れていないし守れてもいない。こんな選手、誰が必要とするのだろう。

「じゃあ、大丈夫ですかね」

池本の表情が明るくなった。チームで唯一の高校の後輩なので、須永もよく面倒を見てきたし、池本も慕ってくれた。俺を心配してくれる気持ちは本物だろう。

それにしても自分の経験からすると、こういう噂が流れる時には、もうかなり話が具体的になっているものだ。しかしその後も、はっきりとした話はなかった。チームの譲渡という一大事の前では、一選手の扱いなどどうでもよくなってしまったのだろう。話は生きているかもしれないが、全ては面倒臭い事務的な手続きが済んだ後になるはずだ。誰かに確かめたいという気持ちを必死に抑え、成績が上がらぬまま今日を迎えてしまった。

馬鹿、何やってるんだ。今は試合中なんだぞ、と自分に言い聞かせる。しかもルーキーが、ノーヒットノーランまであとアウト三つにこぎつけている。足を引っ張らないようにしないと……ここまできてノーヒットノーランを逃したら、有原はスタート地点で躓《つまず》き、絶対に大成しない。

しかし、有原というのも感情移入しにくい人間だ。一軍に上がってきてまだ間もなく、ろくに話していないせいもあるが……とにかく守りにくい。リズムが悪過ぎる。ピッチャーはやはりリズムとコントロールだ。テンポ良く投げて、バックに気分よく守らせるのが一番なのに、こいつは四球を連発して、あとは自分で勝手に三振を取って、というパターンを繰り返している。今は勢いで押してもいいが、来シーズンは厳しいだろう。勢いだけでは絶対にやっていけないのが、プロの世界なのだ。

仲本が両手を大きく広げ、次いでミットに拳を叩きこんだ。今度こそ牽制はない。有原がセットポジションに入り、一塁ランナーに視線を向ける。だがそれも一瞬で、気持ちは既にバッターに向いていた。

須永はぐっと体を沈みこませ、爪先立ちになって次の場面に備える。仲本のサインはストレート……やっぱりそれしかないだろうな。とにかく変化球は、ストライクが入らないのだ。もちろん、何人かは変化球で打ち取っているが、あれはたまたま、いいコースに決まったからだろう。ダグアウトに戻る度、仲本が有原を呼んで説教しているのを、須永は何度も見ている。「ただアウトにすればいいってもんじゃないんだよ」「少しはコントロールを考えて投げろ」。

しかし今や、コントロール云々言っている場合ではなかった。球数も増えてきたが、思い切って腕を振り、勝負できるボール――ストレートの勢いを落とさないのが何より大事だ。

有原の左足が上がる。本人はクイックモーションのつもりなのだろうが、ゆったりとした足の上げ方は、セットでない時と変わらない。わずかに前のめりになりながら、須永は全神経をバッターに集中させた。打つ気はないな……気配で分かっていても、何が起きるか分からないのが野球である。頭の辺りにいく暴投になって、避けたつもりがバットに当たったボールがフェアグラウンドに――ということもあり得ないではない。

よし、力が上手く乗っている。何かと欠点の多い有原だが、気合いの入ったボールの威力に関しては、文句のつけようがない。大きく踏み出し、マウンド上から相手を見下ろすようにしながら投じる。

これはいいボールだ。歓声が途切れる中、伸びのあるストレートがキャッチャーミットを叩く音が小気味よく聞こえる。スタンドからは「おお」というどよめきが流れた。いいボールというより、「ストライクが入るのか」という驚きだな、あれは。

まあ……気持ちは分かる。緊張感を抜いて上体を直立させ、須永も一息ついた。ストライクが入るだけで驚かれるピッチャーは、プロとしてはどうかと思うが、実際今日の有原は、プロの領域に達していない。数か月前までは高校生だったわけだし、それも当然かもしれないが……それにしても、今のは完璧なコースだった。外角低目、ぎりぎり一杯。仲本が指示した通りだったが、あれは狙って投げたのか、それともたまたまか。どちらにしろスピードも乗っていたし、あのコースをヒットにするのは至難の業だ。九回までノーヒットノーランを続け、球数も多くなっているのに、まだあいうボールが投げられるとは。ピッチャーとしての総合力はまだまだの有原だが、潜在的な能力は認めざるを得ない。

ふっと吐息を漏らし、少し前に出てまたグラウンドを均す。ここはやはり、ゲッツー狙いでいきたいな……ランナーがいなければ、有原ももっとバッターに集中できるだろう。一塁をちらちら気にしているようでは、手元がおざなりになってしまう。

「須永、今度はちゃんとアウトにしてやれよ！」

またか……何で今日は、こんなによく野次が聞こえるのだろう。さっきと同じオヤジじゃないか？　野次に続いて、かすかな笑い声が聞こえるのが鬱陶しい。昔は……そう、俺が入団した頃は、東京スタジアムには上手い野次を飛ばすオッサンがたくさんいた。言われた方も思わず笑ってしまうような。今は違う。野次にもどこか余裕がなく、ただ選手を貶《おとし》めるようなことを言っている。

もしかしたら、こんな野次も今年で聞き納めかもしれないな。

須永はいつの間にか、漠然と引き際を考え始めていた。三十六歳での引退は早いかもしれないが、トレードされるよりはましだ。自分が他のチームのユニフォームを着ている場面など、想像もできない。淡々と毎年を過ごしてきたつもりが、実はやはりスターズに対する愛着は強く……チームが強い時期は、楽な波に乗っているサーファーのような気分だった。しかしここ数年は、荒波に揉まれているようなものである。現役時代を共に過ごした樋口や真田の苦悩の表情を見るのも辛い。だがそれ故にこそ、このチームを思う気持ちは強くなったのかもしれない。トレードの話が本格的になったら……発作的に「引退」を口走るかもしれない。しかし、それも悪くないと思う。潔く、すっぱりと野球から足を洗ってやろう。

来年からスターズは、まったく別のチームになるはずだ。仮にトレードされなくても、来年のスターズでプレーしたいのかどうか、分からなくなっていた。

俺は、スターズが——今のスターズが好きなんだ。

3　樋口の場合

内心の怒りや焦りを押し出すように、細く息を吐く。よし、今のはいいボールだった……樋口はキャップを被り直し、足を組んだ。困った時に常にあのコースへ投げられれば、あいつは大成するだろう。

傍《かたわ》らに置いた紙コップを取り上げ、啜《すす》る。中は水だ。本当なら酒が――それもきついウイスキーが欲しいところだが、さすがに試合中はまずい。

自分の周囲に人がいないのはいつものことだが、そんなに「近づくな」オーラを発しているのだろうか、と考えると嫌な気分になる。現役時代の自分には考えられないことだった。誰とでも気軽に話し、大事な仲間たちと十八年間の現役生活を送ってきたのだが……引退して指導者に転じて四年、自分はすっかり変わってしまったと思う。

少し前のめりになり、マウンド上で汗を拭う有原の姿を見詰める。十九歳……自分があの年の頃はまだ大学生で、レギュラー取りに四苦八苦していた。結局、大学でレギュラーになれたのも三年生の時だったな、と思い出す。あいつは俺よりずっと早く、プロの世界に飛びこんでいるんだから、大したもんだ――いや、むしろ俺は、自分の慧眼をこそ褒めるべきではないか。

そんなことはないか。半ば自棄《やけ》で送り出したマウンドなのだから。

それにしても、ひどい一年だった。去年の最下位よりはましだが、五位が確定してしまった原因は幾つかある。主軸のバッターが順番に故障し、打線の中心が定まらなかったこと。真田の引退以来、絶対的エースと呼べるピッチャーが未だに育っていないこと――今年、チーム最多勝のピッチャーは、十一勝を挙げただけだった。しかも負け越している。

「このままいけそうじゃないか」

樋口は無言で首を横に振った。誰が来たのかは分かっている。自分が張った見えないバリアの中に、遠慮なしに入って来るのは真田だけだ。

「まだアウト三つある」

「相変わらず悲観主義者だな」真田が鼻で笑った。

「当たり前だろうが。こんなチームの監督をやってたら、誰でも悲観的になる」言葉を押し潰すように言った。

「監督がそういうこと、言うなよ」

「これが最後の試合になるだろうけどな」

樋口は無意識のうちにつぶやいてしまい、「しまった」と舌打ちした。そう、たぶん俺は馘《くび》になる。二年契約の二年目、そして二年連続Bクラスだったのだから、馘になっても文句は言えない。今まで、フロントから来季の契約について一言も言ってこないのも不気味だった。もちろん、正式な話はシーズンが終わってからでないとできないが、残暑が収まる頃には下話が始まるのがこの業界の常である。

新オーナーは、間違いなく監督を代えるだろう。チームが生まれ変わったことをアピールするには、「顔」である監督を代えるのが一番手っ取り早い。選手全員を入れ替えることなどできないのだから……監督を交代させて、ユニフォームでも新調すれば、スターズは来年から完全に新しいチームになる。

「馬鹿なこと言うな」真田も低い声で忠告した。「ま、奴はやると思うよ。俺の勘によると、だが」

「お前の勘はどれぐらい当てになるんだ？」

真田が黙りこむ。コーチになっても、現役時代と同様、機嫌の波は激しく揺れ動いている。ただし最近は、変化の波長が短くなっているようだった。むっつりしているかと思えば、次の瞬間には機嫌よく喋り出す。こいつはこいつで、立場がないからな……と樋口は同情した。ある意味、俺よりも弱い立場かもしれない。何しろ、投手陣は壊滅状態なのだから。

「ところで、有原がノーヒットノーランを達成したら、お前は三回目の立ち合いだな。こういうの、空前絶後なんじゃないか」

「そうかもしれない」

完全試合どころかノーヒットノーランも経験しないまま引退してしまう選手がほとんどなのだが、樋口はこれまで二回、完全試合でキャッチャーを務めている。最初は十四年前、入団四年目のサウスポー、唐沢《からさわ》のボールを受けた時。もう一回が四年前で、真田と自分の実質的な引退試合だった。完全試合で二度もキャッチャーを務めるのは確かに空前絶後だが、そこに今度は、監督としてノーヒットノーランを見届ける機会が加わろうとしている。鍼が間近いこんな状況では、「だから何だ」という感じだが。

「心配するなよ。絶対いけるから」真田がお気楽な調子で言った。

「心臓が痛いんだが」

「人間ドックで何か異常が出たか？」

樋口はちらりと横を向いて、真田を睨んだ。この男は……現役時代から、どこまで本気でどこからが冗談か分からないタイプだ。もちろん、ピッチングに関してはこれ以上ないほど真摯《しんし》なのだが、それ以外の部分では、なかなか本音を読ませない。しかし、自分の首も危ない状況で、よくこんな軽いことが言えるものだ。

「あいつがあそこまでやると思ってたか？」真田がいきなり話題を変えた。

樋口は静かに首を横に振った。五回まで持てば御の字、というのが、試合が始まる前の本音だった。要するに、ピッチャーがいなくなったのだ。シーズン終盤なので試合日程が飛び飛びになっている上に、チームの順位は五位で確定している。ローテーションは崩れていたし、タイトルに絡んでいる選手もいない。チーム成績は駄目でも、タイトルを取れそうな選手がいれば、多少は考慮するのに……高卒一年目の選手を抜擢したのは、ほとんど自暴自棄だった。

「奴は、これから先発で育てるのか」

真田が訊ねた。何を無神経なことを……来年は俺もお前もここにいないはずだぞ。今、何か方針を立てても、来年も通用するとは限らない。新しい監督は、これまでの方針を全て覆すだろう。「新しいことをしている」と、内外に向けてアピールする必要があるからだ。

「お前はどう思う」逆に訊ねてみた。

「何年か経験を積んだら、抑えでいけるんじゃないか。あのスピードは、絶対的な武器になるよ。変化球なんか投げる必要はない」

「しかし、コントロールがな……」

そして精神的な弱さ。とてもノーヒットノーランを続けているピッチャーには見えない。今もマウンド上でしきりに汗を拭き、次の一球が決まらずに、何度もプレートを外している。一塁ランナーも気になるようだ。

「コントロールは、練習で何とでもなるさ」真田が涼しい表情で言った。

「あの手のピッチャーは、最後までコントロールに苦しむタイプだ」樋口は、真田の楽観論には賛成できなかった。

「ま、そこは……」

真田が口を濁す。来年の投手コーチが考えればいいこと、か。もしかしたら真田は、餞を言い渡されている？　確認したかったが、試合中にする話ではない。

「とにかくここまできたら、後は見守るだけだよ」気を取り直したように、真田が言った。「あとアウト三つのところまできたら、俺たちができることは何もないぜ」

「分かってる」

真田がすっと身を引き、立ち上がった。ダグアウトの一番奥に行って、ブルペンとの直通電話を取り上げる。あと三人とは言っても、点差はわずか1点だ。たとえノーヒットが途切れても、このまま試合に勝つためには、継投策も考えなければならない。一言二言話すと、樋口に視線を送ってきた。親指と人差し指で丸を作ってみせる――リリーフ陣は準備OK。樋口は無言でうなずいた。

それにしても暑い……ドーム球場である東京スタジアム内は、年中同じ温度が保たれているのだが、今日はやけに汗をかく。キャップを取って額の汗を拭い、マウンド上の有原を凝視した。

もしかしたら。

最後のアウト三つを取るのは難しい。自分がマスクを被った二度の完全試合でも、九回が一番苦労したのを覚えている。それまでの八イニング全てを合わせた以上に神経を遣うのだ。今の有原もそうだし、キャッチャーの仲本も同様だろう。しかも有原の場合、「配球」で勝負できない。投げてみなければ分からない、偶然に任せるしかないわけで……荒れ球が奏功して、ここまでは相手打線を抑えてきたが、コントロールがないのは致命的だ。四球を連発してこのまま自滅、ということも考えられる。

いつの間にか、拳を握っていた。

頑張れ。今はお前しかいない。

牽制。相変わらずファーストを忙しく動き回らせるひどいコントロールだが、取り敢えずランナーを一塁に釘づけすることには成功している。あまり気にし過ぎてはいけないが、走られたら今より状況が悪化するから、これでいいのだ。指示を出している仲本もまだ冷静だし、何とかなるだろう。

有原を一軍に上げ、初めて公式戦で投げる姿を見た時のことを、ふと思い出す。あれもひどい試合だった……2点リードされた七回に投入すると、いきなり先頭打者にストレートの四球。クイックモーションが苦手なのをあっさり見抜かれ、次打者の三球目に盗塁——それがあったからこそ、今日の仲本はしつこく牽制を指示している——を許してしまう。その後のピッチングは、見れば見るほど疲れるものだった。三振、四球、三振、デッドボール、最後はまた三振。完全に一人芝居で、あれは守っている方も疲れただろうな、と樋口は内野陣に同情したものである。ダグアウトに戻って来た仲本は、樋口にちらりと視線を向けると素早く首を横に振った。あいつは駄目ですよ……。

しかしその試合、樋口は八回も有原を続投させた。同点、あるいは逆転すれば他のピッチャーを注ぎこんで逃げ切るところだが、打線は沈黙したままだったから。結果、次の回もアウト三つのうち二つを三振で取った。しかしその間、三つの四球にライトへの犠牲フライで1点を失っている。とてもプロレベルの投球とは言えなかった。

だが有原は、間違いなく何かを持っている。何か——ストレートの勢い。球速が百五十キロを記録することもあるが、スピード以上に嚙みつくような迫力がある。手元で微妙に変化して、常に右バッターの懐に食いこんでいくのだ。とにかく打ちにくい印象をバッターに与える——ストライクゾーンに入ってきさえすれば。「取り敢えず投げられます」レベルのスライダーとチェンジアップもあるが、この二つは見せ球に過ぎず、勝負球はどうしてもストレートになる。

バッターにしてみれば、厄介この上ない。特に右バッターから見れば、手元ですっと内角に沈んで、グリップの下側を通るようなボールを芯に当てるのは極めて難しいのだ。事実、犠牲フライを打ち上げた打者のバットは、根元から折れていた。

それにしても監督の立場としては、使うのが難しい。とにかく計算できないのだ。四球か三振。先発させればリズムを作れないだろうし、救援では試合を途中でぶち壊してしまう恐れがある。本当は、二年、三年と二軍で徹底的に投げこみさせて、コントロールを磨くべきなのだ。実際真田——樋口が知る限り、最も完璧なコントロールピッチャー——は、最初の登板の後で、「二軍に戻そう」と進言してきた。

しかし樋口は、首を縦に振らなかった。

有原は決してエリートではない。甲子園には出場せず、地道なスカウト活動の結果発掘された素材である。高校時代の最高成績は、二年の夏、東東京大会での決勝進出。そしてこの時が、高校時代の最高のピッチングだったかもしれない。九回をわずか1ヒットピッチング。しかしその時も四球をきっかけに1点を失い、チームは完封されてしまった。三年生の時は、抑えで何試合かに投げているが、打線の力不足で準決勝で敗退した。

しかしドラフト前の会議で、樋口は何かを感じ取っていた。オーナーも何故か有原に惹かれたようで、強烈にプッシュした。常にバッターの腰が引けてしまうような速球の魅力——確かにコントロールには難があるが、教えても身につかない技術を有原は持っている。

こいつはメジャー型だ。

もう十数年前だが、スターズに大物メジャーリーガーが在籍していたことがある。ナ・リーグの三球団を渡り歩いて、通算百五十勝を挙げた右腕。成績は……既にピークは過ぎていたので、二年で十七勝を挙げただけだったが、真摯な姿勢はチームにいい影響をもたらしたと思う。その彼が、樋口に向かってしみじみと言ったことが——通訳を通じてだが——ある。「動くボールは教えられない」。

かつては、綺麗な球筋のストレートがいい、と言われていたこともある。いわゆる「糸を引くような速球」というやつだ。綺麗な回転で、バッターの手元まできてもスピードが落ちない。しかしそういうボールは、概して素直なものだ。そして少しでも勢いが落ちれば、プロのバッターなら簡単に見切ってしまう。それよりも、ちょっとした握り方の工夫で、微妙に変化するボールの方がバッター泣かせだ。そういうのは「変化球」ではなく「クセ球」に過ぎないが故に、ボールの握りや腕の振りを教えても、そのまま身につくものではない——彼の説明はやけに熱が入っていた。

そういう考え方もあるのか、と樋口は感心したものである。実際、そのピッチャーの球は手元で微妙に変化していた。バットを折られた打者がどれだけいたことか。

一方真田は、そういう考えを否定していた。いざという時に勝負できるだけの球速——彼に言わせれば「百四十五キロで十分」——と多彩な変化球、完璧なコントロールを誇っていた真田からすれば、「微妙に変化するボール」など邪道に過ぎなかっただろう。だいたい、元々持っている物だけで勝負するなど、向上心がない、と馬鹿にしていた節がある。もちろんその頃の自分は——その頃だけではないが——一軍半の選手であり、真田との関係もぎくしゃくしていたから、直接話したわけではないが。

他の選手から聞いて、そのピッチング哲学の一端を知っただけである。しかし、いかにも真田らしいな、と思ったのを覚えている。いけ好かない男だが、誰よりも練習して、常に新しいことに挑んできたのは間違いないのだ。

しかし、有原を育てている暇はなかった。これまで中継ぎで五試合に投げさせ、自責点は1。防御率は0・87と、数字だけを見れば一流ピッチャーである。約十イニングで四球十八はあまりにもひどいが、とにかく点を取られていないことは評価しなければならない——今年、樋口が唯一前向きに考えられたことだった。

一度、仲本とじっくり話したことがある。

「どうなんだ？」

「どうもこうも、ないですよ」試合で有原の投球を受けたばかりだった仲本は、げっそりした表情を見せた。「サイン、いらないじゃないですか」

「そんなに酷《ひど》いか？」

「監督が見たままです。とにかく、サイン通りにボールがくるのは、十球に一球ぐらいなんですから」

「変化球は？」

「ストレートに比べれば、玩具《おもちゃ》みたいなものですね。それに、ストレートよりコントロールがつかない」

つまり、取り敢えずはストレートで押すしかない……。

「ストレートはどうなんだ？　かなり打ちにくいボールを投げるだろう」

「そうなんですけど、ストライクゾーンに入ってこないとどうしようもないですよ」

「まあ、そうだよな……」

自分で打席に立ってみたい、と思った。もちろん、投球練習を後ろから見たことはあるが、実際に試合で相対するのとは訳が違う。もちろん、自分の打者としての能力は別にして——通算打率は2割台前半だ——打者目線で見れば、よりはっきりと勢いが分かるだろう。

「あの、このまま使うんですか？」仲本が遠慮がちに確かめてきた。

「そのつもりだ」

「まだ早いと思いますけどね……あいつのボールを受けていると疲れますよ」

その時は聞き流してしまったが、その夜、ふとこの台詞を思い出して眠れなくなってしまった。これは、遠回しの監督批判ではないか？　どの選手を一軍に上げるか、二軍に止めおくか決めるのは、監督の専権事項である。それを一選手が批判するとは……もちろん仲本とは、気安い仲である。自分の現役時代終盤には、仲本が台頭してきて、樋口はほとんど二軍暮らしだった。プロ野球の世界では先輩後輩の関係は絶対だが、樋口も実力差はわきまえて、自分にできる限りのアドバイスを送ってきた。それに対して仲本も、あくまで先輩に対する誠実な態度で接してくれた。当時、二人の関係は良好だったと言っていい。

しかし、監督と選手になると話は別だ。どれほど親しい仲でも、あくまで一線は引かなくてはならない。あいつの発言は、そこを踏み越えたものではないか。

弱いチームの監督には、立場などない。

負けが混んだ時、誰も自分のせいだとは考えないものだ。キャッチャーはピッチャーのせいにしたがるし、投手陣は打てない打線が悪いと考える。そして選手は、「采配が悪い」と監督に批判の視線を向けるようになるものだ。ただし、それを口に出すのは……明らかにやり過ぎだ。

よほど厳しく言ってやろうかと思ったが、一晩経ったら無意味だと気づいた。どうせ来年は一緒にプレーしない可能性が高いのだし……上から押さえつけるように注意しても、ただ関係がぎすぎすするだけで、来年にはつながらない。

自分でも気づかないうちに諦めたのか……そう考え、愕然とした。来季はもうない。家族を養っていくために次の仕事を考えなければならないのだが、正式に「契約せず」と言い渡されたわけではないから、まだ動きようがなかった。

俺にどんな仕事ができるだろう？　馘になったら、チームに残留してフロント入りというのは考えられないし、監督として結果を残していないのだから、他のチームが指導者として拾ってくれることも期待できない。まさか、この年になって無職……胃が痛くなるが、どうしようもないことだ。

だが、一つだけ可能性がある。

有原。

もしも有原が、このままいいピッチングを続ければ、指導者としての俺の評価はぐっと上がるかもしれない。「有原を抜擢してチャンスを与えたのは樋口」ということになるはずで、それが、次の仕事へつながるのではないか――たとえスターズでなくても。

勝ち負けにさほどこだわる必要がない状況で有原を先発させた裏には、そういう嫌らしい狙いもある。その嫌らしさは、九回にきて最高潮に達しようとしていた。見ているだけでも心臓に悪い。しかし何とかノーヒットノーランを達成できれば……来年に向けて、かすかな光が見つかるかもしれない。

有原がようやくセットに入る。サインの交換も済んだようだ。何がサインか……投げるのはストレートしかないではないか。お前の動く速球で、バットをへし折ってやれ。いや、空振りさせろ。

相変わらずクイックは下手だ。あれだけランナーを溜めるのだから、しっかりクイックモーションの練習をしておけと口を酸っぱくして言っておいたのに、結局修正できなかった。度重なる牽制で、ランナーが一塁へ釘づけになっていることだけが救いだった。

少しぎくしゃくしているが、躍動感のあるフォーム。力感に溢れているとも、無駄に力が入っているとも言える。左足を胸まで引き上げ、大きく踏み出す。少しでもバッターに近い位置でボールをリリースしようというようなフォームだ。腕の振りはストレート。いや……チェンジアップ？　仲本の奴、何でここでチェンジアップを投げさせるんだ？

有原のチェンジアップは、速球とほとんど同じフォームで投じられ、最初はスピードが乗っているように見える。それはいい。チェンジアップとはそうでなければいけない。タイミングを外し、緩く落ちる軌跡で引っかけさせる。

だが、このチェンジアップは変化が少しだけ早過ぎた。明らかにストライクゾーンから低く外れ、バッターはさっさと見切りをつけてしまう。体の力を抜き、見送る態勢だ――そして有原からすれば自爆。

間違いなくワンバウンドになる。それもバウンドを合わせやすいショートバウンドではなく、ホームプレート上で跳ねるような、一番取りにくいバウンドだ。仲本がぐっと身を低くし、惨事に備える。予想した通り、ボールがホームプレートの上で跳ねた。仲本が辛うじてボールを押さえる。股を締め、後ろにボールがいかないように……ミットから零れ、ホームプレートの前まで転がったボールを、仲本が飛びつくようにして掴んだ。一瞬の動きで立ち上がり、一塁へ送球する。飛び出していたランナーが頭から戻った。ボールより一瞬早い……セーフ。

東京スタジアムに、どよめきと悲鳴が満ちた。今日も満員にはほど遠い観客数だが、いつの間にか満員の時と変わらない騒々しさになっている。

それはそうだろう、と樋口は密かに思う。目の前で、いつ自爆してもおかしくない情けないピッチングを繰り広げていたルーキーが、あとアウト三つでノーヒットノーランというところまでこぎ着けたのだ。ここでワイルドピッチでもやらかしてランナーを得点圏に進めたら、崩壊の序曲が鳴り響く。

ファーストからボールを受け取った有原が、またキャップを取って額の汗を拭った。緊張も疲労もピークに達しているだろう。だが根性があるなら、ここで踏ん張ってみせろ。樋口は敢えて、彼から視線を外した。目が合うと、無言で助けを求めてくるかもしれない。有原は精神的にもろい部分があり——まだ性格を完全に読み切ったわけではないが——人に頼る気持ちが生じると、途端に全てが崩れてしまいそうな感じがした。

「危ないねえ」いつの間にかまた近づいて来た真田が零した。

「もう変化球は投げさせるな」

「それは、監督が言うべきじゃないか」

分かっている。だがタイムを取るような状況ではないし、ここは仲本に気づいて欲しかった。

こちらの思いが通じたのか、仲本がちらりとダグアウトを見る。マスク越しに見える目は暗く、光を失っていた。樋口はゆっくり首を振り、それでこちらの意図を伝えたつもりだった。変化球禁止。ここから先は、全部ストレートで押していけ。

仲本がかすかにうなずいたように見えた。分かってくれたのか？　無言の了解というのは、ありそうでない。仲本が何か勘違いしていたら、全てが終わりになる可能性もある。いや、まさか……あいつだって、有原の変化球が当てにならないことは、重々承知しているはずだ。それに、マスクを被ってリードしている限りは、このままノーヒットノーランを達成させてやりたいと思っているはずである。そのために何をすべきか——ストレートを投げ続けさせる。球数は既に百三十球になっているが、後は気力で頑張るんだ。

「新人に自分の未来を託すなよ」真田がさらりと忠告した。

樋口は慌てて横を向き、彼の目を凝視した。読まれている？　そうかもしれない。現役時代はほとんど口もきかない仲だったが、二人とも指導者という立場になれば、嫌でも話さざるを得ない。相変わらず好きになれない性格ではあったが、こと野球に関してだけは、耳を傾ける価値のある言葉を発する男だった。

しかし、今の一言は余計だった。こちらのスケベ根性を見抜いているのは仕方ないが、何も口にしなくても。

樋口はぐっと口を引き結び、マウンドに目をやった。有原がこちらを見ようとした瞬間、目を伏せる。駄目だ。替えない。ここはお前一人で頑張れ。マウンドはお前の物なんだ。そこに立っている限り、王様のように振る舞え。

4　晴山の場合

寸胴の熱さを感じなくなったら、野球が熱くなる季節の始まりだ。

厨房内の熱気が気にならなくなる頃、スターズは決まってプレーオフに進出していたから。ペナントレースは勝って当たり前。問題はプレーオフをどう戦うか——シーズンが始まる前、スターズファンの議論は、常にその問題が中心だった。あとは今年はどんな選手が活躍してくれるか、それにタイトル争いの予想。

今思えば傲慢だったのかもしれない。次々と、まさにチームの名前通りに名選手が登場するスターズは、ファンの期待を裏切ることがなかった。それ故、「いかに勝つか」ではなく、「どんな勝ち方をするか」が問題になるチーム。ただし、他のチームのファンからは、馬鹿にされてもいる。

「要するに、毎試合10対0で勝てばいいと思ってるんだろう」

「140勝0敗でペナントレースが終わって、楽しいか？」

楽しいじゃないか。試合ごとの勝ったり負けたりに一喜一憂している他チームのファンには、決して理解できないだろう。プロ野球はスターズのためにある。スターズがいかに勝ち、栄光を保ち続けるかだけが問題なのだ。だいたい弱いチームのファンは、スポーツにおいて一番難しいことが何か、分かっていない——勝ち続けることだ。前年最下位からの逆転優勝もいい。万年下位チームの突然の快走も、それはそれで見ごたえがある。だが最も難易度が高く、だからこそ感動できるのは、トップに立ち続けることだ。そのためにスターズの選手やフロントが、どれだけ努力してきたか。アンチスターズファンは、それが分かっていないから——あるいは分かっていても文句を言う。いわく、「金をかければいい選手が取れるのは当たり前だ」「傲慢過ぎる」。金を注ぎこむにも大変な努力が必要なのに、アンチの連中はそれを汚いやり口だと蔑《さげす》む。

アンチスターズね……晴山《はるやま》は、湯の中で泳ぐ麵を凝視した。そういえば、そういう一団が騒いで問題になったこともあったな。かつてはレフトスタンドの一角にいつも陣取った黒いTシャツの集団が、下品で強烈な野次を飛ばしていたものである。一度、試合後の揉み合いに巻きこまれて、警察沙汰になりそうになったことがある。あの時は俺も若かった……と考えて呆然とする。もう三十年も昔のことじゃないか。スターズが、独走で九月の半ばに早々と優勝を決めてしまった年だった。

それにしても、あの頃はよかった……新築したばかりのこの店は、早くもスターズファンの溜り場になっていたのだ。日本シリーズの時など、通常の営業に差し障るほど、ファンが集まってきた。当時は、それほど広くない店に三台もテレビを置いていたぐらいだ。今は出入り口のすぐ上の壁に、薄型テレビをかけているだけ。ただし最近は、スターズの試合中継もめっきり減って、試合経過を知るには、厨房に置いたラジオだけが頼りである。

そのラジオから、アナウンサーの声が飛び出す。

「さあ、スターズ有原、ここまでノーヒットノーランを続けています。九回表、ノーアウト、一塁にはエラーで出塁した寺田。解説の神宮寺《じんぐうじ》さん、ここは走ってもいいところですか?」

「あー、やめた方がいいでしょう。寺田を走らせると、自動的にアウトカウントが一つ増えますからねえ」

相変わらず毒舌なことで。苦笑しながら、晴山は寸胴にお玉を突っこんだ。丼にスープを張り、麺を静かに沈める。具を載せて……その間にも、意識はラジオに向いていた。

「神宮寺さん、ここまでノーヒットノーランの有原ですが、今日はどこがいいんでしょう」

「うーん、たまたまですかね」

「たまたま」いつもテンションの高いアナウンサーの笑い声が爆発した。

「だって今までも、危なっかしくて見ていられなかったからね。バッターは皆、腰が引けてるでしょ」

「荒れ球が功を奏している感じでしょうか」

「まあねえ……でも、このままノーヒットノーランになっても、史上最低のノーヒットノーランですよ。ここまで点を取られなかったのは、奇跡です」

「確かに今日の有原、ここまで既に七つのフォアボールを与えています」

「これね、バックはリズムに乗れなくて、本当に守りにくいの。このままノーヒットノーランを達成しても、野手陣からは教育的指導がくるんじゃないかな。とにかく有原は、勢いだけですよ。ピッチングの基本が全然分かってないですね」

「仮に神宮寺さんが対戦していたら、どういう風に打っていきますか？」

「当たらないように上手く避《よ》ける」

アナウンサーがまた爆笑した。こいつら、緩んでいるな、と晴山は逆に表情を引き締めた。五位が確定しているシーズン最終戦とはいえ、スターズの試合だぞ。もっと敬意を持って中継しろ。後で局に抗議の電話を入れよう。いつものことながら、このアナウンサーも神宮寺も不真面目過ぎる。

それにしても神宮寺……相変わらずだ。現役時代から、飄々としているのに突然毒を吐く癖があったが、解説者になってから、そういう傾向に拍車がかかっている感じがする。まあ、こういうキャラを喜んで使う局もあるということか。

しかし、あの神宮寺が解説をやってるんだからな……時の流れを実感する。FAの大物としてスターズに迎え入れられたのは、何年前だったか。

客にラーメンを出すついでに、いつもの癖で壁を見た。古びて少し黄色くなった色紙に覆い尽くされている。全てスターズの選手の物だ。

スターズの選手たちがこの店に来るようになったのは、いつ頃だっただろう。もちろん、他の客と一緒に食事をするわけではなく、常に奥の個室を使っていたのだが……最初に電話で予約を受けた時の衝撃は忘れられない。

「木元《きもと》ですが、五人でお願いできますか」

木元？　木元って誰だ？　電話を切った後で、ヒーローインタビューなどで聞き慣れた、落ち着いた低い声だと気づく。あの木元？　スターズの木元が客として来る？　当時の木元は、まさにスターズを代表する――ということは球界を代表するバッターだった。いくら東京スタジアムから歩いて三分の場所にあるとはいえ、この店はたかが街場の中華料理屋である。木元ほどの選手なら、都心の高級店を使いそうなものなのに……もしかしたら悪戯《いたずら》ではないか、と訝った。悪いことを考える奴はいるから。

だからこそ予約当日、木元がスターズの選手やスタッフを連れて本当に現れた時には、動転して気を失いそうになった。手が震えて、普段慣れている料理に苦労したのを覚えている。まさか、あの木元が……変な料理を出したら大変なことになる。どこかで「不味い」などとつぶやかれたら、こんな小さな店は潰れてしまうだろう。

しかし木元は、晴山の料理を気に入ってくれた。野球選手なら、いかにもスタミナがつきそうな、こってりした料理を好みそうなものなのに、一番のお気に入りは、晴山が「汁そば」と名づけた具なしの中華そばだった。ほとんど色がないほど薄い鶏のスープに、麺と葱を入れただけのラーメン。ごまかしが効かないので、出汁《だし》の味だけの勝負になるのだが、そのシンプルな料理が口に合ったようで、毎回締めに選んでくれた。

ファンと会うと厄介なことになるので、いつも裏口から入って個室を利用していたのだが、それが晴山の誇りになった。あの名選手がうちを贔屓《ひいき》にしてくれて……木元は監督になった後も、変わらず店を利用してくれたので、晴山の誇りはずっと保たれていた。スターズ公認の中華料理店のような……いろいろサービスしたので、木元の方でも気を許したのか、関係者以外は知ることのないチームの裏話を教えてくれたこともある。それがまた、晴山の自尊心を満足させた。何となく、自分もチームのスタッフになったような気分になったような……現役時代から、リーグ優勝する度に書いてもらった色紙は、今も宝物だ。

だがそれらの色紙は、だいぶ色褪せてきた。最後のリーグ優勝は四年前。その時木元は、既に監督から退いていた。

そう、木元が辞めてから、全ての歯車が悪い方に回り出したような気がする。

あれだけの実績を残した生え抜きの監督を、スターズはあっさりと切った。九年前、リーグ優勝を逃した翌年から、チームの成績が下り坂になったためだ、と言われている。弱くなった原因は、今毒舌を吐きながら解説をしている神宮寺にもあった。リーグ優勝を逃した試合で強行出場した神宮寺は怪我を悪化させ、翌年以降はまともにバッターボックスに立てなくなった。それが早い引退へとつながっている。さらに、神宮寺と打線の両輪だった沢崎が大リーグへ行ってしまったのも痛かった。

それまでのスターズなら、主力選手が抜けても、必ず上手く補強してきた。金に物を言わせたトレードやＦＡ選手の獲得は、他チームからはずいぶん恨まれたものだが、それは恨む方がおかしい、というのが晴山の持論だった。いい選手を取るのに金をかけるのは、プロスポーツチームなら当然ではないか。それで選手の価値も上がる。スターズに選手を引っ張られたチームには、引き止めるだけの力がなかったに過ぎない。強い者が勝つ、勝てば財力も豊かになる――そんなことは、プロの世界では常識だ。

だが二人の主力打者が消えた後、チームは補強に失敗した。ＦＡ宣言したイーグルスの四番打者にアプローチしたものの、パイレーツにさらわれてしまったのだ。あの時のファンの怒りはひどかったな、と晴山は思い出す。こういう交渉事で、スターズが負けたことはなかったからだ。そればかりではなく、厳正なくじ引きのドラフトでもやたらと強かった。あれは去年のことか……常連客が、「スターズのドラフトの勝率は七割以上だ」と分析結果を披露した時に、晴山は自分の印象が裏づけられた、と満足したものである。ただし木元が去ってからは、運も逃げてしまったようで、「ポスト木元時代」にはドラフトでの勝率は二割にまで落ちた、という分析の続きも聞いてがっくりした。つまり、狙った新人がほとんど取れていない。

「俺は運なんて信じてないよ」その客は、紹興酒で酔っ払いながら愚痴を零したものだ。「要するにフロントが無能なんだ。昔のスターズは、ドラフトでは、あまり知られていない選手を発掘して主力に育ててきたのに、今は他のチームと競合する選手を平然と指名してくる。あれじゃ、当たる確率も落ちるよ」

もっともだ、と晴山は同意した。敬愛する木元にしてから、中央球界ではほぼ無名の選手だったのである。それを入団から数年で、プロ野球を代表する選手に育て上げた育成力も球界随一だった。

今のスターズは、何だ。

ラーメンを客に出し終えて厨房に戻ると、怒りが膨れ上がってくる。だいたい、シーズン最終戦で半分素人の新人を先発させるなど、ファンを馬鹿にしたやり方じゃないか。昔のスターズなら、ペナントレースで勝てなくても、必ず誰かがタイトル争いに絡んでファンの興味を引っ張った。それが今は……有原、か。スターズの情報を詳しく追いかけている晴山にしても、ほとんどデータにない選手だった。高卒で、確かドラフト五位か六位で入団。九月になって一軍に引き上げられたが、とにかくコントロールの悪いピッチャーという印象しかない。まだまだプロのレベルに達していない選手を、一軍で使っちゃいけないんだ。監督の樋口も何を考えているのか……。

この樋口という男も、晴山はそれほど評価していない。現役時代は一軍半のキャッチャー。長くプレーしていたから存在は意識していたが、活躍した場面がほとんどないので、印象は薄い。現役時代の話題といえば、完全試合で二度、マスクを被ったことぐらいである。確かにそれは稀有なことだが、完全試合はあくまでピッチャーのものだ。樋口の手柄というわけではない。

その後二軍監督に就任したまでは、まあよかった――一軍半ということは、現役時代の半分は二軍にいたわけで、あちらの事情もよく分かっているのだろう、というぐらいに前向きに考えていた。だが、二年前に一軍の監督に抜擢された時には、心底驚いた。そんなに監督として優秀なのか？　人望が厚いのか？　懸念は二年の間に膨れ上がり、今年のシーズン終盤が近づくに連れ、やはり失敗だった、と情けなく思うことになった。

去年最下位、今年は五位――樋口は監督に向いていない。シーズン最終戦で、海の物とも山の物とも分からないルーキーを先発させたのがその証拠ではないか。あるいは、もう勝ち負けなどどうでもよくなった？

「マスター、ラジオ、聴かせてくれない？」

ラーメンを啜り始めた客が頼みこんできた。四十歳ぐらいの、サラリーマン風。何度か店に来たことはあるが、常連というほどではなく、スターズの話をしたこともなかったはずだが、試合が気になるのか。晴山は無言で、厨房から客席にラジオを運んだ。このラジオもずいぶん長く使っていて、油じみている……何だか急に、疲れを覚えた。店を始めて三十年。スターズが強かった頃は、やりがいもあった。ファンが集まり、時には木元も利用してくれ、料理を作るのも楽しくて仕方がなかった。だが今は、全てが面倒になっている。スターズの選手が来ることもない。ただ惰性で、店を続けているだけだ。六十の声が聞こえてきたのだから、そろそろ店を畳んでもいい。金なんか、どうにでもなる……。

「有原、凄いね」客は、明らかに興奮している様子だった。

「ああ、まあ……」晴山はつい、ぞんざいに答えた。すごい？　冗談じゃない。すごいピッチャーっていうのは、今ピッチングコーチをやっている真田のような選手のことを言うんだよ。

「初先発でノーヒットノーランは、一回しかチャンスがないよ。男のロマンだね」

「そうかねえ。勢いだけで投げてるようなピッチャーみたいだけど」

「まあまあ。それでも凄いじゃない」

この客はずいぶん、有原に入れこんでいるようだ。まあ、確かにここまでノーヒットピッチングを続けてきたのは大したものだと思うが……危なっかしくて中継を聞いているだけで胸が痛む。ファンを不安にさせるようなピッチングは、プロ失格だ。

「さあ、有原、三球目です。カウントはワンボール、ワンストライクの平行カウント。セットポジションから……おっと、またプレートを外しました。投げにくそうです」

「だいぶ緊張してますね」神宮寺が合いの手を入れる。「一回、誰かがマウンドに行った方がいいね」

「一息つく、ということですね」

「まあ、ああいうピッチングをしてると嫌われるから、内野陣も声をかけにくいでしょうがね」

またも、アナウンサーの爆笑。気に食わない……確かに、有原のピッチングも褒められたものではないが、あんな言い方をしなくてもいいではないか。ホームゲームなのだから、もっと盛り上げてやればいいのに。

「さあ、改めて有原がセットポジションに入ります。一塁ランナーに視線をやって……投げた！」

一瞬声が途切れ、ざわめきが支配した。今日は観客も少ないはずなのに、異様な雰囲気が感じ取れる。晴山は思わず、ラジオのボリュームを上げた。

「百五十五キロ！　大きく外れてボールになりましたが、今日最速です。有原、恐るべし！　無尽蔵のスタミナか！」

神宮寺が皮肉で切り返してくるかと思ったが、さすがに何も言わなかった。バッターとして――それも、あの時代で最高の天才として、何かを感じ取ったのかもしれない。速球の投げ方は教えられない、と誰かが言っていたのを思い出す。努力は分析できても、天才は論評の対象にならない、ということか。

「まあ……フォアボール、出さないで欲しいですね」

やっと神宮寺が漏らした。どこか白けた口調の裏側に、戸惑いが感じられる。晴山はいつの間にか拳を痛いほどきつく握り締めていたのに気づき、ゆっくりと手を開いた。ちらりと壁の時計を見ると、既に午後九時を回っている。ノーヒットノーランが続いている試合にしては、ずいぶんゆっくりした進行だ。それだけ、有原が苦労して投げているということだろう。

「いや、百五十五キロは凄いよ」客が漏らした。麺を持ち上げた箸が中空で停まっている。ようやくそれに気づいたのか、一度麺をスープに戻した。箸を丼の上に置いて、コップの水を一気に飲み干す。

晴山は、プラスティック製のジャーを持って行って、コップに冷水を注いだ。普段はあまりこういうサービスはしないのだが、どうせ今夜は、他に客もいない。そもそもスターズの選手たちが来なくなってから、客足も落ちたようだ。東京スタジアムの観客動員数が減っているせいもあるだろう。数年前までは、日付が変わるまで店を開けていることも珍しくなかった。試合終了後に、ファンが集まって一杯やるために、無理して営業時間を延ばしていたのだ。しかし、いつしか客足は遠のき――付近の店全体が、スターズ弱体化の影響を受けている――自分自身の年齢のこともあって、遅くまで店を開けているのが面倒になってきた。最近は試合がある日も、午後十時には店を閉めてしまう。

自分もコップに水を注ぎ、一息で飲み干す。そういえば昔は、この水にもレモンを一切れ入れていたものだ。脂っこい中華料理を食べる時は、さっぱりした飲み物が欲しくなるものだから。しかしいつしか、そういうちょっとした心遣いさえ省くようになってしまった。

熱は冷める——壁一杯の色紙が次第に薄汚れるように。念のためにと、色紙は全てビニールで包んでいるのだが、いつの間にか選手たちのサインはかすんでしまっていた。

「ここって、スターズの選手がよく来るんだね」客が突然訊ねた。

「ああ、昔はね。最近は全然来ませんよ」

「サインが一杯じゃない」壁を見て、嬉しそうな表情を浮かべる。

「強かった頃には、よく来てたけどね」

「でも、来年はまた強くなりそうじゃない」

「そう？　そんなに期待できないでしょう」

「オーナーも変わるし」

それも、晴山の心配の種だった。あのスターズでさえ、売りに出される——晴山にとっては、人生が崩壊するような衝撃だった。ここ数年の成績低迷で、収益が悪化していることは想像できたが、オーナーが交代するほどひどいとは知らなかった。何となく、来年からはまったく別のチームに変わってしまうような予感がしている。自分が応援していたスターズはいなくなる……。

「全然別のチームになるでしょうねえ」思わず本音を漏らした。

「でも、百パーセント変わるわけじゃないし……俺は期待してるんだよね」

「そう？」

「選手じゃなくてクソフロントが全部変われば、いい方向に変わると思うんだ」

確かにクソフロントだ。晴山は今でも、木元を解任したフロントに対して、恨みを抱いている。あれだけの成績を残した名監督を、あっさり切るとは……実際、あれ以来、スターズに対する熱が冷めたのは間違いない。野球のことを何も知らない素人たちが、勝手にチームを壊しやがった。

「有原とか、来年は期待できるんじゃないの」

「いや、まだ分からないでしょう」この客は、ぽっと出の新人にそんなに期待しているのか？　野球が分かってないんじゃないか？

「ノーヒットノーランを達成すれば、いい自信になるでしょう。頑張って欲しいな。だいたい、九回まできて百五十五キロを出すピッチャーなんて、なかなかいない。大したもんだよ」

「まあ……それはね」認めざるを得ない事実だ。スターズに絶えて久しい、本格派の右腕とも言える。ノーヒットノーランで締めくくれば、いい記憶を持ったまま、来シーズンにつなげられるだろう。

低く抑えたアナウンサーの声が耳に入る。

「マウンド上の有原、ゆっくりと額の汗を拭っています。ここまで熱の入ったピッチングで、ノーヒットノーランまであとアウト三つ。しかし苦しんでいます」

「ここは乗り切らないと」神宮寺が口を挟んだ。「絶対にやってやるという気持ちがないと、ノーヒットノーランなんかできませんよ」

「神宮寺さん、ここまで有原のピッチングをどう評価しますか」

「勢いはいいですね。とにかく若いピッチャーは、思い切って投げればいいんです。多少コースを外れても、あれだけのボールを投げられるなら、心配しなくていいでしょう。あとアウト三つ取ればいいんだから。最後は根性ですよ。才能じゃない」

最後は根性。天才型のバッターとして鳴らした神宮寺らしからぬ台詞だが、その言葉は何故か、晴山の心に刺さった。

「そうだよねえ。応援する方も、根性据えて頑張らないとねえ」客がしみじみした口調で言った。

そう、有原は確かに頑張っているじゃないか。好きなタイプのピッチャーではないが、ここまで頑張ってきたことは評価しないと。何しろルーキー。何しろ初先発。

ここまで何もいいことがなかったスターズの、今年最後のプレゼントかもしれない。樋口だって、何か考えがあって先発を決めたのだろう。来年、樋口が監督をしていないのは確実なのだが、それでも将来に遺産を残した……若いピッチャーに、経験を積ませることにした。素人の自分からすれば、ただのノーコンピッチャーなのだが、プロの目には別の姿が映っているのだろう。

――有原はまだ諦めていない。ふと、このまま店を放り出してスタジアムに駆けつけようか、とも思った。今から行っても試合は終わってしまうかもしれないし、そもそも入れるかどうかも分からなかったが。

それが無理なら、自分は自分の仕事をするだけだ。有原はあんなに苦労して投げている。選手が頑張っているのに、たまたまチームが弱い時期だからといって、応援に手を抜いたらファン失格ではないか。どこか白けた気持ちでいた自分を恥じる。一生懸命応援していれば、いつかまたチームは強くなって、店も賑わうようになるかもしれない。そのうち、選手が来てくれることもあるだろう。もしかしたら来年、木元が監督に復帰するかもしれないし……実際、そういう噂もあるのだ。

よし、と気合を入れて、晴山はコップの水を飲み干した。客はラーメンを啜り始めたが、意識がラジオの方に向いているのは分かる。

「お客さん、餃子食べない？」

客が丼から顔を上げた。怪訝そうに晴山の顔を見る。

「いや、サービスで。有原がノーヒットノーランを達成したら、ビールもつけますよ」

客の顔に変化はなかった。店主のサービスが理解できないのだろう。分からなくてもいい。今夜はこの客に、もう少し店にいて欲しかった。有原がノーヒットノーランを達成した時、一緒に祝う相手が欲しかった。

5　大貫の場合

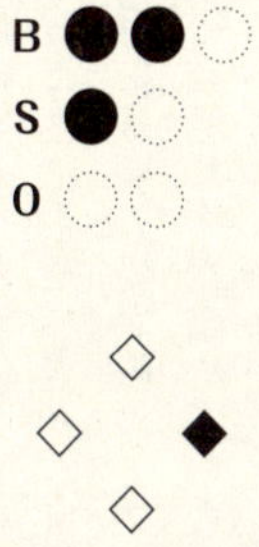

相変わらず荒れてやがるな……イーグルスの六番打者、大貫は、左脇にバットを挟んでしごいた。マウンド上の有原は、虫の息と言っていい。今の一球は勢いがあったし、まだまだスタミナは持ちそうだが、体よりも先に頭がパンクしてしまうだろう。

こんな風に、「行き先はボールに聞いてくれ」的なピッチングを続けていると、とにかく疲れるのだ。だいたい野球は、例外的な要素をいかに少なくするかによって、勝敗が決まる。偶然任せで許されるのは、小学生の草野球レベルだ。最近は、草野球をやっている小学生など、めっきり見なくなったが。

ちらりと仲本を見やる、マスクに隠れた表情までは伺えなかったが、疲れ切っているのは間違いない。同業者として、少しだけ同情を覚える。あんな荒れ球のピッチャーには、リードなど必要ない——というか、リードできない。取り敢えず適当にサインを出したら、後は来た球を捕るだけ。キャッチャーとしては、仕事の放棄以外の何物でもないのだが、仕方ない。

大貫はタイムをかけ、打席を外した。ウェイティングサークルへ戻り、バットに滑り止めをつけながらダグアウトを覗きこむ。指示はなし。

不思議と、このままノーヒットに抑えられるとは思わなかった。荒れ球に惑わされているだけで、どうしても打てない、という感じではないのだ。明らかにストライクが欲しくて、ボールを置きにきたケースが何回かあった。それを積極的に打っていかなかったから、九回までずるずるときてしまったのだが……ということは結局、俺たちはあの新人に手玉に取られていたのかもしれない。本人にそういう意識があるかどうかはともかくとして。

ダグアウトの最前列には、ベテランの江戸《えど》がいる。ここ一番で頼りになる代打の切り札だ。ぎりぎりの場面になれば、間違いなく打席に立つだろう。江戸まで回せば何とかしてくれる、という期待があった。

江戸と話がしたいな、と何となく思った。彼の言葉を聞くと、何故か安心できるのだ。内容ではなく、声の調子の問題かもしれないが。低く良く通る声は、精神安定剤だ。

だが今は、試合を切るタイミングではないから、話ができない。ここは自分一人で何とかするしかないのだ。

ストライクゾーンに入ってきたら……たぶん俺は打てない。九回にきて、この試合最速の百五十五キロは大したものだし、スピードガンが示す数字以上の勢いがあった。最近の東京スタジアムのスピードガンは、少し抑え気味に表示されるから、もしかしたら先ほどの一球は百六十キロ近く出ていたかもしれない。

とんでもないピッチャーだ。とても完成品とは言えないが、素材は超一級である。問題は、奴に体並みの心が備わっているかどうかだ。八回までノーヒットで抑えてきて、あとアウト三つで歴史に名前を刻める。どんなベテランピッチャーでも萎縮する場面であり、ましてやルーキーなら、逃げ出したくなってもおかしくない。

バットにたっぷり滑り止めをつけ、打席に向かう。スタンドには空きが目立つが、ざわめきは普通の試合より激しいようだった。ノーヒットノーランを目撃できるチャンスは多くない。有原の投球はいかにも不安定だが、とにもかくにもあと三人なのだ。観る方としては、どうしても期待が高まってしまうだろう。それがプレッシャーになって、大貫にも襲いかかってくるようだった。クソ、俺みたいに千試合以上も出場していても、こういう時は緊張するんだよ。

とにかく慎重に見ていこう。ボールが先行しているし、奴がコントロールで苦しんでいるのは間違いない。ストライクゾーンに入ってくるボールはひたすらカットして、一球でも多く投げさせる作戦でいこう。焦れば、いずれ有原は四球で自滅する。

「ハリーアップ！」

アンパイアが、苛立った声で呼びかける。気持ちは分かるよ、と大貫は少しだけ同情した。審判団は、こういう試合を楽しむ余裕などない。とにかく無難に、さっさと終えたいと思っているだろう。

しかしこっちは、そういうわけにはいかない。この試合は、両チームの順位にはまったく関係ないが、来年につながる意味がある。ルーキーが最高の結果を出して今シーズンを終えると、来年も調子に乗らせてしまう。こちらとしてはそうならないように、早めに潰しておかなければならない。あと三人……ここでノーヒットノーランを逃せば、有原は嫌な記憶を引きずってシーズンオフに入ることになる。

お前を潰すために、俺たちは何でもやるからな。恨むなよ、とマウンド上の有原に視線を投げる。こっちもプロなんだ。生活がかかっている。

アンパイアには睨まれるかもしれないが、自分のペースは崩したくなかった。有原を苛々させるのも一つのテクニックである。大貫はことさらゆっくりと足場を掘った。ユニフォームの袖を引っ張り、バットのグリップを確かめ、一、二度素振りをくれる。有原は既にセットポジションに入り、一刻も早く投げたそうにしていた。仲本は一塁牽制のサインを出しているかもしれないが、それさえ嫌だろう。こういう時は、とにかくバッターとの対決に集中したいと思うのがピッチャーの習性だ。長年イーグルスのホームプレートを守ってきた大貫には、よく分かる。

有原の左足が上がる。クイックモーションになっていない。一塁走者は走る気配を見せないが、それはそれでいい。焦ってアウトカウントを増やすのは馬鹿らしいし、寺田の足はまったく当てにならない。

ボールが有原の手を離れた瞬間、大貫は本能的に危機を察知した。すっぽ抜け。高目にくる——コースがまずい。頭を直撃だ、と恐怖で全身が凍りつく。

しかし、恐怖は経験で克服できる。今まで、頭にデッドボールを食らったことも何回かあるが、毎回大したことにはならなかった。ほんの少しタイミングをずらせば、最悪の事態は避けられる——もっともそれは、ボールの勢いと、自分の反射神経の鋭さにかかっている。今の有原のスピードと、自分の反応速度を天秤にかければ……間に合わない。体重が前方へ移動しつつある状態で、頭に向かってくるボールを避けるのは至難の業だ。

恐怖で体が凍りつきそうになったが、大貫は反射的にその場で尻餅をついた。先ほどまで頭があった場所を、音を立てるようにボールが通過する。勢いよく尻餅をついたせいで、尻から脳天にまで衝撃が走った。心臓が、爆発しそうなほど激しく打つ。だが大貫は、あくまで冷静だった。一塁走者の寺田が走り出したので、仲本がボールを取り損じたのが分かる。楽々セーフ……それはそれでいい。この状況を利用して、有原を徹底的に追いこんでやろう。

大貫はバットを杖代わりに立ち上がった。背後に仲本の気配を感じる。ゆっくりと打席を出て、一歩二歩、マウンドに近づくと、右の人差し指を有原に突きつける。有原は投げ終わったまま、その場で固まっていた。

「大貫さん……ちょっと……」後ろから仲本が声をかけてくる。

大貫は仲本の呼びかけを無視してバットを地面に叩きつけた。おう、というどよめきがスタンドを駆け巡る。それに背中を押されるように、マウンドめがけて一気に走り出した。ぎりぎり内野安打か、という当たりの時よりも必死だ、と自分でも思った。もっとも、必死なのは態度だけで、頭の中は極めて冷静だったが。後ろから腕を引っ張られる。仲本が抑えにきたのは分かったが、強引に振り切ってマウンドへ突進した。有原の顔が恐怖に引き攣る。慌てて帽子に手を伸ばして謝ろうとするが、そんな様子は目に入っていない——振りをした。

さて、どうなるか。怪我せず上手く幕引きするためには、誰かが停めに入ってくれなければならない……マウンドの傾斜を足の裏に感じた瞬間、目の前に腕が伸びた。スターズのファースト、篠田。その腕を摑み、前進を阻まれた振りをする。なおも前に進もうと演技を続けながら、自ら篠田の体を抱えこむ。有原は既に、マウンドの後ろまで逃げていた。その顔に、はっきりと怯えた表情が浮かぶ。

よし、いい感じだ……と思った瞬間、大貫は人の波に呑みこまれた。両チームの選手が、ほぼ同時にマウンドに殺到したのだ。揉みくちゃにされながら、もがいて何とか脱出を試みる。しかし、完全に体の自由が効かなくなっており、流されるだけだった。

「やめろ！」
「危ない！」

声が飛び交う。スタンドの歓声と悲鳴も最高潮に達していた。本当に……無責任に観ているだけの連中は、乱闘騒ぎが大好きだ。おいおい、ちょっと待て！　慌てて声を上げようとしたが間に合わず、大貫はグラウンドに倒れこんだ。両チームの選手たちが、一斉に覆い被さってくる。一気に体重がかかり、息ができなくなった。冗談……じゃない。これは演技なんだぞ。誰が本気で乱闘なんかしようと思う？　苦しい……肺の空気が完全に抜け、顔面から血の気が引くのが分かる。ラグビーじゃないんだから……意識が薄れてきた。まさか、この乱闘騒ぎで一番の被害者が俺になるなんて……。

ふいに体が楽になった。誰かが右腕を引っ張って、密集から抜け出させてくれたのだと気づく。四つんばいになって、何とか密集から離れた。そのままグラウンドに大の字になり、激しく咳きこむ。引っ張られた右腕がやけに痛んだ。最終戦で怪我なんて、冗談にならないぞ。

上体を起こし、その場に座りこむ。痛む右腕を回してみると、何とか動いた。これならバットも振れるだろう。

乱闘の輪は、ようやく解け始めていた。どれぐらい長い時間、揉み合いが続いたのだろう……演技のつもりが、とんでもない事態になってしまった。まさか、本当に大乱闘になるとは。

よろよろと立ち上がった。乱闘の輪はほぼ二分されている。この騒ぎを引き起こした張本人は自分だが、完全に忘れられているようだった。割って入った審判団が、両チームの監督を呼んで注意を与えている。その間にも小競り合いが起こり、審判団が慌てて仲裁に入った。自分はもう、余計なことはしない方がいいな……大貫はこそこそとダグアウトへ向かった。試合が再開するまでには、まだ少し時間がかかるだろう。

　ダグアウトの前まで戻ると、トレーナーの野城《のしろ》が巨体を揺するように飛び出してきた。

「怪我は？」

「右腕が、ちょっと」アンダーシャツを捲り上げると、右肘の下辺りが赤くなっている。打撲か……何度か肘を曲げ伸ばししてみた。痛みはあるが、折れてはいない。

　野城が、すかさず消炎スプレーを肘の辺りに吹きつける。右肘が白く冷たく覆われて痛みが薄れ、それで気持ちが落ち着いた。

「どう？」野城が心配そうに訊ねる。

「大したことない」

「出られそうか」

「たぶん」

　トレーナーとしては、判断が難しいところだろう。この男はだいたい、悲観的な判断を示す。時にはどうでもいい怪我で、幹部に故障者リスト入りを進言することもあった。選手の怪我は全て自分の責任に帰すると思いこんでいる節があり、無理して悪化させるよりは欠場した方がましだ、といつも言っている。

アンダーシャツを引き下ろし、大貫は再びグラウンドに出た。マウンド付近で睨み合っていた選手たちがようやく引き上げ、イーグルスの選手たちが、ぞろぞろと三塁側ダグアウトに戻って来るところだった。

「大丈夫か？」

「怪我は？」

「さっきのは狙ってたぞ」

次々と声をかけられる。大貫は一々うなずき、自分は無事だとアピールした。「狙ってたぞ」という声にだけは、首を傾《かし》げざるを得なかったが。有原に打者の頭を狙うほどのコントロールがあったら、この試合はとっくに終わっていただろう。

「大貫」

監督の菊川《きくかわ》が怖い顔で立ち止まる。まずい……この男は何かと厳しい男だ。勝ち負けにこだわるのは当然として、そこから先を常に求める。礼儀正しさとか、スポーツマンらしいフェアプレーとか。プロとして必要かどうか分からない細かい話をするのも好きで、ミーティングが説教じみて長くなるのもしばしばだった。高校野球の監督じゃないんだから、と陰で失笑している選手も少なくない。

「お前にしては珍しいな」

「はい？」

その答えに満足できなかったのか、菊川が鼻に皺を寄せる。大貫の肩を叩くと、ダグアウトの方を向かせた。そのまま、ダグアウトに向けて押し出すようにして歩かせる。

「今のは、怒るようなことか？」

「いや、だって、奴は頭を狙ってきたんですよ」

菊川が立ち止まった。キャップを脱いで、半ば白くなった髪をかき上げ、目をすっと細める。怒っている、と大貫は震え上がった。元々淀みなく、流れるように話すタイプなのだが、怒ると急にぎくしゃくとした喋り方になる。

「有原が、頭を狙えるわけがない。頭より大きいストライクゾーンに入れるのにも苦労してるんだからな」

「ああ、そうですね。でも、さっきは頭が吹っ飛ぶところでした」

「そうかもしれない。百五十五キロ出てたからな」

それを聞いて初めて、大貫は生命の危機を実感した。あれが頭を直撃していたら……ヘルメットが砕け散り、自分が血の海に沈む様を想像して、身震いする。百五十五キロで自分の頭に向かってくる速球を避けられたのは、幸運な偶然だったとしか言いようがない。打つ気満々で、体重を乗せてバットを振り出していたら、避ける暇もなかったはずだ。元々打つ気がなかったのが幸いしたということか。

「お前が何を企んでるかは分かってるつもりだが」

菊川がちらりとマウンドを見た。スターズのピッチングコーチ、真田が残って、有原に話しかけている。何を言っているか、だいたい想像はつく。「落ち着け」「お前のせいじゃない」。どうかな……真田は現役時代、自分第一の男で、結構な皮肉屋で通っていた。そんな男が、怖気《おじけ》づいたルーキーを力づけるというのも、何だか滑稽な構図である。真田さん、コーチには向いてないんじゃないですか、などと大貫は皮肉に考えた。

「別に何も企んでませんよ」一応、否定しておこう。読まれているのは間違いないが、ここは白を切り通さないと。

「卑怯な手を使ってまで、勝つ必要はない」

むっとした。反論の言葉が、即座に十も二十も浮かぶ。そんな甘いことを言っていたら、プロではやっていけない。反則にならない限り、どんな方法を使ってでも勝ちに行くのがプロだ……何とか言葉を呑みこむ。菊川の言動はプロのそれとは思えないが、大貫は監督に逆らうほど馬鹿ではない。

自分には自分のポリシーがあるが。

球界で生き残っていくためには、何でもやらなくてはいけない。プロ入り十年、通算打率が二割四分台のキャッチャーは、打撃を売りにできないのだ。頼りになるのは、野球に関する知識とインサイドワークだけ。相手打者にだけ聞こえるような囁きでかく乱させるとか……それも、褒められたことではない。だがそうしなければ、自分の存在価値はなくなってしまう。

今日もそうだ。こんな試合では、何とかして流れを止めないと、相手の勢いを削《そ》げない。どうせ打てないのだから、自分にできるのは相手を動揺させることではないか。そして実際、大貫の作戦は何とか成功したようである。有原はうつむいたまま、真田の声に何の反応も示さない。どうやら予想以上の効果だったようだ。

監督は気に入らないようだが、こういうのをしっかり見ている人もいる。イーグルスのフロントは優秀、というかとにかく細かく、絶対に丼勘定の査定はしない。数字になりにくいプレーでも、必ず理論的に裏づけし、年俸に反映させるのだ。今日の俺はどうだろう。ノーヒットノーラン間近のルーキーを動揺させ、大記録をストップさせたら、どれぐらいのプラスポイントがつくのか。

もっとも、こういう査定が年俸アップにつながろうがつながるまいが、大貫は気にしていない。問題は、フロントに強い印象を与えることなのだ。「あいつはよくやっている」「肝心な時に知恵が回る」と思ってもらえれば、長くプレーできるチャンスが生じる。年に何億も稼ぐほどの才能はないのだから、一年でも長くプレーすることこそ、大事なのだ。他のことは考えなくてもいい。気づいたら、いつの間にかチームで最年長になって、それでもまだ一軍の試合に出続けているというのが理想だった。

狙いは、キャッチャーとしての最年長出場。

まだ空気がざわめいている中、大貫はバッターボックス近くに落ちていたバットを拾い上げた。

「大貫、あまり試合を荒らさないように」

アンパイアに忠告されたので、素直にうなずく。頭を狙って投げてきたのは向こうだ、と抗議しようと思ったが、有原にそんなコントロールがないことは、これまで百球以上もジャッジし続けてきたアンパイアにはよく分かっているだろう。何も余計なことを言って、刺激しなくてもいい。

何度か素振りを繰り返す。今のところ、作戦は上手くいっていると思う。ルーキーの有原にとって、先ほどの一件はプロ入り初の乱闘騒ぎだったはずで、動揺していないわけがない。気持ちはそんなに強くなさそうな選手だし、こっちの立場は一気に有利になったはずだ。チャンスだ——自分にも、ノーヒットノーランを潰せる機会がきた。先ほど傷めた腕にも痛みは残っておらず、バットを振るのに支障はなさそうだ。よし、俺のバットで有原の夢を打ち砕いてやる。ここまできてノーヒットノーランを逃したら、有原はしばらく浮上できないだろう。シーズンオフにも嫌な気分を引きずる。コントロールをつけようと必死で練習するかもしれないが、意識するあまりに腕の振りが小さくなると、肝心のスピードが死んでしまう。

そうなって欲しい。若い芽は、早いうちに摘んでおかないと。

「大貫さん……」渋い口調で、仲本が話しかけてくる。

「いやあ、危なかったな」わざとらしい口調で大貫は応じた。「俺みたいな年寄りは、あんな速球、避けるだけで大変だよ。死ななくてよかった」

「怒ってないんですか？」

「一騒ぎ終わったら、忘れた」肩をすくめ、視線を逸らす。さすがに仲本はよく見ている。俺が本気で怒ったわけではないことを、見抜いているのだ。

「お願いしますよ、本当に」マスクを額の上に跳ね上げているので、困惑した表情が露《あらわ》になっている。

こいつも気が弱いからな、と大貫は同情した。バッティングは合格点——それどころか、今のスターズでは中核だ——だが、リードには気弱な性格が透けて見える。困ったら外角低目にスライダーを投げさせておけばいい、というワンパターンのリードが目立つのだ。ピンチの時こそ、大胆に内角を攻めなくてはいけないのに……もっとも今日は、リードしようがないだろうが。

「さっきのはすっぽ抜けか」

「抜けてるも抜けてないも、今日はずっとあんな感じでしょ」

「一軍で投げさせるレベルじゃないよな」

むっとして、仲本が黙りこむ。そんなことは、百球以上も受けてきた仲本本人が一番よく知っているはずなのに。

「ま、考えてみれば、あいつが頭を狙って投げられるわけ、ないよな」

「分かってるなら、大人しくしていて下さいね」

「はいよ」

マウンドの後ろでは、まだ真田の励まし――あるいは説教か――が続いている。多少血の気を取り戻した有原は、しきりにうなずいていたが、やはり目は空《うつ》ろだ。思った以上に上手くいったようだな、とほくそ笑む。人に見られたらまずいと慌てて下を向いたが、嬉しさは抑えきれない。取り敢えず、一塁側ダグアウトに背を向けてから顔を上げたが、今度は三塁側の自軍ベンチにいる菊川の厳しい視線に迎えられた。分かってますよ、監督。だけどこのまま、ルーキーにノーヒットノーランを食らったらどうします？　試合後に記者連中に摑まって、面倒なコメントを求められるのは監督ですよ。そういうの、嫌いじゃないですか。

しかし菊川は、大貫が乱闘騒ぎを起こしたのをどうしても許せないようで、怒りを全身で表現していた。ダグアウトの出入り口に足をかけ、背筋をぴんと伸ばしたまま、目を細めて大貫を睨んでいる。バッティングコーチが寄って来て何か話しかけたが、答えようとしない。普段は人の話にしっかり耳を傾ける男なのだが、今日ばかりは……俺、そんなに悪いことをしただろうか、と大貫は訝った。相手に精神的な揺さぶりをかけるのは、プロなら当然だ。両チーム入り乱れての乱闘劇はやり過ぎだったかもしれないが……もしも有原が、完璧なコントロールを誇るピッチャーだったら、もっと微妙な方法を考えていた。そういうピッチャーは概《おおむ》ねデリケートなもので、指先の微妙な変化にさえ神経を尖らせるものだから、些細なことでダメージを与えられる。だが、有原のように大まかなピッチャーの場合、多少の変化で何が変わるわけではない。それなりに大袈裟な演出をしなければならなかっただけだ。

ようやく真田の説諭が終わった。有原の尻をぽん、と叩き、ダグアウトに向かって駆け出す。あの身のこなしの軽さは、現役時代そのままだな、と思う。最近、投手陣の崩壊に悩んでいるスターズと対戦する度に、真田が投げればいいのではないか、と思う。短いイニングならいけるのではないか……もっとも、スターズの投手陣がぴりっとしないのは、ピッチングコーチである真田の責任でもある。やっぱりあの人には、指導者の素質がない。

有原がゆっくりとマウンドに上がった。明らかにまだ動揺している。うつむいたまま、ユニフォームのズボンをぐっと上げ、肩を大きく上下させる。ロジンバッグを手に取り、右手の上で躍らせる。やり過ぎ……白く舞った粉で、彼の右手が霞むようだった。それから、滑り止めの具合を確かめるようにボールを摑み、グラブに叩きつけ……ボールがマウンドに転がった。

「しっかりしろ、有原！」

「新人、焦るな！」

野次が飛び、バックネット裏付近で、どっと笑いが広がる。有原が慌ててボールを拾い上げた。下を向いた時、耳が真っ赤になっているのがはっきり見えた。これは……思ったよりも動揺している。自分の作戦の効果に、大貫は思わずにやりと笑ったが、仲本に見られるのが心配ですぐにうつむいた。

有原はまだプレートを踏まず、アンダーシャツの袖をいじっている。最近は体を締めつけるタイプが多いから、多少乱暴な動きをしても、緩むことなどないのに。

さあ、どうするよ、新人君。まだ冷静に投げられるか？　プロってのは、水面下でいつも足の蹴り合いをしているもんだ。これは、俺から君に贈る、プロの洗礼ってやつなんだぞ。遅かれ早かれこういう目に遭うんだから、むしろ感謝してもらいたい。初先発で、プロの嫌らしさを思い知れ。そしてできれば、それを教訓にしないまま、二軍で沈没してもらいたい。

何だかんだ言って、大したもんだよ。今のうちに潰しておきたいと思わせる若手は、なかなか出てこない。

次はどうする？
有原がプレートを外し、うつむいた。しきりに目の辺りを気にしている。
流れは完全にこちらにきたか？

6 有原の場合 その2

タイム。かけたのはアンパイアだった。
キャッチャーの仲本が立ち上がる。アンパイアと一言二言話してから、ゆっくりとマウンドに向かって来るのを見て、有原は眉をひそめた。
いや、マジでこれ、何なんだ？ 左眉の上の方がひりひりと痛んでいるのに気づく。恐る恐る右手を伸ばして、痛む箇所に触れてみた。ゆっくりと手を離すと、指先が血で赤く染まっている。マジ、出血？
ふっと意識が遠のく気がした。その瞬間、左肩をどやされる。はっとして顔を上げると、仲本がマスクを額の上に跳ね上げ、怖い顔で立っていた。

「お前、大袈裟なんだよ。大したことない」馬鹿にしたように鼻を鳴らす。

「マジすか？」

「ちょっと切れただけだ。唾でもつけておけば治っちまうよ……とはいっても、一応処置するか。審判が気にしてるんだ」

仲本が、視線を動かしてトレーナーの芝田《しばた》を捜した。すぐに見つけてうなずきかけると、ダグアウトから芝田が飛んで来る。有原の顔を見て、一瞬ぎょっとした表情を浮かべたが、額に手を当てて怪我の程度を確認しているうちに、表情が緩んできた。

「軽く治療しよう」

アンパイアも寄って来て、芝田に「どうする？」と訊ねる。

「ちょっと時間もらえますか？　すぐに治療しますんで」芝田が軽い調子で答える。

「ハリーアップ、な」うなずいたが表情は硬く、口調も厳格だった。

ああ……このアンパイアは試合が遅れると怒るタイプなんだ、と有原は納得した。そういえばこの人、判定が緩い感じがする。微妙なコースは、ことごとくストライクに取ってきたはずだ。何だか、判定の正確さよりも、早く試合を終わらせることを大事にしているような……。

アンパイアは味方につけておかないと。有原は小走りにダグアウトに向かった。鼓動に合わせるように目の上の傷がちりちりと痛んだが、大したことはないだろう、と自分を納得させる。

ベンチに腰かけ、一息つく。芝田がメディカルボックスを用意している間に、ペットボトルの水を一口飲んで気を落ち着かせようとした……落ち着かない。試合が進んでいる時とは別種のざわめきが、球場内に漂っている。イーグルスベンチも、何だか動きが慌ただしいし。別に退場者が出たわけじゃないのに、また乱闘が起きそうな険悪な気配もある。嫌だな……俺は平和主義者なんだから。小学生の頃から、図体がでかい割に気が弱いと言われてきたけど、喧嘩なんかしても何の得にもならないのは当たり前だ。何か問題があったら話し合いで――試合中には無理だけど。

大貫がマウンドへ向かって来た時のことを思い出す。それほど大きな選手ではないのだが、ヘビー級のボクサーが一発でノックアウトを狙ってくるような迫力があった。よく避けられたよ……この怪我は、いつ負ったのだろう。誰かに殴られた記憶はないから、揉み合いの時に何かの拍子でこうなったのかもしれない。

「ちょっと大人しくしてろ」

芝田が脱脂綿を額に当てた。ひりひりと染みて、傷の存在を強く意識する。この怪我のせいで投げられないことはないだろうが、一度傷みが気になり出すと、集中の邪魔になるものだ。

「よし、これでいい。もう出血は止まってるから」芝田が額に絆創膏を張り、有原の頭をぽん、と叩いた。「だいたいお前も大袈裟なんだよ。これぐらいの怪我で、あんなに騒ぐことはないんだ」

「騒いでませんよ」むっとして、有原は言い返した。アンパイアが勝手にタイムを取っただけじゃないか。

「治療するほどの怪我じゃないんだぞ」

「だけど、血が出てたんですよ」

「ああ、もういいから」芝田が面倒臭そうに言った。「さっさと行け」

有原はグラブを摑んで立ち上がった。ふいに、激しい疲れを意識する。また足が痙攣しそうな予感がした。ここまで必死で投げてきて、とうとう九回。当然、プロ入り最長である。体もそうだし、精神的にもくたくただ。あとアウト三つで試合が終わる——ノーヒットノーランが達成される——のに、それがはるか先のことのように思える。この試合は、永遠に終わらないかもしれない。

「有原、ちょっと待て」

ダグアウトを出ようとした瞬間、ピッチングコーチの真田に声をかけられた。振り向いて、直立不動の姿勢を取る。

「落ち着いてるか」真田の声は低かった。

「はい、まあ、何とか」

「さっきもマウンドで言ったけど、ここまできたんだから、ノーヒットノーラン、やれよ」

「それは、まあ、あの……」

「しゃきっとしろ」真田がぴしりと言った。「やる気がなければ、ノーヒットノーランなんかできないんだぞ。偶然に頼るな。一発、決めてこい」

「はあ」

「しっかりしろ。でくの坊か、お前は」真田が腕を伸ばし、有原の頭を叩いた。

でくの坊って何だっけ、と考えながら、有原は一礼した。振り返ってゆっくりと歩き出し、ラインを超えたところで駆け足になる。しかし、真田コーチもあれはないよな。普通、ノーヒットノーラン達成間近のピッチャーがいたら、意識させないようにするんじゃないか？　硬くなったらどうするんですか。

仲本からボールを受け取ると、有原は右腕をぐるぐると回した。急に緊張感が薄れたのは、試合の流れが途切れたからだ。ノーヒットノーランねえ……まあ、勝てればいいやと思う。プロ初先発で勝ち星がつけば、来年にもつながるはずだし。

そう、問題はこの試合じゃなくて来年だ。せっかく入った憧れのスターズ、簡単に辞めさせられてたまるか。

——でも、勝てるのか？

先ほど乱闘を引き起こした一球は、仲本のミットを弾いてバックネットまで転がり、その間に一塁走者は二塁を陥れている。やばいよ。得点圏にランナーを置いて、まだノーアウト。大貫だって、ここは確実に狙っているだろう。右へヒットを打てばいいんだから、プロなら難しくない。打球がライト前に落ちれば、二塁走者は躊躇せずに三塁を回り、ホームへ突っこむ。

ここで1点取られたら、間違いなく俺は負ける。

まずい。どうしよう。しかもカウントは3ボール1ストライク。大貫が打席に立ってから、どうにも制球が定まらない。力をセーブすればストライクは入るかもしれないけど、大貫はそういうボールを見逃さないだろう。3ボールからでも、甘い球は打ってくるはずだ。変化球でカウントを整えられればいいのだが、直球以上にコントロールに自信がない。

投げよう。とにかく投げるしかないんだ。俺が投げなければ何も始まらない。

有原は、ボールをグラブに叩きつけた。高校時代の恩師が——やけに格言好きで、選手からは失笑されていたが——言った台詞が脳裏に浮かぶ。「ピッチャーは王様なんだ」。

野球は、ピッチャーが投げなければ何も始まらない。だから、ピッチャーが一番偉いんだ。威張ることはないが、マウンド上ではいつも堂々としていなさい。

そんなことを言われるほど、俺はいつもおどおどしていたわけだ。

もちろん、人より速い——それも相当速いボールを投げる自信はある。だけど、ただ速いボールを投げるだけでは、ピッチャーは務まらないのだ。それなら、槍投げの選手をスカウトしてきてもいい。ピッチャーに必要とされる素質は多い。度胸、冷静さ、強靱な下半身、スタミナ、そして何よりもコントロール。数え始めた有原は、俺には幾つ足りないのだろうとうんざりした。球が速いだけでマウンドに上がって……それでプロになって……今、ここだよ。

要するに、あとアウト三つでノーヒットノーラン、というのがどうしても信じられない。このスターズのユニフォームだって、全然様になっていない感じなのに。

一年前までは単純だったよな、と思う。高校生っていうのは、本当に暇だ。野球以外のことはしなくてよかったし。「野球だけ」というのは今も同じだが、質と量が圧倒的に違う。どれだけ走れば許してもらえるんだ……梅雨明け、毎日最高気温が三十五度まで上がる中、マラソン選手並みに走らされた真夏の日々。しかも、ファームの試合で普通に投げているのに加えて、だ。

あれを思えば、今は何ということはない。ドーム内は空調が効いているし、自分で何もしなくても周りがフォローしてくれる。

身を屈《かが》め、仲本のサインを覗きこむ。そう、背中を丸めるな、といつも言われてるんだよな。背が高い人間の常で、何となく体を真っ直ぐ伸ばしているのが申し訳なく思える。突っ立ったままサインを見てもいいのだが、それはキャッチャーに失礼な気がしていた。だから昔から、サインを覗きこむ時は常に猫背。ストレート……まあ、そうだよな。自分でもそれしかないと分かっている。ここで変化球を要求されたら、拒否するしかない――そうか、でも、ちょっとバッターを騙してやるのも手だな。

　有原はサインに対して首を横に振った。マスクの奥で仲本の目が細くなる。いや、そんなんじゃないんですよ。ただの目くらましですから。ホームプレートまで走って行って言い訳したかったが、そんなことができるはずもない。

　仲本がゆっくりと、右膝から左膝に体重を移した。これは……何試合か受けてもらって、苛々している時の癖だと分かっている。仲本は基本的に、あまり動かないキャッチャーなのだ。自分は「的」だと心得ているらしく、わずかな動きやぶれが、ピッチャーのコントロールに影響を与えると信じているようだった。ただそれは、普通に試合が流れている時だけ。あんな風に膝を動かした後は、ダグアウトに戻ると必ず怒られる。まあ、今日はこれで終わり――終わりになるはずだから、どうでもいいけど。仲本がサインを出し直す。スライダー……いや、だから違うんです。ストレートでいいんです。だいたいスライダーは、曲がりませんよ？

　有原のスライダーは横にわずかに滑るだけで、右打者から見れば、ほとんど速球と同じだろう。左打者の内角へ上手く食いこんだ時だけ、詰まらせることができるが、それを自分でコントロールできない。どうしようもないんですよ。有原はもう一度首を振った。仲本がまた体を揺らして……立ち上がる。タイムをかけて、マウンドへ駆け寄って来た。いかにも面倒臭そうな感じ。

　有原の肩を叩いて一塁側を向かせると、マスクで口元を隠して「どういうつもりだ、この野郎」と低い声で脅してきた。有原は顔面から血の気が引くのを感じたが、何も言わなければ何も始まらない。

「はい、あの、ちょっとバッターを騙そうかと……」

「阿呆か、お前は」仲本は低く声を抑えていたが、試合中でなければパンチが飛んできたかもしれない。「余計なことをするな。大貫さん、まだかっかしてるんだぞ」

「はい」それを考えると、また顔から血の気が引く。さっきの一球は、もちろんわざとではない。しかしそんなことは、大貫には関係ないだろう。ぶつけられそうになり、乱闘騒ぎに発展した直後の一球。

「真面目にやれ」

　やってます、と言いかけて言葉を呑みこむ。余計なことを言ったら、試合後にどうなることか。

「とにかくストレートだ。思い切り投げてこい。お前にはそれしかないんだから」

「分かりました」

仲本が、だるそうな足取りで守備位置に戻って行く。一塁側のダグアウトを見ると、ピッチングコーチの真田が、腕組みをしてこちらを凝視していた。あれは……怒ってるよ。どうしてか分からないけど、怒ってる。まあ、あの一球の後だから、かっかしていてもおかしくはないが……勘弁して下さいよ。わざとじゃないんだから。

しかし、試合中に頭を下げることはできない。だいたい、先輩やコーチの顔ばかり気にしていて、どうする？　敵はバッターボックスにいて……その大貫も怒っている。本気で怒ってる。無表情だが、全身から怒りのオーラが出まくっている。仲本が何か話しかけたようだが、まったく無視して、こちらを凝視してきた。バットを肩に担ぎ、まったく視線を外そうとしない。下手なところへ投げてきたら、今度こそぶん殴るぞ

——と無言で圧力をかけてくるようだった。

信じられないよな。大貫は、有原が小学生の頃から活躍している選手である。そんな人と、今こうやって対戦しているとは。

——感慨深いというか、やっぱり信じられない。一対一、ピッチャーとバッターの勝負なのだと自分に言い聞かせようとしたが、納得できなかった。何だか自分が、野

球ゲームの中のキャラクターになってしまった感じがする。

しかしこれは、デジタルの世界のゲームじゃない。生身の大貫が打席に立っていて、とにかくここは気合いを入れ直して、次の一球を投げるしかない。ところが何故か急に、手の中でボールが膨れ上がってくるような感じがしてきた。直径が二、三ミリ大きくなっているような……それぐらいの微妙な差も、ピッチャーは敏感に感じ取るものだ。いや、そんな馬鹿な……あり得ない。有原はグラブの中にボールを隠したまま、こねくり回した。そういえば、縫い目も少し高い感じがする。まさか――そういうことはあり得ないから。誰かがボールをすり替えたとか？　冗談じゃない。妄想はいい加減にしないと。

右足をプレートに乗せる。体を捻って肩越しに二塁走者を見た。ベースから一メートルほど離れているが、何かしかけてくる気配はない。ただ両手を腰に当てて、じっとこちらを見ているだけだ。ヘルメットの庇《ひさし》が顔に影をつくり、表情までは伺えない。ただ、全身から妙な迫力が噴出しているのは分かった。乱闘騒ぎ、その興奮の名残か……。

野次がひどくなる。

「おら、さっさと投げろ！」

「ぶつけたら殺すぞ！」

今、殺すって言ったの、女の人じゃないか？　まずいよ……憧れの東京スタジアムで投げた有原が最初に驚いたのが、アンチスターズの観客の多さだ。昔から、人気球団故にアンチも多いのは知っていたが、何でわざわざ球場まで来るのだろう。アメリカだったら、隅の方で大人しくしているはずなのに、かなりの人数の集団が外野席のレフト側、それに三塁ダグアウトの上にいつも固まっている。内野席の連中は特に遠慮なく野次を飛ばしてくるので、マウンドに立っているとはっきりと耳に入るのだ。

しかし今のは、女の人が飛ばすような野次じゃないぞ。有原は、そちらを見たいという欲求と必死で戦った。一軍に上がってきて最初に教えこまれたのが「野次は気にするな」だった。聞こえても、絶対にそっちに目を向けてはいけない。聞こえていると分かったら、アンチの観客はますます図に乗って、もっとひどい野次を飛ばす。ファンの声援も気にしちゃいけない。自分の調子は自分にしか分からないのだし、ちょっと褒められて調子に乗るようでは、プロではやっていけない。ファンの存在を意識するのは、自分が退く時か、試合が終わった時でいい。それまでは、無人の球場で投げていると思え。

つまり、「ファンの皆さんの声援のお陰です」っていうのは嘘なのか。有原は驚いたが、今になればその教えは正しいと分かる。ファンだって、こっちがヘマをしたら許してくれないだろう。今まで味方だったのが、急に敵になる。そんなことに一々気を揉んでいたら、確かにやっていけない。

無視、無視。次の登板——あったとしても来年だが——の時には耳栓をしてこようか、と本気で考える。

もう一度、二塁走者を見た。少しリードが大きくなっている。ノーアウトだし、バッター勝負と見て気を緩めているのか……仲本もそれに気づいている。人差し指を下に真っ直ぐ下ろし、マウンドに向かって弾くような仕草を見せた。牽制のサイン。有原は素早くプレートを外し、体を百八十度回転させて二塁に牽制球を投げた。

指に引っかからないと気づいた時には遅かった。牽制球が高くなる。二塁走者は、自分の頭を庇うようにヘルメットを両手で抱え、首をすくめながらベースに戻った。セカンドが、思い切り飛び上がって辛うじてボールをグラブに収める。

スタンドにざわめきが起きるのが分かった。失笑も。おいおい、牽制で暴投してどうするんだ？　ストライクが入らないのは、バッターに対してだけじゃないのかよ——小声で交わされるそんな嘲笑が、簡単に想像できる。いや、今のは指が上手くかからなくて……誰に聞かれたわけでもないのに、頭の中で言い訳を考えてしまう。

「落ち着け、落ち着け」一人もごもごとつぶやいてから、この口元は中継のテレビカメラで抜かれていないだろうな、と不安になった。こんなところを見られたら、ネットで「有原、試合中に不気味な独り言」とか書かれてしまう。それどころか、口の動きを分析して、何を言っていたか割り出そうとする奴もいるだろう。

世の中、どれだけ暇人が多いのかね。他にやることがあるはずなのに。

セカンドは怒り顔で、思い切り強くボールを投げ返してきた。二塁走者が何事か話しかけると、苦笑しながら肩をすくめる。自分のことを言われているのだ、と悟る。ああ、分かってます。投球だろうが牽制だろうが、自分にコントロールがないのは、自分が一番よく知ってます。だから、聞こえないところで悪口を言うのはやめて下さい。

やり直し。有原はプレートを跨いで仲本のサインを覗きこんだ。本当は、サインなんか出す意味もないのに。常にストレート。大まかなコースは指示されるが、どれだけ頑張ってもちゃんと投げられるわけがないのだ。有原にとって、コントロールのいいピッチャーというのは謎の存在だった。自分は大まかに、目が向いている方、指先が向いている方、という具合にしか投げられない。コーナーの四隅に投げ分けられるピッチャーがいることが、信じられなかった。

──余計なことを考えても仕方がない。とにかく考え過ぎてしまうのが自分の弱点だということも分かっている。

プレートを踏み、もう一度、二塁走者に視線をやる。素早く目を大貫に向けて、左足を上げ、始動。お、いい感じだ。今度はボールが手にしっとりと吸いつく感触がある。これはいけそうだ。

ボールが手から離れた瞬間、今日最高のボールだと確信した。スピードも乗っているし、コースも完璧。外角低目の一番打ちにくいところへ、ぴしりと決まるはずだ。

そう、ちょうど仲本の右膝の辺り……ボールがミットに収まるのと、アンパイアが「ボーク！」と叫ぶのと同時だった。

え？　え？　ボーク？　ボークって、どういう意味だ？

有原は一瞬でパニックに陥った。俺、何かやったか？　何もしてない。普通に投げただけで、ボークを取られるはずがない。アンパイアが、二塁走者に向かって腕を振った。三塁へ行け……当然、今の一球はノーカウントだ。今日最高のボールだったのに、それはない。

しかし、何が起こったんだ？

有原は後ろを振り向いた。スコアボード横の巨大モニターに、リプレイが出るはずだ。映った……二塁から視線を戻して、セットに入る自分。早い？　そう、いつもより少しだけ早い。完全に静止していなかったということか。

いや、だけど、ちょっと厳密過ぎないか？　有原はキャップを脱ぎ、二の腕で額の汗を拭った。今のは、流れでどうしようもない……というか、見逃してくれてもいいんじゃないか。あのアンパイア、試合を早く終わらせようとして、適当なジャッジをしていると思ったのに、こんなところだけ妙に厳しい。ホント、勘弁して下さいよ。懇願するようにアンパイアを見ると、厳しい視線が突き刺さった。まるで、今のはお前が悪い、しっかり投げろと無言で叱責されているような……はいはい、分かってます。俺が悪いんですよ。ちゃんと動作を停めてから投げればよかったわけですよね。

しかし、反省しても謝っても、判定が覆るわけではない。見ると仲本も、殺意のこもった目つきでこちらを見ている。いや、だから……そうです。投げ急ぎました。言い訳したい、という気持ちが湧き上がってくる。できれば今すぐホームプレートに駆け寄って、謝りたい。しかし、ここでまたタイムをかけたら、アンパイアは嫌な顔をするだろう。試合を遅らせるような行為を、黙って見逃すアンパイアはいない。何とか一息つきたい。少し気持ちを落ち着けたい。スパイクの紐が解けたことにするか……あるいはグラブが壊れたとか。ダグアウトに戻って水を一口飲めば、少しは気が楽になるかもしれない。

無理だ。

ノーアウト三塁。点が入るパターンはいくらでもある。ヒットでなくてもいいのだ。外野フライ、スクイズ、あるいは俺が牽制悪送球をやらかすとか……一番可能性があるのはスクイズだろうか。バッター側から見てカウントに余裕があるから、どこでしかけてくるかは分からない。変化球があれば——ちゃんとした変化球が投げられれば。

速球より変化球の方が、スクイズしにくい。だが速球よりわずかにスピードが落ちて、ほんの少し滑るだけのスライダーは、むしろ当てやすいだろう。あとはチェンジアップだが、あれは落ち過ぎて暴投になる可能性がある。自分でコントロールできないのだ。結局、ストレートで押していくしかないわけか。

野次は聞こえなくなっていた。いや、誰かが何か言っているのかもしれないが、野次が大きくなり、全体にうねるような騒音になって体に襲いかかってくる。有原は、心底怖いと思った。もしも点が入ったら、どうなる？　ノーヒットピッチングを続けても、負けになる可能性もある。こういうの、何て言うんだっけ……ノーヒットアリラン？　そんな感じだろう。間違いなく、珍記録として残ってしまう。何であれ、球史に名前が残るのはいいことかもしれないが、こんなことで、というのは勘弁して欲しい。

もう一度キャップを取り、手の甲で汗を拭う。焦りが、汗になってどんどん体の外へ出てくるようだった。しかし出るよりも体内に蓄積されていく量が多い感じがして、まったく気が休まらない。

アンパイアが、ちらりと一塁側ダグアウトを見た。両手を上に挙げて、「タイム」を告げる。見ると、真田が後ろのポケットに両手を突っこんだ格好で、うつむきながらダグアウトを出て来るところだった。うわ……何か、重大な宣告をしようとしている。まさか、ここで交代？　ヒット一本も打たれていないのに？
野球では、どんなことが起きても不思議じゃないんだぞ、と有原は覚悟を決めた。

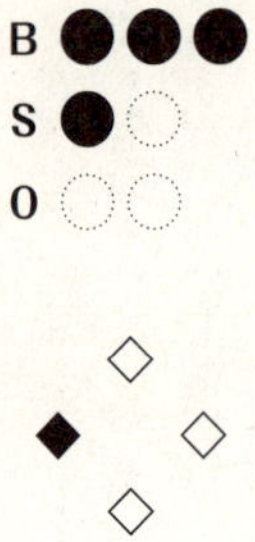

7　真田の場合

あの馬鹿が……この試合で俺の歯は間違いなく磨り減ってるな、と真田はうんざりした。奴は何であんなにおどおどしてる？　もっと自信を持ってやればいいんだ。今追いこまれているのは、間違いなくイーグルスの方なのだから。あとアウト三つで大恥をかく——そう考えれば体が固まって、普段通りのプレーができないはずだ。

真田は、監督の樋口に近づいた。この男はずっと、「寄って来るな」と言いたげなオーラを発している。昔はこんな奴じゃなかったんだけどな、と真田は少しだけ同情した。二十年近く、一軍と二軍を行ったり来たりの選手生活。指導力を見こまれ、異例の——スターズは暗黙の了解で、殿堂入りしそうな選手にしか監督を任せない——

監督就任後は、戦力ダウンしたチームを抱え、苦労を続けてきた。本人に確認したわけではないが、シーズン終了と同時に解雇が決まっている、と真田は確かな筋から聞いていた。

チームもとことん無責任だよな、と溜息をつきたくなってくる。二年前、樋口に託されたのは、チームの再建だったではないか。

大リーグなどへの戦力流出が続き、何より真田が現役を引退したことで、スターズの力はここ数年で確実にダウンしている。若手を育てて優勝戦線に絡めるチームに仕上げる――それが樋口の役目だったはずだ。長期ビジョンを持たなければできないことだが、チーム側は気が短かった。来年からオーナーが変わるせいもあるが、九月に入った途端に、解雇の方針を決めたらしい。

お前も爆発すればいいんだよ、と思う。報道陣にぶちまけるとか、手はいくらでもあるはずだ。しかし樋口は、律儀にチームの要求を受け入れたのかもしれない。そういう男なのだ。チームの事情が全てに優先する。

だけどお前は、よく頑張った。乏しい戦力でここまで戦ったことには、胸を張っていい。悪いのはあくまでフロントだ。若手が育ってくるまでの数年間、どうして我慢できないのだろう？　昔のスターズはこんな風に焦らず、堂々と構えていたのに。

しかし、俺もな……真田は、自分が上に文句も言えないような人間になってしまうとは思わなかった。選手時代は好き勝手に、それこそ王様のように振る舞ってきたのに……それも当然だと思う。最多勝三回、最多セーブ——一シーズンだけ抑えに回っていた——一回、最多奪三振二回、最優秀防御率三回。堂々と胸を張れる成績だし、変に遠慮すると、かえって嫌らしい人間だと見られる。むしろ堂々としていたからこそ、ファンも俺についてきてくれたのだと思う。事実、最後のシーズンに引退を表明してからは、登板する度に球場は満員になり、スターズは過去最高の観客動員数を記録した。

　チームに対しても、いつも好き勝手に言ってきた。それでコーチや監督とぶつかったこともあるが、一度も負けたことはない。常に自分の意見が優先された。

　それがコーチになった途端……樋口はまだいい。完全に気持ちが通じ合っているとは思っていないが、本音で話し合うことはできる。だがチームのフロントに対しては、いつも一歩引いて接するしかできなかった。あろうことか、いつの間にか愛想笑いを覚えてしまった。決して自分の身が可愛いわけではない……いや、可愛いのだ。選手とコーチでは、立場がまったく違う。選手の仕事は試合で全てを出し切ること。だがコーチは、一度試合が始まってしまえば、できることはほとんどない。実際、真田の仕事と言えば、投手リレーに責任を持つことぐらいだ。しかしそれだって、最終的には樋口が決定する。

樋口は基本的に真田の意見を尊重してくれたが、フロントはそんなことはどうでもいいと考えているらしい。去年の契約更改の時に、愕然としたものだ。投手交代のタイミング、リリーフ陣の出来、先発ローテーションに入った投手たちのコンディション調整。現役時代は知る由もなかったが、スターズは実に細かく、コーチの査定をしていた。そしてコーチとしての真田には、マイナス査定がついていた。

だから真田は、愛想笑いを覚えた——誰からも嫌われないように。コーチの座なんて、微妙なものである。馘になったら、その先どうやって食べていっていいかが分からない。今から解説者というのも気が進まなかった。

「ちょっと一息入れさせるぞ」

告げると、樋口が無言で振り向いた。無表情。試合に勝てそうなこと——そして目の前でノーヒットノーランが達成されそうな状況にも、まったく興奮していない。監督生活で神経が完全に磨り減ってしまったのだろうか、と真田は心配になった。

「どうする」

「マウンドに行って来る」

「そうか」

「いいのか?」

「奴はお前に任せた。俺は……」樋口が右手で胸を押さえる。「とにかく、任せた」

「諦めるなよ。この試合、拾おうぜ」

「そうだな」樋口の顎にぐっと力が入る。

「お前がマウンドに行ってもいいんだぞ。直接気合いを入れたらどうだ」

「そういうことはしない」

確かに。樋口がマウンドに行くのは、基本的にピッチャーの交代を告げる時だけだ。有原も、それを知らないわけではあるまい。監督が来たら、交代だと思って絶望する――そういう事情を慮《おもんぱか》って、本当は自分で気合いを入れに行きたいのを我慢しているのではないだろうか。

「じゃあ、一発喝を入れてくるわ。何か伝言は？」

「ない」樋口は腕組みをしたまま、マウンドを凝視している。しかし次の瞬間には、ゆっくりと腕を解いた。油の切れた機械のようにぎこちなく真田に顔を向けると、「奴はやれるのか」と訊ねた。

「どうかね」

「ここまできて……どうなんだ」

「お前はどうなんだよ。あいつがやれるか、じゃなくて、やらせてやりたいのか？」

樋口がゆっくりと首を振った。自分でも考えがまとまらないのだろう。ここで勝っても、ルーキーがノーヒットノーランを達成しても、今後の状況に変化はない。樋口は馘になる。俺は……たぶん、残る。人事に関しては緘口令が敷かれているから、はっきりしたことは分からないが、空気で察することはできた。何だかんだ言って、俺はいまだにこのチームの顔なのだ。樋口に関しては、監督になって初めて顔と名前が一致した、というファンがほとんどだろうが。

「やらせてやろうぜ」真田は言った。

「ここまできたら、俺たちにできることはないだろう」樋口の口調には、諦めが透けて見える。

「喋るぐらいはできる」真田はユニフォームの尻ポケットに両手を突っこんだ。右足をダグアウトの段差にかけ、ぐっと身を乗り出す。有原は、神経質そうにマウンドをスパイクで均していた。一球投げるごとにあんなことをしていたら、遅延行為と取られかねない。投げたくないのではないか、と真田は疑った。自分の経験からすると、ここまできたらテンションが上がり、一刻も早く片づけてしまいたいと高揚するのだが……プロ初先発となると、そうもいかないのだろう。

グラウンドに飛び出し、タイムを告げる。全力疾走でマウンドに向かった。急がないと、アンパイアを怒らせてしまう。うつむいたまま走っていても、自分に対する声援と拍手が湧き上がるのが分かった。まったく……いつまでこのチームの顔を続けなければならないのか。悪い気はしないが、いい加減に世代交代しないと、スターズは没個性の地味な球団になってしまう。さっさと新しいスターが出てこないと。例えば有原とか……無理か。何というか、この男の顔には「風格」がない。年齢に関係なく、柱になるピッチャーは必ず迫力や品性を備えていて、それが顔に滲み出るのだが。マウンドに上がると、内野陣が集まって来た。何となく、覇気が感じられない。目の前で達成されるかもしれない偉業に参加しているというのに、誰も興奮していなかった。

「カウントは？」

蒼い顔をしたキャッチャーの仲本に訊ねる。散々しこんでキャッチャーとして一人前に育ててやったので、今でも真田と喋る時は少し緊張するようだ。

「3—1です」

「で、ランナーは」今度は有原に訊ねる。

有原はちらりと三塁を見たが、何も言わなかった。この野郎……喋れないほど緊張しているのか、と真田は呆れた。最近は、こんな感じの若い選手が多い。とにかくプレッシャーに弱いのだ。ぎりぎりのピンチ、あるいは逆転のチャンス——多くの観客が観ていると意識すれば、アドレナリンが噴き出してくるはずなのに、逆に萎縮してしまう。こういう時に興奮しないで、何が楽しいのか。だいたい、このチームに入ってくるような人間は、大観衆で埋まった甲子園での試合も経験しているはずなのに。

「有原、ランナーは？」少し口調を強めて質問を繰り返す。

「……三塁です」

「そうだな。ノーアウトランナー三塁、カウントはボールが三つだ。絶体絶命じゃないか。お前、ノーヒットノーラン、やりたくないのか」

試合中の球場には、常にノイズが満ちている。それが一瞬、完全に消えたようだった。真田は即座に、失敗を悟った。途中まで、ダグアウトの中では誰も「ノーヒットノーラン」を口にしていなかった。プロ野球では古くからあるジンクスで、言葉にした途端にヒットが出る……真田自身はそんなことは気にしていなかったが、ダグアウト全体の雰囲気ということもある。有原が緊張しているのは、盛り上がった肩を見ただけでも分かった。

「まあ、なんだ」真田は咳払いをした。「どうせあとアウト三つなんだ。欲張れよ」

「はい……」有原の声には力がない。

「試合前、俺の完全試合の話をしただろう？　あれを思い出せ」

有原がのろのろと顔を上げる。何で今、そんなことを言うんだ、とでも言いたげだった。どうせ参考にならない、とでも思っているのか。

まあ、それはそうかもしれない。真田はこの試合の前に、初先発の有原の緊張を少しでも解《ほぐ》そうと、「狙えば完全試合もできる」と自分の経験を話したのだった――そう、狙ってできる。そもそも、完全試合を狙わずに先発のマウンドに上がるようなピッチャーは、ろくな結果を出せないのだ。完全試合はピッチャーの究極の夢。そして先発ピッチャーには、マウンドに立つ度にそれを夢見る権利がある。

実際真田は、実質的に現役最後の試合で、狙って完全試合をやった。あれは……やらなければならなかった。完全試合をやれば、当然歴史に残る。自分のように実績十分のピッチャーが達成すれば、華麗なる経歴にさらに箔がつくのだ。しかも引退試合となれば……翌日のスポーツ新聞各紙の見出しを、真田はよく覚えている。スターズ寄りと言われているある新聞など、「引退撤回しろ、真田」とぶち上げた。命令口調の見出しは珍しいのだが、それを見て、真田は大いなる満足感を覚えたものである。惜しまれつつ引退……しかも十分余力を残して引退するなど、最高ではないか。だからこそ俺は人の記憶に残り、いつまでもチームの顔でい続けることができる。

しかし試合前の有原は、「完全試合」と言われてきょとんとした表情を浮かべたものだ。まるで子どものような……だが真田は、この男に賭けてみようと思った。

有原の最大の武器は、打者の手元で自然に動く速球である。いわゆるクセ球。芯で捕らえたと思っても微妙に外れ、内野ゴロや外野フライの山を築かせるタイプのピッチャーなのだ。荒れ球で、打者に的を絞らせないのもプラスに働くかもしれない。スタミナ配分に難があるのは何度かの登板で分かっていたが、とにかく若さがある。

自分が投げる時は、「賭け」などしなかったのだが……試合を全てコントロール下に置こうとしていた。

しかし今日の試合は、予想以上に荒れた。このままノーヒットノーランが達成されても、無様な試合になるのは間違いない。四死球を連発し、エラーも乱闘騒ぎもあった。完全試合やノーヒットノーランのスコアブックは、記載事項が少なく「白く」なりがちなのだが、仮にこの試合がノーヒットノーランで終わっても、史上最も汚いスコアブックになるのは間違いない。

それにしても、ヒットを許していないのは事実だ。このままいけば、この男の名前は球史に残る。初先発でノーヒットノーランを記録したルーキーとして……それは、自分にもない勲章である。

真田は、目の前で冷や汗をかいている若者をじっと見詰めた。今日大記録を達成しても、この男が今後、スターズの大黒柱になってくれるかどうかは分からない。むしろ、とても無理そうに思える。幼さの残る顔つき、おどおどと落ち着かずに動く視線――場違いな場所へ連れて来られて、未だに慣れていない、という感じは否めない。こういう態度が自信満々に変わるには、長い年月が必要だろう。たぶん、打たれる度に猛省し、落ちこみ、一歩下がってしまうタイプだ。前へ進むには勝ち続けるしかないのだが、永遠に負けないピッチャーなどいない。

まったく、情けない顔しやがって。真田は顔をしかめた。自分だったら、絶対にこの状況を楽しんでいる。

「狙っていけよ。あとアウト三つぐらい、根性で何とかしろ」

有原が小さくうなずく。間違いを指摘された小学生のように、顔色は悪かった。二軍で散々鍛えられ、デーゲームで登板し続けてきたから、十月になってもまだ真っ黒に日焼けしているのだが、何故か蒼白に見える。

「打たれたって、契約金を返せとは言われないから」真田は、有原の尻を平手で叩いた。その一瞬の接触で、こいつが九回までノーヒットを続けてこられた理由が分かった。がっしりしている。下半身の粘り強さを実感させる筋肉のつき方だった。なるほど、この下半身が、強烈な速球を生み出すのか。

「何か言うことは？」

「……ありません」消え入るような声だった。

「よし。それでいい。お前の仕事は喋ることじゃないから。黙って投げてりゃいいんだ」

マウンドに集まった内野陣から、軽い笑いが漏れる。真田は、彼らの顔をぐるりと見回した。この連中も、曲がりなりにもプロだ。事の重大性はよく分かっているはずである。わざわざ「頼むぞ」と念押しする必要もないだろう。

「もう、こっちでしてやれることはないんでね。この試合、お前にくれてやるからな」有原の肩を叩き、真田はマウンドを降りた。途端に、あちこちから拍手が湧き起こる。自分が姿を見せただけで、いまだに歓迎してくれるファンがいる。ありがたい話だが、やはりこれではいけない、と思った。選手ではなく、監督やコーチが注目されるチームなど、ろくなものではない。中には、自分が目立つことに全精力を傾ける監督もいるのだが、そういう人間は、だいたいチーム内で浮いてしまう。かつてどんなに好成績を残した実績があっても、だ。

小走りにダグアウトに向かいながら、真田は自分の役割は変わったのだ、と強く己に言い聞かせた。かつては、声援を浴びることが仕事だった。それこそが、自分がしっかり活躍できていた証拠だから。しかし今の自分は裏方である。選手より目立ってはいけないし、コーチが目立ってもチームは強くならない。

ふいに、踏みしめるグラウンドに違和感を覚えた。この東京スタジアムのダグアウトとマウンドの間を、何千回往復しただろう。すっかり慣れた感触は、コーチになってからも変わることがなかった。それが今、ひどく異質な空間に身を置いているように感じられる。

「真田！」酔っぱらいだろうか、呼びかける声が頭上から降ってくる。「後はお前が投げろ！」

まさか。うつむいたまま、真田は笑いを噛み殺した。継投でノーヒットノーラン——大リーグでは珍しくない話である。向こうはピッチャーの球数を常に意識しているから、ノーヒットが続いていても交代させることがあるのだ。マウンドを降ろされた先発投手よりも、後を任されたリリーフ陣の方がプレッシャーが大変だろう。

もしもこの場面で、自分がリリーフを任されたら——。

乗り切れると思う。ノーアウト三塁は大ピンチだが、ピッチャーとして攻め手がなくなるわけではない。ヒット、あるいは外野フライを打たせなければいい話で、ここぞという時にバッターを牛耳る手立ての一つや二つ、どのピッチャーも持っているものだ。真田の場合、軽く十は挙げられる。

有原の場合は……分からない。

ダグアウトに足を踏み入れる直前、真田は振り返って有原を見た。またマウンドを均している……しまったな。あれをやめるように言っておくべきだった。相手バッターから見たら、有原が集中していない、あるいは不安になっているのが丸分かりなのだ。それが分かれば、バッターも心理戦をしかけてくる。ようやく投げる気になって有原がプレートに足をかけた瞬間にタイムをかけるとか。そうなったらあいつは、一から気持ちを作り直さなければならない。

だがな、有原、こういう痺《しび》れる場面は、現役生活で何度も経験できるものじゃないぞ。それを楽しめないとしたら……お前の将来は厳しくなる。

ダグアウトに戻ると、真田は樋口の脇に立った。

「どうだった」顔を動かさず、樋口が訊ねる。

「打たれるかもしれないな」

「そうか」

「お前、もう少し感情を出せよ」ダグアウトの中だから敬語を使うべきなのだが、同期入団のこの男に対しては、つい普通に喋りかけてしまう。

「俺が感情をむき出しにしても、何にもならない」

「そうか……打たれたらどうする？」

「何か大きな物をなくした気分になるだろうな」

「大袈裟だよ」

「ノーヒットノーランになれば……」

首がつながる、とでも考えているのだろう。甘い。フロントは、この一試合——ルーキーの先発デビュー戦をさほど重視しないはずだ。もちろん、樋口が指揮する選手が記録を達成したという事実は残るが、それはペナントレースの行方——樋口が最優先で追い求めなければならない物——には何の関係もない。査定の対象にもならないだろう。

ひどい話だ。監督など、チームの組織では所詮中間管理職であり、立場は弱い。樋口には、監督の素質はあると思う。環境さえ整えば……。

「お前が馘になったら、俺も辞めるかね」

樋口がゆっくり真田の顔を見て、「馬鹿なことを言うな」と吐き捨てた。

「馬鹿じゃないって。俺たち、失う物は何もないだろう」本当に？　先ほどまでは来年の心配をしていたのに、今は同期のこの男に深い同情を覚えていた。

樋口が黙りこむ。その視線は、マウンドに注がれていた。有原は、仲本のサインを覗きこんでいる。今までは何度も首を振っていたのに、今度は一発で決まった。まあ、ここで投げるボールの選択肢はないからな。落ちる系のボールは厳禁。できれば内角の速球で詰まらせて内野ゴロにしとめたいが……。

内角。ぎりぎりストライクに入るコースだ、と真田は読んだ。打席の大貫が強振する。鋭い打球音が響き、真田は一瞬、ボールの行方を見失った。だが次の瞬間には、内野ゴロだ、と分かる。

いや、抜ける……ファーストの篠田が、ファウルラインに向かって体を投げ出していた。まずい。一塁線を抜かれたら、三塁ランナーは楽々生還し、バッターランナーも二塁に達するだろう。傷口は広がり、ノーヒットノーランが消えた後には勝ち負けの心配もしなければならなくなる。

　ボールが、一塁ベースのすぐ手前でバウンドする。ファウルラインの内側。悪い事に、わずかにバウンドが変わって、篠田から見て外へ逃げるような打球になった。

　届け、届いてくれ……祈るような気持ちで、真田は打球の行方を凝視した。篠田はもう、腕を一杯に伸ばしており、地面と平行に体が浮く格好になっていた。伸ばしに伸ばしたファーストミットの先に……何とかボールが引っかかる。体が覚えこんでいるのか、有原はベースカバーに走っていた。間に合う……いや……。

「バックホーム！」隣で樋口が叫んでいた。そう、抜けるかもしれないと判断した三塁ランナーの寺田が、思い切ってホームへの突入を図ったのだ。

　篠田は、ヘッドスライディングした格好でボールをキャッチしていた。まずい……あの体勢からバックホームするのはかなり無理がある。立ち上がっていたら、その間にランナーはホームを駆け抜けてしまうだろう。

　どうする……篠田は、片膝を立てた姿勢を取り、仲本へ送球した。不十分な姿勢で、手首のスナップを効かせただけの送球には伸びがない。ボールはホームプレートの数メートル手前でバウンドした。ただしコースは正確で、低く構えた仲本のミットにボールが収まる。その時点で、ランナーの寺田はまだホームの三メートルほど手前にいた。その顔に、「しまった」という表情が浮かぶのが見える。仲本はすぐに立ち上がり、ランナーを追い始めた。緊迫するシーンの中に生じる、子どもの遊びのような挟殺プレー。鍛え上げたプロの内野手がミスをするわけがないが、真田は胃をきりきりと絞り上げられるような緊張感を味わった。頼む、ここは確実にアウトにしとめてくれ。

寺田が、二度、三度と立ち止まる素振りを見せた。仲本が追い詰めて行く。結局、挟み撃ちしようとしたサードにはボールを送らず、仲本が自分でタッチに行ってアウトにしとめた。その瞬間、球場内に一斉に溜息が漏れる。一部、罵声。数少ないイーグルスファンが、怒りの雄たけびを挙げたのだ。

一塁のカバーに入っていた有原が、ぽん、とグラブを叩く。命拾いしたな、と真田は胸を撫で下ろした。相手の走塁ミスでアウトを一つ稼いだのだから、お前にとってはラッキーだった。一塁に残ったバッターランナーはヒットとは見なされないし……だけど、これで試合が終わったわけじゃないぞ。まだアウト二つ、取らなければならない。

ちらりと隣の樋口を見る。キャップを取り、手で髪を梳《す》いた。何だか急に白髪が増えたようだな、と真田は思った。それだけ苦労してきたわけで……急に同情を覚え、こいつが馘になったら、本当に自分も辞めてやろうか、と考えた。責任を取るのは不自然ではないのだから。

「助かったな」独り言を言うように、樋口に囁く。

「下手な走塁に助けられた。あれは、サードランナーの判断ミスだ」

しかし、飛び出すのも分からないではない。あの打球音……いかにもジャストミートの快音だったし、飛んだコースもよかった。抜ける、と瞬時に判断したとしても、それほど責められるものではない。だが、あそこはハーフウエイでいるべきだった。一塁線を抜ければ、歩いても生還できるのだから。

有原がゆっくりとマウンドに戻って来る。少しだけ落ち着きを取り戻していた。頰を膨らませては息を吐き、を繰り返している。仲本からボールを受け取ると、ズボンを引っ張り上げてユニフォームを直す。

マウンドを均そうとはしなかった。その視線は、「次の一球を早く決めてくれ」と仲本に向いている。

「おい、これでいけるかもしれないぞ」

自分の経験から、真田は言った。有原にも、「一山越えた」感覚があるだろう。だが、それで気が緩むことはない。まだワンアウトという状況は分かっているはずだ。少しだけ気持ちに余裕が生じた今の状態は、有原に有利に働くはずだ、と確信している。

樋口は何も言わなかった。少しは安心しろよ……こういう悲観主義は、選手にも伝染するんだからさ。

しかし真田は、軽口を控えた。ノーヒットを続けてきて、九回になってからようやく奪った最初のアウト。軽口を叩ける状況ではない。

8 沖の場合

B S O

「あれ、沖《おき》じゃない？」

「沖だよ、沖」

「さっそくオーナー気取り？」

「やっぱ、偉そうだよな」

　ひそひそ話のつもりかもしれないが、沖真也《しんや》の耳にはしっかり入ってきた。俺を何だと思ってるんだ？　成り上がりの我儘なジジイ？　冗談じゃない。まだ三十五歳なんだぞ。怒鳴り飛ばしてやろうかと思ったが、深呼吸するとすぐに気持ちが落ち着いた。スタンドにいる人間は誰でも、大事なお客様である。来年からは、俺の財布に金を落としてくれる人たちだ。

　開き直った沖と違い、隣に座る現オーナーの橋上《はしがみ》は落ち着かない様子である。この試合中もずっと渋い表情を浮かべて、時折もぞもぞと尻を動かしていた。

「沖さん、やっぱりオーナー席か特別観覧席の方がよかったですね」橋上が切り出す。

「冗談じゃないですよ」沖は膝に肘を乗せて、身を乗り出した。「あそこ、どっちも監獄みたいじゃないですか」

　東京スタジアムのオーナー席は、バックネットのほぼ真裏にある。しかし防音の分厚いガラスと金網で区切られているせいで視界はよくないし、何より球場の「音」が聞こえないのが嫌だった。一方、チームや親会社の接待に使われる特別観覧席は、バックネット裏二階席の上方にある屋内のボックス席だ。接待を受けた偉いさんたちが、だらだら酒を呑みながら、内密の話をするのに適している。部屋の外にも席があるのだが、そちらに出て、球場の空気に触れようとする人間はまずいない。沖は何度かそのボックス席に入ったことがあるが、ひどく居心地が悪かったことしか覚えていない。生でゲームに没頭するのではなく、ボックスの中にある大画面の液晶テレビを眺めている時間の方が長いのだ。あれで野球観戦と言えるのか？

　だからこそ今日は、普通の観客席での観戦を希望した。バックネット裏、前から五列目という特等席で、チームがキープしてある場所なのだが、別にここを使わなくてもよかったな、と皮肉に思う。観客席には空席が目立ち、どこでも好きな場所で観られたはずだ。こんなに席が空いているのは、球団の怠慢以外の何物でもない。

ここからだと、マウンド上の有原がよく見える。このピッチャーのデータは、沖の頭にはほとんどなかったが……高卒の新人で、何度か中継ぎで投げ、今日が初めての先発だということぐらいしか分かっていない。生で観るのは初めてだった。

最初は「ひどいピッチャーだ」とがっかりして、早々に試合は崩壊すると確信していた。とにかく、コントロールが悪過ぎる。

沖は、コントロールのいいピッチャーが好きなのだ。速球の勢いで打者をねじ伏せるピッチングには興奮するし、物理法則に抗《あらが》うような変化球には唸りもするが、基本的にはコントロールを武器に打者と駆け引きし、手玉に取ってしまうピッチャーを好む。理想は、大リーグで長年活躍したグレッグ・マダックス。生で観たのは、晩年、ドジャースで投げている時だけだったが、思わず唸らされた。「ボール一個の出し入れ」という話はよく聞くが、彼の場合は「半分」である。全て明確な意図がこめられていたと思う。晩年であれだから、全盛期はどれほど凄かったのだろう。一九九〇年代半ば、ブレーブスで難攻不落の大投手だった頃、自分はまだ十代で、渡米して大リーグを観ることなどできなかったわけだが……生涯の悔いだ。時間を巻き戻したい。

「有原はどうですか」橋上が、探るような口調で訊ねた。

「あっぷあっぷですよね」沖はビールを一口飲んだ。この試合二杯目。いつもより酔いの回りが遅い感じがする。やはり、いろいろ考えると、リラックスして観戦はできないのだ。

来年、新オーナーになったらやることはたくさんある。金も出すし、チーム編成についても口を出すつもりだ。それより何より、まずは、スタジアムを居心地のいい空間にするのが目標である。ここがクソみたいなドーム球場なのは気に食わない――沖の理想は、ボルチモアの「カムデンヤーズ」のように、クラシカルでコンパクトな球場だ――が、やれることはやろう。まずは食べ物の見直しだな。ネット上で、各球場の食べ物の値段と量について議論が続いているのを沖は知っている。東京スタジアムの評価は「★」一つ、最低だった。まったくもって恥ずかしい話である。アメリカのように、ホットドッグとポップコーンしかないわけではないのだから、ここでもっと金を儲ける方法を考えないと。

「彼は、切るつもりですか」

「まさか」沖は笑った。「ルーキーで初先発ですよ？　まだ判断できないでしょう。それに、仮にもノーヒットノーランを続けているんだから」来年のことなんか言われても分からない、というのが本音だが、将来性はあまりなさそうだ。

「ビギナーズラックかもしれないけど」

「それは、ゴルフの話でしょう」

球場の空気は、回を追うごとに変わってきていた。最初の頃は、コントロールが定まらずに四球を連発する有原に対する失笑、罵声ばかりが聞こえたのだが、今はひどく静かである。試合観戦ではなく、騒ぎたくて球場に来る観客もいるのだが、大記録が生まれようとする瞬間には、誰もが息を呑む。

俺も例外ではない。しかし今は、観客ではなく冷静な経営者の目で見なくては。来年から——いや、もうすぐこの球団の経営者になるのだから。

ああ、しかし、ここまで十五年もかかったよ。沖は、笑うべきか溜息をつくべきか、分からなくなっていた。学生時代にネット系の広告会社を起業してから、十五年。業績は順調に拡大し、ついに日本一の名門プロ野球チームを手に入れた。しかし本当は、もっと早く何とかできたのでは、と悔いが残る……子どもの頃の夢を叶えることはできたのだが、十五年というのは、準備期間としては長過ぎたのではないか。もちろん、何百億という金を、そんなに簡単にコントロールできるものでもないが。

沖は何より、自分は純粋な野球ファンだと自認している。自分ではプレーしないが、観るのは大好き。会社の仕事は、時には一日二十四時間のうち二十時間が潰れるほど忙しいのだが、必死で暇を見つけては球場に足を運ぶし、夏には必ず二週間の休暇を取ってアメリカに遠征する。大リーグの試合を梯子《はしご》して楽しむためだ。目標は全球場制覇。まだ三分の一ほどが残っていたが、必ず何とかするつもりだった。四月に入ると各チームの試合予定を調べ、効率的な観戦スケジュールを立てるのが、ここ何年かの習慣になっている。

それに比べて、今のスターズの親会社の連中は……こいつら、本当に野球を理解していない。いや、理解していなくてもいいが、せめて「好き」でいてくれないと。

球団の売却交渉の席で、橋上たちを前に一席ぶった時のことを思い出す。

「スターズは歴史ある球団です。しかし最近、弱い。昔からのファンである私としては、実に腹立たしい。弱ければ当然、観客動員も減り、私はスタジアムに足を運ぶ度に、寂しい思いを味わってきました。しかし！　人が変わるとチームは変わるのでしょうか。確かにここ数年、スターズからはＦＡや大リーグ移籍で、多くのスター選手がいなくなりました。それでも、チームの柱——根本にある物は変わっていないはずです。それこそが、伝統ではないでしょうか。私はこの伝統を、何よりも大事にしたいと思います。来季以降、私にチームを任せてもらえるにしても、一切何も変えません。ユニフォームも、コーチ陣も、スタッフも、今年のままで行きたいと思います。この世界では、変えることは珍しくも難しくもないと聞いていますが、敢えて何も変えず、スターズの伝統を守り抜くのが私の目標です！」

何が伝統だよ……俺もよく、これだけ口から出任せを言えたものだ。ＩＴ業界において、「プレゼン王」の異名を取っているのは伊達ではない。「日本のスティーブ・ジョブズ」と呼ぶ人もいたが、それは勘弁して欲しかった。早死にした人に喩えられても縁起が悪い。

あの演説の後、会社へ戻った時は、自分でも驚くほど怒りをまき散らしたな……とにかくストレスがマックスで、誰かに文句を聞いてもらわなければ、本当に爆発してしまいそうだった。

「あいつらはクソだ！　特大のクソだ！　野球のことが何も分かっていない。分かっていないのに、惰性でチーム運営しているから、滅茶苦茶になるんだ。いい選手がどんどん出て行ったのも、全部親会社の連中の責任なんだぞ！　奴らに野球を語る資格はない。買収が成功したら、奴らは二度と、球場に足を踏み入れさせない！」

どっちが本音だったのか……どっちもだ。親会社の連中はクソだが、俺はスターズを愛している。だから、クソ野郎どもを追い出して――しかも後から文句が出ないようにたっぷり金を摑ませてだ――チームを手中に収めるのが、一番上手くいく。プロ野球は、趣味とビジネスの間のどこかで危ういバランスを保っている。しかし基本的には、愛する人間が運営していくのが一番いいはずだ。

もっとも、ファンはそれを分かってくれない。大きな失敗は、シーズン途中で買収を発表したことだろう。いろいろな事情があって、球界内外から叩かれた。もっとも沖は、今では前向きに考えている。スポーツ紙はどこも一面扱いで、名前は売れた。あれから一躍、自分は「時の人」である。

直後に会社のネット担当がチェックして、「総体的に七割が反対の声」という報告を上げてきた。まあ、そうだろうな……大人の事情など、ネットユーザーには何の関係もない。こっちは金を出してきちんとビジネスをしているだけで、文句を言われる筋合いはないのだが。スターズに対する愛は、どんなファンにも負けない。

しかし愛していることと、厳しくやることとは、また話が違う。プロ野球のチームは、強くなければ意味がない。そのためには、いくらでも血を流すつもりでいた。「コーチ陣もスタッフも、今年のままで行きたい」という宣言は、早くも覆していた。もちろん、正式に、ではない。売却交渉が済んだばかりで、実際の手続きは日本シリーズ終了後になるから、まだチーム編成に手をつけるわけにはいかないのだ。ただし既に、新しい球団幹部——球団社長は自分の会社の副社長、GMにはかつてスターズの監督だった木元を招いている——とは、来年のチーム編成について話し合いを始めている。その中で、現チームの問題点が続々と浮かび上がってきた。

だいたい樋口を監督にした時点で、現経営陣のやり方が間違っていたのは証明されたようなものだ。樋口が堅実な男なのは間違いないし、優れた「野球脳」の持ち主であるのも確かだが、とにかく一軍選手としての出場経験が圧倒的に少ない。それ故選手の気持ちを完全には理解できず、チーム内に軋《きし》みを生じさせてしまった。最大の問題は、主軸のレギュラーよりも若手を使いたがったことである。育成ということなのだろうが、その分、戦力ダウンになったのは間違いない。彼の経歴から、下積みの立場にいる選手を使いたがるのも、心情的には分かるのだが……シーズン最後のこの試合、有原を先発させたこともそうだ。基本的には、何の実績もない選手なのに……とにかく樋口は解任。次の監督候補にも既に接触している。

マウンド上の有原は、しきりに一塁走者を気にしている。三塁走者がいなくなって一安心のはずだが、彼の鼓動が未だに平常に戻らないのは、簡単に想像できた。あーあ。あんなに激しく肩を上下させて……相手バッターの福田《ふくだ》にびびっているのが、丸分かりじゃないか。ピッチャーっていうのは、もっと堂々と、相手を威圧してからないと。でかい体をして、まったく情けない。

「樋口のことなんですけどね」

突然橋上に話しかけられ、沖はむっとして彼の方に顔を向けた。目が合う時には当然、既に笑顔に戻している。

「ええ」

「解任するつもりですね」

「まだ先のことですよ。何も決めていません」沖は声を潜めた。内心でははらわたが煮えくり返っている。球場——オープンな場所で、こんなデリケートな話を持ち出すのは、経営者としてあり得ない。所詮この男は雇われオーナー、スターズも本社の一部門に過ぎないということか。

「樋口には、もう少しチャンスをやってくれませんかね。あいつには将来性がある」

「結果を出せなければ契約しない——それがプロの世界じゃないんですか」

「しかし、もう少し様子を見た方が」

この男は、スターズの親会社の鉄道会社で常務までいった男だ。しかし親会社にいた頃も、人事畑にいたわけではないから、部下の首を切ったことなどないのだろう。古い大きな会社は、社員を大切にするというか、人事面では積極策に打って出ない。だからこそ、最近のスターズの選手補強も上手くいかなかったのでは、と沖は疑っている。支配下選手の数には上限があるから、新しい選手が入ってくれば誰かを切らなければならない。古い選手の首を切るのを躊躇して、トレードやFAに消極的なのはどういうことか。沖は、毎年のスターズの選手の動きをずっと調べているが、橋上が球団社長に就任してからは、特に動きが不自然になっている——「出超」の状態だ。以前は、スターズからFAで出て行こうなどとする選手はほとんどいなかったのだが、今、選手たちは平然とチームに別れを告げる。その最初が、七年前に大リーグ入りした沢崎だ。

沖に言わせれば裏切り者だが、個人的感情は殺しておける。沢崎は、木元の引きで、来季の打撃コーチ候補になっているのだ。人間的にやや難しい男なので、監督を任せるのは不安だが、コーチとしてはやってくれるだろう、というのが木元の見立てである。技術は確かで、若い選手に伝えることも多い。今日も、球場に来ているはずだ。

何故か、一緒の観戦は拒否されたが。

「ファンも、この成績じゃ納得しませんよ」

「しかし、樋口には熱心なファンがついてるんだ」

まさか。沖は、鼻を鳴らしたくなるのを必死で我慢した。勝てない監督にファン？　彼の采配は、プロでない自分が見ても、疑問に感じてしまうことがあった。ファンがついているとは思えない。現役時代の実績らしい実績といえば、二度の完全試合でマスクを被ったことぐらいである。

「こういう場所で、こんな話はやめましょう」沖は釘を刺した。「ノーヒットノーランが達成されるかもしれないんですよ？　有原を応援しましょうよ」

実際、立ち上がって声を張り上げてやろうかと思った。「有原、最後は気合いを入れろ！」とか。実際、趣味で観戦に来ると、野次を飛ばしてしまうこともある。さすがに最近は秘書連中に止められるようになったが、野次は野球観戦の楽しみなのだ。

もっとも秘書連中からすれば、世間に顔と名前を知られるようになったのでみっともない真似はさせられない、ということなのだろう。連中も大変だ。

「有原はねえ……私が取った最後の選手になるんですよ」

「去年のドラフトで、唯一の収穫になりますか？」少しだけ皮肉をこめて訊いてみた。

「今のところはね。何とか物になって欲しいんだが」

「この試合が、試金石になってくれるといいんですけどねえ」

言いながら、沖は少しだけ有原に期待している自分に気づいた。コントロールは滅茶苦茶である。自分の好みとは正反対のピッチャーだが、彼は若い。まだ十九歳。コントロールは後からでも身につくが、球筋の良さはいくら練習してもどうにもならない。ここまでノーヒットということは……コントロールが悪過ぎて、相手バッターが的を絞り切れないだけかもしれないが、それにしても事実は残る。まあ、もしもノーヒットノーランを達成したらしたで、有原は今後その重圧に耐えていかなければならなくなるのだが。

沖はこれまで、何百試合も観てきたが、目の前でノーヒットノーラン、というのは一度もない。仕事に追われ、真田の完全試合を見逃したのは――チケットは買ってあったのだ――生涯最大の失敗である。もしかしたら、これが最初で最後のチャンスかもしれない。橋上の下らない話につき合っている暇はないのだ。

「しかし、ここまでやってくれるとは思わなかった」橋上が満足そうに言った。

「初物に弱い、というのはあるんじゃないですか」有原を応援したいという気持ちはあるのだが、橋上が彼を評価し出すと、逆に揶揄《やゆ》したくなってしまう。我ながら天邪鬼なのだが、橋上のやることなすことが気に食わないのだからしょうがない。

ビールを啜りながら、マウンド上の有原に目をやった。自信なさげに、キャッチャーの仲本のサインを覗きこんでいる。合わない……首を振る……合わない……また首を振った。いい加減にしろよ、と思わず舌打ちしてしまう。どうせそんなに球種があるわけじゃないし、細かいコントロールなんか誰も期待していないのだ。仲本のサイン通りに投げればいいじゃないか。ワンアウト、ランナーは一塁。特に追いこまれた状況じゃない。

ああ、本当にあいつは、一声かけてやりたくなるタイプだ。沖の中では、野次を飛ばす相手と飛ばさない相手がはっきり分かれている。淡々と、自分に自信を持って仕事をこなしている選手については、ただ敬意を持って見守るだけ。プロの仕事にいちゃもんはつけられないのだ。しかしおどおどして、グラウンドの中に居場所を見つけられないような相手には、つい罵声を浴びせてしまう。

それにしても……ドーム球場は嫌いだ。どんなに寒くても暑くても、野球は青空の下で観たい。それほど暑くならない七月の日曜日、デーゲームなんか最高じゃないか……そういえば、シカゴのリグレー・フィールドでは、長い間ナイトゲームが行われなかったという。オーナーのフィリップ・リグレーの方針だったというが、この名物オーナーは、ずいぶん気さくな人だったらしい。観客席で、ファンと一緒にビールを呑みながら応援していた、という話をどこかで聞いたことがある。自分も是非、そうしたいものだ。もちろん、ドーム球場の東京スタジアムを、屋根のない球場に建て替えるには莫大な費用が必要だし、観客は、俺が隣でビールを呑むのを喜ばないかもしれないが。今もずっと、嫌な視線を感じ続けている。日本人は、露骨に手を出してきたりはしないから、身の危険は感じないが、それでもやはり居心地が悪い。商売に関しては、どんなにシビアなやり取りになっても平然としていられるのだが、自分は基本的に純粋なスターズファンである。もっとも周りのファンは、そうは見ていないだろうが。名門・スターズを金で買った成金——まったく、嫌なイメージだ。

だが自分は、ファンからオーナーへ意識をシフトしなければならない。

「沖さん、有原は来年は先発でやれるんですか」

横に座った観客からいきなり声をかけられ、沖は慌てた。ちらりと見ると、大学生ぐらいの男性二人組である。

「うーん、それは……監督が決めることだから」ここは無難な返事に徹することにした。「こっちが口出しする問題じゃないでしょう。そういうことはプロに任せないと」

「有原、いいじゃないですか。プッシュして下さいよ」

「現場に口を出すと、いろいろ言われそうだからね」

軽い笑い。何だ、俺も完全に嫌われているわけじゃないんだ、とほっとする。これならリグレーのように、スタンドでファンと交流できるかもしれない。何も偉そうにオーナー室にふんぞり返っているのがオーナーの正しい姿じゃないだろう。俺は、他の球団のジイサンオーナーとは訳が違うんだ。

「まあ、有原はいいよね」

「期待の星ですよ。真田が引退してから、ピッチャーの軸がいないんだから」

「頑張って欲しいね」

そうだ、頑張れ。沖はマウンド上の有原に、心の中で呼びかけた。ドラフト何位だとか、高校時代の実績とか、マウンドに上がってしまえば関係ない。さあ、思い切って投げこめ。ノーヒットノーランをやり遂げてみろ。

ようやくサインが決まったようで、有原がセットポジションに入る。肩越しに一塁走者を見て、すぐにキャッチャーの仲本に視線を戻す。ぐっと低く、そして外角に構えていた。とにかく長打を打たれないように……今、あいつの頭にあるのはそれだけだろう。しかし、リードが無難過ぎる。有原のボールは、まだ勢いが衰えていないのだから、思い切って内角を攻めさせればいいのだ。詰まらせて内野ゴロ、ダブルプレーが理想のはずである。外角のボールを軽く合わせられて、外野まで運ばれたらどうする。

沖はいつの間にか、きつく拳を握りしめていた。掌に汗をかいているのを意識する。球場全体も静まり返り、次の一球を固唾《かたず》を呑んで見守っていた。この一体感……大記録を前にして、誰もが緊張している。その中心にいるのが有原だ。あいつの緊張が波のように伝わり、球場全体をきりきりと締め上げている。

もう一度、一塁走者に目をやった。いいから早く投げろ、と苛々する。一塁走者は、まったく走る素振りを見せていない。そっちに気を取られるな――野次を飛ばしたくてうずうずし、今にも立ち上がりそうになってしまう。我慢できたのは、ひとえに、目立ちたくないという思いからだった。

有原がようやく投球動作に入る。どこかぎこちなく、しかし力強さを感じさせるフォーム。ああ、ああいう方が、バッターはやりにくいのかもしれないな、と沖は思う。よく、「教科書に載せたいようなピッチングフォーム」と言われるが、概してそういうフォームには威圧感がない。あまりにスムーズで綺麗過ぎて、バッターが恐怖を感じないのだ。有原は、それとは逆である。とにかく全身に力が入り、関節がぎくしゃくと動く。主に上体の力に頼った、大リーガーによくあるようなピッチングフォームなのだが、バッターからすれば、自分に向かって覆い被さってくるように見えるかもしれない。

あれは、弄《いじ》っちゃ駄目だな。沖は一瞬、来季のことを考えた。あの手のタイプは、下手にフォームを弄ると、本来の持ち味であるダイナミックさをなくしてしまう。

周囲の観客が、一斉に「うっ」という苦しげな声を上げた。その中に自分の声も混じっていることに、沖は気づいた。ボールが有原の指先から放たれる瞬間――その音さえ聞こえてきそうだった――に、めざとい観客は気づいたのだ。

逆球。

外角に構えていた仲本が、一瞬で内角に体を寄せる。こちらからは背中しか見えないが、背番号「19」が怒りで震えているようにも見えた。まったくこの男は――こんなノーコンピッチャーの相手、いつまで続けなければならないんだ、と激怒しているに違いない。

逆球、という程度ならまだよかった。ボールは思い切り内角に食いこみ、しかも沖の目からは、ナチュラルにシュートしたように見えた。右バッターからすると、非常に逃げにくい。しかも高さは腰から少し下。上手く腰を引いて逃げてくれればいいのだが……間に合わない。右打席に入った福田が、下手なダンスを踊るような動きを見せた。ぐっと腰を引き、体を捻り――体が半分、打席の外にはみ出してしまう。ボールは、自動追尾機能のついたミサイルのように、なおも内角に食いこんで、福田の腰の上、腎臓の辺りを直撃した。当たった音こそ聞こえなかったが、福田がその場に倒れこむ。

まずい。さっきの乱闘騒ぎの直後だ、今度こそ、怪我人が出るような乱闘になる——沖は、三塁側ダグアウトを見やった。誰も出てこない。監督の顔がちらりと見えたが、呆れたような表情で首を振るだけだった。こんなノーコンピッチャー、脅す必要はない。放っておいても潰れるだろう、と呆れているに違いない。

有原……このままだと、俺はお前に「馘」を宣告するかもしれないぞ。そうでなくても、次に東京スタジアムで投げる日がいつになるか、分からない。今日の結果がどう出ようが、これから二軍で長く厳しい修行時代を耐え抜く覚悟はできているか？

9 仲本の場合

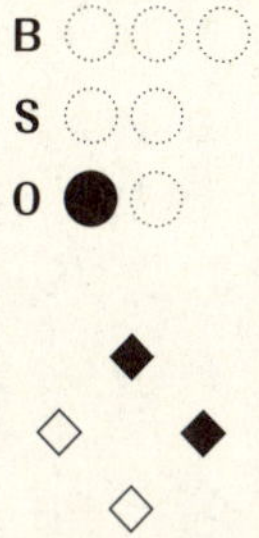

あのボールなら痛いはずがない。

仲本は、何とか冷静さを保とうとした。

立ち上がった福田が、一瞬仲本を睨む。仲本は首を振り、「悪い」と小さな声で言った。福田も本気で怒っているわけではないようで、一塁へ向かってゆっくり走り出す。有原は恐縮しきって、キャップを取っている。福田が睨みつけたので、一瞬体が硬直したように見えた。

福田の体を直撃したボールは、三塁側のファウルグラウンドに転がっている。当たれば痛いのは当たり前だが……今のはそれほどではなかったはずだ、ともう一度自分に言い聞かせる。

有原のボールの勢いは、間違いなく落ちている。この回にも百五十五キロを記録しているのだが、スピードにばらつきがあった。特に今のボールは、指先に引っかかり過ぎたせいか自然にシュートしてしまい、スピードがまったく乗っていなかった。バッターは楽に逃げ切れたスピードとコースである。わざと当たりにきたな……それも、脇腹の分厚いところで受けて痛みを分散した。倒れこんだのもそうだ。打ち倒されたわけではなく、ああすることで直撃のショックを和らげたのだ。プロの打者なら誰でも身につけている自衛策である。

これで一、二塁……状況は悪化したが、まだ致命的ではないと自分を慰める。できれば内野ゴロを打たせてダブルプレーを取り、一気に試合を終わらせたいが、有原に細かいコントロールは望めない。偶然を待つか……ああ、こんなの小学校の草野球以来だよ、と仲本は鬱々たる気分になった。いや、小学校の方がまだましだったか。俺がいたチームは強かったし。

つい、追憶の世界に入ってしまう。目の前の試合に集中しなければならないのに、今日に限ってはどうしようもなかった。逃げ出したいよ、と心の底から思う。

真田さんの完全試合の時とは、まったく様子が違った。あの時自分は怪我をしてベンチにも入れず、テレビで観戦していたのだが、一イニングごとに興奮が高まり、まるで自分も試合に出たようにたっぷり汗をかいたのを思い出す。一人のピッチャーが試合を完全にコントロールすることなどできないのだが、あの試合の真田は、全てを支配しているように見えた。一つ一つのプレーが、予め真田のシナリオに書かれていたような気がする。

だが今日は、あの試合と正反対で、全てが成り行き任せだ。コントロールのないピッチャーはリードしようがなく、まだヒットを許していないのは偶然に過ぎない。何だか胃が痛い……ここまできたのだから、何とかノーヒットノーランはやらせてやりたいが、俺には何もできない。

マスクを被り直す。九回までくると、マスクにさえ重みを感じるようになるものだが、今日は特に重かった。汗で濡れているのが不快で、もう一度マスクを外し、ユニフォームの胸のところに擦りつけて汗を拭う。本当は、ダグアウトに戻って一息入れたいところだ。いっそのこと、交代させてもらうとか……自分が悲観主義者なのは分かっている。ノーヒットノーラン達成の瞬間に立ち会いたいと思うより、それが破れる瞬間にはマスクを被っていたくない、と考えてしまうのだ。そして今は、ここから先、試合が大きく動く可能性の方が高い気がする。

有原……マウンド上で、しきりにアンダーシャツで額の汗を拭っている。ようやく納得すると、今度はズボンを引っ張り上げ、グラブの縫い目を指で引っ張り……とにかく落ち着かない。前からこんな感じだったかな？　違う。どこかぼうっとしていたような印象しかなかった。天然というか、抜けているというか——しかし今日は、とにかく落ち着きがない。まるで、マウンドが自分の居場所ではないようだ。間違ってここにいます、どこに引っこめばいいんですか、とでも言い出しそうな感じだった。お前の行き場なんかないんだよ、と仲本は皮肉に考えた。抑えるも打たれるもお前の責任だ。マウンドで死ぬぐらいの覚悟を決めろ。

それにしても……俺はピッチャーには恵まれなかった。よかったのは真田さんぐらいで、あの人が引退してからはずっと、二線級のピッチャーの扱いに苦労してきた。これじゃチームも弱くなる一方なのだが……それをピッチャーではなく、キャッチャーのせいにしている奴がいるのが気に食わない。

昨夜もそれを改めて確認し、鬱々たる気分になった。

やめればいいと分かっているのに、仲本はネットの世界を徘徊するのが習慣になっている。これは、プロ入り前から続いている悪癖だ。何というか……最初は、自分の名前をネット上で見るのが新鮮だった。もちろん、新聞やテレビでも自分の名前は出るのだが、ネットの世界では、マスコミとはまた別種の情報が流れている。掲示板やSNSは、整理されていない生の情報の奔流だった。

衝撃だった。

悪口の羅列——「そういうものだから、見るのはやめておけ」と忠告する人間は周りに何人もいる。自分の名前で検索するのを、「エゴサーチ」というのだということも、後に知った。

しかし不思議なもので、悪口を書かれていると分かっていても、自分がどんな風に思われているかは気になるものだ。たまに手放しの絶賛があったりするから、それを見逃すのが惜しい気もする。

不思議なもので、チームが強かった何年か前までは、掲示板などでの書きこみも多かった。それが、調子が下向くに連れて減ってくる……弱いチームの選手は、叩かれもしないということか。

昨日は、久しぶりに自分の名前をネット上で見かけた。某掲示板で立っていた、

「スターズトレード候補予想スレ」。タイトルを見つけた瞬間、どきりとしたものだ。来年はオーナーが変わることもあって、チーム内では様々な噂や憶測が流れている。今のスターズには、絶対にトレードされない、と保証された選手はいない。新オーナーは若く——自分とさほど年が変わらない——野球好きで、金も持っている。掲示板では、「全員トレード候補」という一文も見かけた。

監督・コーチ陣は二軍の一部を除き総入れ替え
新監督は解説者の神宮寺
打撃コーチに沢崎
放出候補筆頭は須永と仲本。仲本はまだ高く売れる

「高く売れる」。表現はともかく、事実はその通りかもしれない。まるで人身売買だけど……打てるキャッチャーは、どこのチームでも貴重な存在だ。去年、今年はちょっと成績が落ちているが、それは監督の樋口のせいもある、と自分を納得させてきた。樋口は、やたらと打順を弄るのだ。この二年、仲本は一番以外の全ての打順に座っている。二番を打たされた時など、監督が何を考えているのか、まったく分からずに困惑したものだ。キャッチャーに二番を打たせてどうする？　初回から送りバントしろ

とでも？　自分でも分かっているが、仲本は内に籠る性格で、面と向かって確かめることなど、できなかった。まあ、樋口さんはバッティングが分かっていないから な……と考えて諦めたのだが、頻繁に変わる打順に戸惑いを覚えていたのは間違いない。本当は、五番か六番に座るのが好きなのだが、これぱかりは手を挙げて希望すれば通るものでもないし。

いずれにせよ、ここ二年の納得できない打撃成績は、俺のせいじゃない。監督の使い方がおかしいんだ。

だからこそ「高く売れる」という話になるんだろうが……その裏には、リードを不安視する声があるのも事実だ。

仲本のリードは無難過ぎ

困ったら外角低目のワンパターン

ピッチャーの個性を生かしていない

そういう批判を目にする度に、うんざりしてしまう。だいたい今、スターズに俺以外に使えるキャッチャーがいるのかよ……キャッチャーの仕事は、ピッチャーの能力を引き出して試合を組み立てることだが、引き出すべき能力もないピッチャーを、どう使えばいいんだ。

今日の有原がいい見本である。仮にもプロのピッチャーなのだから、少なくともこっちが要求したコースに投げるぐらいはしてもらわないと。ボール一個の出し入れをしろ、とは言わない。最低限、コースを投げ分ける程度のコントロールがない限り、試合を組み立てることなどできないのだ。

有原は、どうしてドラフトに引っかかってきたんだろう……試合が進むに連れ、その疑問が膨らんできた。ネット上には、有原に関する話題も転がっている。中に、どうやら高校でチームメートだったらしい人間の書きこみを見つけて、思わず苦笑したものである。

あいつは間違いなく潰れる。コントロールがないのは致命的だし、気が弱い

高校時代は、三年間ずっと萎縮していた

監督は有原以外の選手を怒ることはほとんどなかった

問題はむしろ、精神的なものかもしれない。分かるよ、と仲本はマウンド上の有原を見やった。何となく、説教したくなるタイプなのだ。もっと気合いを入れろ、自分に自信を持て、おどおどするな——言葉は違うが、言いたいことは同じだ。掲示板で

書かれていた「気が弱い」というのはまさにその通りだ、と確信している。つまり、ピッチャーとして最も必要な素質「図々しさ」がないのだ。慎重なのと弱気なのはまったく違う。慎重、というのは真田のようなタイプだ。打ち取るボールから逆算して、初球に何を投げるか決めるピッチャー。自分の能力には絶対の自信を持っているが、バッターを過小評価せず、常に最悪の事態を想定して配球を決める。

有原は、自分に自信を持っていない。こればかりは、周りがいくら盛り立ててもどうしようもないのだ。だいたい仲本は、おだてるのが得意ではない。基本的にピッチャーとキャッチャーの関係は、五分五分であるべきだと思っている。それはレギュラーに定着しかかった頃、真田と組んでいて教えられたことでもあるが……ピッチャーの能力は、自分一人では発揮できない。客観的に状況を見られるキャッチャーがいてこそ、百パーセントの力を出せるのだ、と。

しかしそもそも有原は、ピッチャーとしての潜在能力が低い。もちろん、スピードは何物にも替えがたいが、速い球が投げられれば万事オーケー、というわけではないのだ。キャッチャーが引き出してやるべき能力がない……もっと二軍で鍛えてから上げるべきだったな、と思う。監督の判断は早過ぎだ。

仲本はホームプレートの後ろに立った。さて、どうするか……打順は八番の栗原《くりはら》。下位打線だが、ここから先は厄介である。相手バッターも、そろそろ有原のボールに慣れてきただろう。プロのバッターなら、三打席目までは凡退を続けても、四打席目には何とかするものだ。追いこんでいるのはこちらなのに、逆に厳しい感じがする。

有原は、不安気にこちらを見ていた。それを無視して状況を確認する。やっとワンアウトで、ランナーは一、二塁。打席に立つ栗原は、結構しつこいタイプだ。打率は低いが、カットするだけなら、今日本で一番上手いかもしれない。有原がその神経戦に勝てるかどうかは分からない――いや、負けるだろう。根競《こんくら》べは、気持ちの大きい方が必ず勝つ。どこへ投げてもカットされる、という状況が続けば、ピッチャーは簡単に追いこまれてしまうものだ。ましてや有原のように球種が少ないタイプは、あっという間に投げるボールがなくなってしまう。たった一つ、有利かもしれないのは、有原の場合「投げるコースがない」とはならないことだ。そもそも狙って投げられないのだから。

もう、仕方ないな。奴には、思い切って腕を振らせるしかない。スピードのばらつきが、逆に上手い効果になればいいのだが……指に引っかからず、スピードの乗らないボールが、バッターからチェンジアップのように見えれば助かる。

栗原が、打席の外で二度、素振りをした。軽いバットを短く持ち、こつこつと当ててくるタイプだ。背が高くないのが逆に幸いして、ストライクゾーンは狭い。しかも極端なクラウチングスタイルなので、ピッチャーから見ると投げにくいことこの上ないのだ。

「仲さん、お手柔らかにね」栗原が声をかけてから打席に入った。

仲本は何も言わず、マスク越しに栗原を睨みつける。何だかずいぶん余裕があるな……攻略法でも見つけたか？　普段、こちらが栗原に対する時には、徹底して内角を攻める。最初に腰を引かせてしまうのだ。だが有原に、そういうやり方は要求できない。

今日の栗原は、最初の打席がサードのファウルフライ、二打席目が三振、三打席目がレフトフライだった。二打席目の三振はともかく、他の打席ではバットに当てている。特に前の打席のレフトフライは、結構危なかった。フェンスぎりぎりまで飛ばされ、一瞬ひやりとしたものである。それほど長打力のあるバッターではないのだが……あれはジャストミートだったな。力のあるボールでなかったら、スタンドインしていたかもしれない。

栗原が、左手をマウンドの方に突き出したまま、バッターボックスを右足で掘って足場を固めた。二度、三度……掘り返された土が撥ね、何となく汚らしい。考えるまでもなく、キャッチャーというのは始終泥まみれになるポジションだ。それはともかく……栗原の右足の位置はいつもと変わらないようだ。こういう厳しい状況だからといって、いつもとやり方を変えるつもりはないのだろう。ようやく足の位置が決まると、右肩に担いでいたバットを両手で握って、一度腹の位置まで戻す。すっと一塁側に向かって突き出すようにしてから、ゆっくりと構えた。余裕のある、ゆったりした雰囲気。そこから屈みこみ、ストライクゾーンを狭めていく。

まあ……外角低目にストレート。無難と叩かれようが、ここしかない。こういうホームプレートに覆い被さるタイプのバッターは外角低目が得意で、落ちるボールにも簡単に対応してくるのだが、栗原のパワーではヒットゾーンに飛ばすのは難しいだろう。もちろんそれも、有原が要求通り外角低目に投げてくれれば、の話だが。ない物ねだりなんだよな、と考えると暗鬱たる気分になる。またネットであれこれ書かれるだろうな……馬鹿の一つ覚えだよ。文句を言うなら自分でキャッチャーをやってみろ、と開き直るような気持ちも芽生えてくる。プロとして、絶対に考えてはいけないことなのだが。

掘った足の位置が、前の打席と微妙に違うことに気づいた。わずかにホームプレート寄りになっている。外角を右狙いだ、と気づいた。彼のバッティングフォームは、もともと外角低目へ落ちる変化球に対応するように、大リーグで開発されたものである。露骨な……もしかしたら、これは騙しか？　外角を狙っていると見せかけて、実は内角狙いとか。栗原は、それぐらいの駆け引きはできる選手である。

では、思い切り内角へ投げさせるか。栗原がのけぞって転ぶぐらいでいい。仮にぶつけても、それで点数が入るわけではないのだから。それにこの回は乱闘、そして死球と荒れ模様だが、今さらトラブルが起きるとは思えない。イーグルスの連中も、有原のコントロールのひどさには呆れているはずだ。

いやいや……そもそも、狙って内角を抉《えぐ》るように投げられたら、ここまで苦労していない。

結局、何が起きるかは分からない。コントロールもできない。

仲本は一か八かで内角低目にストレートのサインを出した。有原がサインをじっと覗きこんでうなずく。よし、それでいい。お前は俺の言う通りに投げていればいいんだ。

仲本は両手を大きく広げた。的は大きく。ストライクが入らなくてもいい。暴投にさえならなければ……そう言えば今日は、いつもよりずっとユニフォームが汚れている。あちこち飛び回り、倒れこんでボールを押さえ、必死で逸らさないようにしてきたからだ。まったく……有原に洗濯でもさせてやるか。キャッチャーも苦労していることを、身をもって分からせないと。

一塁、二塁と順にランナーに目をやる。リードは普通、走る気配はない。何かしかけてこないだろうか、と一瞬不安になった。可能性があるとすれば、エンドラン……いや、それはあり得ない。エンドランは、バットが届くところにボールがくるのが前提である。バッターは空振り、そして走ったランナーが刺されてダブルプレー——それだけは避けたいだろう。ここはランナーを大事にして、有原にプレッシャーをかけたいはずだ。もっとも、あいつはもうあっぷあっぷだけどな。これ以上プレッシャーを受けたら、マウンド上で泣き出してしまうかもしれない。

ちらりとダグアウトを見た。樋口と真田が並んで立っており、二人とも険しい表情を浮かべている。何だか、このイニングを抑え切れば、優勝が決まるとでもいうような感じ。指示はなく、この場は完全に俺に任されている。

よし、それなら何とかしなければ。とにかく投げてこい。ボールが指先からリリースされた瞬間に対応すればいい。

有原が一塁に視線を送った。牽制はなし。ホームプレートに顔を向けると、すぐに始動した。リリースポイントが……低い。まずいぞ、これは。ワンバウンドになるかもしれない。

ボールは珍しく、指示通りに内角低目に入ってきた。だが、やはり低過ぎる。慌てて体を左側に寄せ、惨事に備えた。栗原は既に見送ることを決めたようで、軸足からは力が抜けている。ボールはぎりぎりバウンドせず、ミットに収まった。すぐに二塁ベースを見ると、ランナーがゆっくりと戻るところだった。一気に気が抜ける。危なかった……今のを逸らしでもしたら、二、三塁になってピンチが広がるところだった。

ワンアウトでランナーが三塁にいれば、ヒット狙いをせず、スクイズで1点を取りにくるかもしれない。

ゆっくりと立ち上がり、有原にボールを投げ返す。まあ、一応内角にはきたわけだから、と自分を納得させた。栗原の腰が引けたわけではないが、意識を内角に向けさせることには成功しただろう。もう少し上だったら、もっとよかったのだが。

ボールを受け取った有原が、ロジンバッグに手をやる。このイニングは、頻繁に滑り止めを手につけていた。やはり神経質になっているのか……東京スタジアムはドーム球場だから、気候の影響を受けない。外がどんな気温でも、試合中は二十六度。汗のかき方も同じで、指先のコンディションも常に変わらないはずなのに。

「もう一つ、内角いくかな」ぽつりとつぶやく。

栗原がちらりとこちらを見て、目を細めた。迷い始めたか？　だとしたら成功だ。有原が本当にノーコンなのか、適当にボールを散らしているだけか分からなくなれば、こちらの術中にはまる。混乱しているところに百五十キロのボールがきたら、どうしても対応は遅れるだろう。

だが、栗原は平然としていた。やはり、有原のコントロールについては見切っているに違いない。どこへボールがこようが、偶然。再び足場を掘り始めたが——準備に時間がかかるのがこいつの悪い癖だ——先ほどとまったく同じ位置である。やはり、外角狙いは変えないつもりか。初球は内角を突かれた格好になったが、内角攻めも膝より下だとあまり効果がない。胸元に食いこみ、思わずのけぞってしまうようなボールなら、恐怖心を植えつけることができるのだが……だいたい今は、そのコースに投げさせるのが怖い。逆球ぐらいならともかく、有原は頭にぶつけてしまうかもしれない。満塁になると、さらに追い詰められることになるわけで……初球の内角への指示は、かなり危なかったわけだな、と冷や汗をかいた。やはり、後は外角でいくしかないか。

しかし栗原は、明らかに外角を狙っている。足場の位置、普段のバッティングフォームとの微妙な違い……全てを総合して考えると、外角のボールを強く叩こうとしているとしか思えない。

実際この男は、外角にだけは強いのだ。ストライクゾーンを九つのマトリックスに分けたデータで、一番打率が高いのは外角の真ん中。そこの打率は三割を優に超えている。次に高いのが外角低目だ。それに対して内角は苦手で、特に内角低目の通算打率は、二割に満たない。となると、外角狙いと見せかけて実は内角を待っている、とは考えにくい。どのコースも万遍なく打てるようなバッターなら、ピッチャーとの駆け引きで投げるコースを限定させてしまうこともできるだろうが、有原と栗原の間には、そういう駆け引きは成立しない。

ああ、まったく疲れるよ……いや、疲れるのは構わないんだ。キャッチャーは肉体労働であると同時に頭脳労働で、一試合終わると体も頭もくたくたになってしまうのが普通だから。いつもはそれも心地好い疲労で、美味いビールが吞めるのだが、今日はそうもいかないようだ。行き当たりばったり、来たボールを処理するだけ。

これほど疲れた試合は、今までなかったかもしれない。しかも、この先につながるかどうかも分からないのだ。自分は本当に、トレード候補かもしれないし。

ネットの噂をどこまで信じるかは、それこそ個人の判断に委ねられる。検証すれば、噂のほとんどは嘘ではないかという気がしているのだが、そんなことを真面目に調べるのも馬鹿らしい。それでも俺は、今夜も帰ったらネットサーフィンをして、自分の名前で検索を試みるだろう。今日の試合はどんな風に言われているのか……有原に関するデータは少ないから、試合がばたばたしてしまったのは、俺のせいにされるかもしれない。

いや、待てよ。それはおかしい。今のところ、ノーヒットノーランは継続中なんだぞ。このまま上手くいけば「快挙」じゃないか。たまにはイチャモンではなく、賞賛の声だけが挙がってもおかしくはない。

だったらどうして俺は、こんなに苛々しているんだ？

有原の野郎……俺をこんなに不快にさせるとは、最低のピッチャーだな。試合が終わったら即説教だ。ノーヒットノーランになろうが関係ない。ピッチャーの心得の基本を叩きこんでやる。

さっさと終わらないかな、とふと思った。面倒で、すぐにでも試合を投げ出してしまいたい。しかし有原が投げない限り、試合は終わらないわけで……困った。仲本は結局、「外角低目に速球」のサインを出すしかなかった。

10 神宮寺の場合

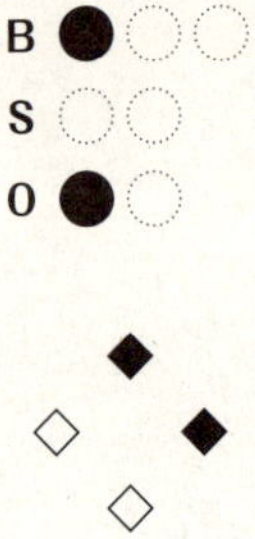

「神宮寺さん、九回まできて試合が大きく動きましたね」
「この試合初めて、有原にとっては本格的なピンチと言っていいでしょうね」
「有原、ここまで三十四人のバッターと対峙してきました。三振七つを奪う力投ですが、四死球はそれを上回る八つ。ノーヒットノーランは依然として続いていますが、ランナー二人を背負う大ピンチです……栗原への初球は内角低目、ワンバウンドしそうなボールでした」

「ストライクが入らないですね。栗原は、じっくり見ておきゃいいんじゃないですか？　放っておけば、フォアボールで自滅しますよ」

「その栗原ですが、今季の打率はここまで二割四分二厘。決して当たっているわけではありません」

「打って出ると失敗する確率が高いからね。バットを振らない方が、出塁できる可能性は高いですよ」

まったく、栗原は役に立たない男だからな……神宮寺は、ミネラルウォーターを一口啜った。ファウル打ちの名人・栗原、それは認める。放っておいたらこの男は、一日中でもファウルで粘り続けるだろう。しかし野球では、打球をフェアゾーンに飛ばさないと何も始まらないのだ。無駄な技術だな……だから、大した金も稼げないんだ。

ふと、右手にかすかな痛みを感じる。自分の現役生活を奪った怪我。元々骨折していたのに、ちょっとかっとなって審判をぶん殴ったせいで悪化して、回復が長引いたのだ。その一件がきっかけで握力を失い、完璧だったバットコントロールも狂ってしまった。ま、怪我は仕方ないけどな……普段はすっかり忘れているが、暑さが遠のく季節になると少しだけ痛みが戻ってきて、あの頃の記憶が鮮明になる。スターズに来なければ、もう少し長く現役を続けられたのでは、と思うこともある。

あの怪我も避けられたかもしれないし……自分のプロ野球人生の中で、短かったスターズ時代をどう評価すべきか、今でも迷う。あまりにもたくさんのことが起こり過ぎた。

そんな俺に、監督のオファーがくるとはね……皮肉なものだ。しかし、来年以降のスターズは完全に変わるのだ、と意識せざるを得ない。

スターズはチーム史上、生え抜きの選手しか監督に抜擢してこなかった。このチームはある意味「ブランド」だから、それも当然かもしれない。しかしそれが、現在の低迷につながっているとも言える。外の空気を吸ったことのない人間は、自分が預かるチームを客観的に見られないものだ。

しかし、よりにもよって俺じゃなくてもいいよなあ。

客寄せパンダにしたいのは分かる。現役時代の俺の記録には、まだ抜かれていない物もたくさんあるのだ。オフシーズンの話題をさらうだろうし、来年は俺の采配を見たくて東京スタジアムに足を運ぶファンも増えるかもしれない。

――そんなことを考えるようじゃ、駄目だな。新しいオーナーとは、もう面談を済ませている。野球が好きで、長年のスターズファンだということはよく理解できたが、基本的に野球――チームの運営に関しては素人だ。本気でチームを強くしたいなら、監督の人選はもう少し慎重にやらないと。ＧＭを置くそうだが――誰だかはまだ聞いていない——しっかりした人ではないだろう。俺を監督に誘ってきたのがその証拠だ。だいたい俺は、チームを預かれるような立場じゃない。「男に生まれたからには、プロ野球チームの監督とオーケストラの指揮者はやってみたい」などと言ったのは誰だったか……俺は、「ある目的のために人を率いていくこと」になど興味がない。自分のプレーには全力を——全力以上の物を捧げてきたが、他のことに興味はなかった。だから現役を退いてからは、適当に生きている、という感じしかない。

「神宮寺さん、ここはやはり、粘って有原の疲れを待つ作戦ですか？」

「そうですねえ。イーグルスも追い詰められていますから、時間をかけたいところです」

「有原のピッチング、変化はありませんか？」

「少しばらつきが出てきましたね。同じストレートでも、一球一球勢いが違います」

「さすがに疲れてきたんでしょうか……若さと勢いで、ここまでイーグルス打線をノーヒットに抑えこんできましたが、ランナー一、二塁、最終回に最大のピンチを迎えています」

しかしよく喋る男だ、と神宮寺は苦笑した。喋りのプロだから当たり前だが、組んで仕事をする時にはいつも呆れてしまう。今日はラジオの中継だから、テレビよりも言葉の量は増える。それにしても、自分の言葉で放送時間全てを埋め尽くしそうな勢いじゃないか。のんびり喋るのが癖の神宮寺にすれば、自分の五倍ほどのスピードで言葉を吐き出しているように感じられる。別に対抗する必要はなく、振られた時に適当に何か言えばいいのだが、何となく自分はお飾りではないか、という気がしてくる。

「有原は東京晴《せい》華《か》高校からドラフト六位でスターズに入団。九月になって一軍に引き上げられ、これまで五試合に中継ぎで登板して防御率は０・87、三振十二を奪っています。右の本格派、スターズにとっては将来のエース候補と言っていいですよね、神宮寺さん？」

「ま、そうですね」阿呆、そんなわけ、ないだろうが。神宮寺は苦笑した。こんな滅茶苦茶なピッチングをしていて、何がエース候補だ。スピードだけでは、プロではやっていけない。

「十九歳の若武者が、イーグルス打線に堂々と立ち向かっています。九回にきても、まだマックス百五十五キロの速球を記録しています。この試合、どうなるか……初先発でのノーヒットノーラン達成まで、あとアウト二つ！」

　まあ、言うのは簡単だよな、と神宮寺は皮肉に思った。さて、有原はどんな様子なんだろう……神宮寺はモニターを覗きこんだ。ここまでヒットなしは奇跡だ、と改めて思う。相変わらずおどおどしていて——それは初回から変わらない——自信なさげ。自分がどうしてここにいるのか分からない、といった様子だった。だいたい樋口も、どうしてこいつを先発させたのだろう。来季のことを考えて……というのは分からないでもないが、あまり意味はない。

仮にノーヒットノーランを達成できても、これが最初で最後の栄光にならないといいんだが、と皮肉に考える。

神宮寺が現役時代に獲得したタイトルは、首位打者三回、ホームラン王二回、打点王一回。他、表彰は数知れず……これだけ取ると、感覚が麻痺してしまう。毎年タイトル争いに顔を出していたから、取って当たり前、という感覚もあった。それ故現役時代には、自分の成績を振り返って感慨に浸る、ということはまったくなかった。仮に一度タイトルを取っただけだったら、それを胸に抱いて慈《いつく》しみ、生涯大事にしてきたかもしれないが、それぞれはあくまで、「多くのタイトルの中の一つ」に過ぎなかった。

有原は……あまり将来性はなさそうだな。現役時代に対戦した投手の中では、パイレーツの玉木《たまき》に似たタイプだ。玉木も有原と同じ高卒で、二年目に初めて一軍に上がって、いきなり爆発した。その年十六勝三敗、防御率2・12、百九十イニング投げて二百十六奪三振と、驚異的な成績を残した。勝利、防御率、奪三振の、いわゆる投手三冠を達成。有原とは、ストレートに勢いのある右の本格派、というところが共通している。

だが神宮寺は、特に玉木を苦手にはしていなかった。むしろよく打った記憶がある。細かい数字を覚えるのは苦手だから、正確なところは分からないが、対戦打率は三割を軽く超えているはずだ。勝負どころでホームランを二本打った記憶もある。そう……似ていたのはストレートの威力だけではない。マウンド上でおどおどする態度もそっくりだった。高卒一年目と二年目の違いこそあれ、「自分がここにいていいんでしょうか」と誰かに確かめたがっているような自信の無さは共通している。前半戦で十勝ラインに到達、オールスターでも第二戦に先発して三回を完全に抑えてその試合のMVPを獲得したのに、後半戦になっても、自分の居場所を探しているような態度はそのままだった。そのせいかもしれないが、オールスター後はやや失速して成績を落としている。それでも、実質的に一年目の成績としては図抜けていたのだが。

ただし玉木は、その年だけで沈没した。まだ体が出来上がっていなかったのだろうか、シーズン終盤に肩を痛めて、結局あの速球は蘇《よみがえ》らなかった。次のシーズンからは、合計で五勝を重ねたぐらいだったのではないか。確か、二十代前半で引退したはずだ。今はどうしているだろう……既に三十代半ばになっているはずだが。

どうしても、マウンド上の有原に玉木の姿が重なってしまう。たった一度の栄光を想い出に、残りの人生を終えるのは悲しいものだが……有原もそうなりそうだな。

有原がマウンドを均す。一球投げ終えるごとにそうしているのは癖なのだろうが、神宮寺には、神経質になっているようにしか見えなかった。ああいうタイプ、いるよな……まあ、それを言えばプロ野球選手なんて皆神経質なのだが。常に自分に有利なように、周囲の環境を整えたい。同じ道具を使い、コンディションを整え、ジンクスを大事にする。それを大事にするあまり、一種の奇行を繰り返した選手たちを、神宮寺は何人も見ている。先発前の食事は常にカレーと決めていたピッチャー。試合が始まる前に、何故かグラブの紐を一回全部解いて締め直すショート。打席に入ってバットを構えるまでに、五種類の動作を決まって繰り返したバッター——ちなみにバットを脇に挟んで三回しごく、前屈して右のスパイクの先に触れる、ユニフォームのズボンを引っ張り上げる、バットの先端でホームプレートを二回叩く、ヘルメットを掌で押さえつける、だ——などなど。神宮寺には、そういうことは一切なかった。好きな物を食べて飲んで、あとはただ打席に立ち、来た球をひっぱたくだけ。プロ野球の世界では、自分のように物事にこだわらない人間の方が圧倒的に少数派だと知った時には驚いたものだ。

「神宮寺さん、ここはキャッチャーの仲本としては、どう攻めますか」

「攻めようがないでしょうねえ。行き先はボールに聞いてくれ、ということじゃないですか」

アナウンサーが爆笑した、こいつは……ちょっと大袈裟過ぎる。ラジオの中継は一種の「声芸」であり、アナウンサーにとっては声のトーンで状況を伝えるのも大事な仕事だが、こいつはいつも、あまりにも過敏に反応し過ぎる。まるでどこかに笑いのボタンがあり、俺がそれを押しているようだ。だいたい、こっちが白けた気分で皮肉を言うと笑う。そして神宮寺としては、白けた気分にならざるを得ない試合が多過ぎた。

何というか、皆必死過ぎて。

野球なんて、所詮は球遊びである。遊びが特別上手い人間が頂点に上り詰めるのが、プロ野球の世界だ。神宮寺はあくまで、遊んでいてなおかつ金を貰っている、という意識しかなかった。だからこそ楽しかったし、遊びだから一生懸命やったとも言えるのだが、人前では努力について語ることも見せることもしなかった。そもそも遊びのために必死に準備するのは、苦労でも何でもなかったから。これが仕事だと考えたら、死ぬ気になれないのではないか。仕事をむきになってやる人間は、他に遊びの時間があるからそれに耐えられるのだ。

俺は……ずっと遊んでいたとしたら、仕事はいつやっていたのだろう？　引退してからだ。解説こそ、仕事である。その証拠に居心地が悪い。そんなことはやる前から分かりきっていたのだが、人間、遊んでばかりでは暮らせない。何しろ女に金がかかるし。

俺はまた、野球に戻るのだろうか。

神宮寺の思いは来年に向けて彷徨《さまよ》った。あの新オーナー、冗談で言ってきたわけじゃないだろうな。金がかかる話で冗談を言い出すとは思えないし。だが、本気だったとしてもどうしたものか……プロ野球の監督は、遊びではできない。それこそ仕事だ。何よりも、データを精査しなければならないことにうんざりする。現役の時、スターズに来て驚いたのは、驚異的なデータ重視主義だった。各地の球場に散っている偵察要員は、給料以上の仕事をしていたと言っていいだろう。もちろん、神宮寺はデータなど端《はな》から無視していたが。野球など、所詮人間のやることであり、過去のデータは当てにならない。試合ごとに選手の調子は違うのだから。

しかし監督になったら、データを無視するわけにもいかないだろう。今や多くの選手は、データに頼りたがる。バッターなら、自分に対する攻めの傾向が分かれば、その裏をかいて自分有利に事を運ぼうとするものだ。まあ、普通の選手はそうなんだろうな……現役時代、神宮寺は「来た球を打つだけ」といつも言ってきたが、それを真に受けた人間はほとんどいなかったと思う。何だかんだいって、好成績の裏には、分厚いデータの蓄積があるはずだ、と疑っていたはずだ。ところが、それが違うんだな……格、というものを考えることがある。相手を圧倒する格。体力だったりバッターとしての能力だったりと、様々な要素が絡み合うのだが、いずれにせよ「格が違う」

と相手に思わせれば、それで勝ちなのだ。最初から勝負を捨てさせる。そのために俺は、他人の目を気にせず自分を磨くことだけに集中してきた。

俺みたいに才能のある人間が、自分を磨くのに必死になれば、他の連中はついてこられるわけがない。

だからこそ、有原のような若い選手を見るとがっかりしてしまう。有原に才能はあるか？　少なくとも、速い球を投げる、という一点だけ見れば天才だ。それに、バッターの打ち損じが多いのは、手元で微妙にボールが変化している証拠だろう。こういうのは教えてできるものではなく、ちょっとした癖から自然に投げられるようになるものだ。だがそれ以外の部分……メンタルが弱い。弱過ぎる。ピッチャーは、そう、真田ぐらいお山の大将でいいのだ。バッターを見下す姿勢がないと、いいようにあしらわれる。

あいつ、まだマウンドを均している。いい加減にしろよ、と神宮寺はうんざりした。そういえば、前の登板……パイレーツ戦でリリーフに出た時は、こんな風にはならなかった。まあ、あの時は八回、三点差で負けている状態での敗戦処理だったから、今とはプレッシャーもまったく違っただろうが。緊張してくると、ああやってマウンドを均して自分を落ち着かせようとするわけか。そういえばこの試合では、しょっちゅうこんなことをしていた。いい加減にしないと、遅延行為と取られかねないのだが……落ち着こうと思ってやっている行為が、逆に自分を追いこむことにもなる。スターズの連中は、有原にどう接しているのだろう。先ほど真田がマウンドに行ったが、その後も有原の様子に変わりはない。落ち着かせることも、鼓舞することもできなかったわけか。監督になったら、そういうことが仕事になる。選手とのコミュニケーション……苦手だ。冗談を交わして馬鹿笑いしている分にはいいが、選手を諭したり励ましたりしている自分の姿は想像もできない。そんなことをしている自分は、たぶん自分ではない。

つまり、監督を引き受けるには、俺も変わらなければいけないということだ。冗談じゃないよな……いい年をして、金を稼ぐためとはいえ、馬鹿な若い選手たちと話さなくちゃいけないなんて。

俺は絶対引き受けないぞ、と神宮寺は決めていた。冗談でも、あの時「イエス」と言わなくてよかったと思う。だいたいあのオーナーは、よく分かってないんだ——俺が監督になって、またメディアに登場するようになったら危険ではないか。今も、世間的な常識で見れば不道徳な女の線が何本かある。スターズは「落ち目の名門球団」であるが故に、関係者はマスコミの格好の餌食になるのだ。水に落ちる人間を叩くのは楽しい、ということだろう。監督自らスキャンダルのネタになるかもしれないということを、あのオーナー——沖とか言ったな——は分かっているのだろうか。そもそもこういう時は、身体検査をするものだが……神宮寺自身は、女に関しては一種の病気のようなものだと思っている。女がいなければ、俺の人生は成り立たない。悪いことだとも思わないが、それがマスコミなどで騒がれるとなると話は別だ。一々煩いことを言われるのには耐えられない。とにかく面倒臭いのだ。

仲本も、扱いにくそうな選手だな……モニターに視線をやりながら思う。あいつは基本的に、自分が打つことしか考えていない。リードはワンパターンで、バッターの手が届きにくい遠目に投げさせるだけだ。今も、ゆっくりと右側——右バッターの外角低目に体を動かしつつあった。始動が早い。あまり早く動くと気配でバッターに気づかれてしまうものだが、なるべく早く的を決めてやらないと有原が投げにくい、ということか。コントロールのいいピッチャーなら、キャッチャーがどこにいようが、自分なりのストライクゾーンを想定できるものだ。

外角へ……まあ、そこしか指示できないだろう。ようやく投球動作に入る有原——相変わらずぎくしゃくしたフォームだ。体が硬いのだ、と神宮寺はようやく気づいた。体というか、下半身が硬い。それなりに走りこみはしているだろうから、下半身に力がないわけではないが、ステップの幅が小さいので硬さが分かる。下半身を生かし切れず、上体の力に頼ったピッチング。あれでは見かけのスピードは出るが、棒球になってしまう確率も高い。実際に自分が打席に立ったらどう見えるだろう。スピードガンが記録する数字上のスピードと、体感上のスピードはまったく別物なのだ。実際、マックス百四十キロにも満たないのに、何故か振り遅れてしまうピッチャーもいる。

速い。ボールが手を離れた瞬間、神宮寺は唾を呑んだ。完璧に力の乗ったベストボール。外角へ大きく外れてボールになったが、反射的にスコアボード横の球速表示を見ると、百五十四キロを記録していた。あれがもう少し内側に入ってきたら、絶対に打ち損ねていたな。もったいないことをした。放送ブースは客席からは隔離されているのだが、それでもスタンドのざわめきは入ってくる。まだこんなスピードが出るのか、という驚き。

ま、俺もちょっとだけ驚いたけどな。

しかし、ノーヒットノーランを達成できるかどうかとなると、別問題である。もしかしたらノーヒットで終わるかもしれないが、その前に四球を連発して得点を許し、マウンドを降ろされるのではないだろうか。個人の記録を無視して勝ちを狙いにいくなら、ここで抑えの長橋《ながはし》を投入する手はある。五位が確定した今年のスターズにあって、長橋だけは獅子奮迅の活躍だった。四十試合に登板して三十二セーブ。セーブ失敗はわずか二回しかない。リリーフエースとして、絶頂期に入ったと言っていい。

そんな勝ちに意味があるのかどうか、分からなかったが。

「――これでカウントはツーボール、ストライクはありません。神宮寺さん、今の一球は力の入ったボールでしたが――」

「代え時かもしれませんねえ」

神宮寺はさらりと言った。ひたすら喋り続けていたアナウンサーが一瞬沈黙する。横顔を見ると、呆気《あっけ》に取られていた。だがすぐに、観客がいるか、視聴者を前にしているような笑みに切り替える。

「ノーヒットノーランを続けているピッチャーを代えますか？」

「そろそろ限界でしょう。それにどうも、このまま終わりそうにないですよ」

「と言うと？」

「もう一人四球を出したらどうなりますかねえ。有原は、精神的に弱いようだし、こういう場面にも慣れていないでしょう。九回、ワンアウトまでノーヒットノーランを続けてきた後で失点するようだと、ショックが残りますよ。来年のことを考えれば、『よく頑張った』と褒めて交代させてやってもいいと思いますけどねえ」

「記録を捨てる、ということですか？」

「将来のためにはね。だいたい、若いうちに大記録を達成するとろくなことがないんです。その想い出にすがっているうちに、力が出せなくなるんで……惜しかったと思えば、次に頑張る時の力になるでしょう？　それに途中で降ろされれば、ノーヒットノーランが達成できなかったのも自分のせいじゃないと思えるわけだから。恨む相手が別にいればいいんですよ」

「チーム内で敵を作る、ということですか？」

「おままごとをやってるわけじゃないんでね。だいたい、今のスターズはぬるま湯みたいなものじゃないですか？　来年からは変わるかもしれないけど」

「手厳しいご意見をいただきました」

アナウンサーが必死の形相で、このやり取りを締めにかかった。だがそれを見て神宮寺は、まだ喋り尽くしていない、と気づいた。

「いくら名門チームといっても、どうなんですか……はっきり言って、この二年の低迷は目に余りますよね。素人じゃないんだから、もう少しきちっと選手を使った方がいい。今日だって、有原を先発させたのはどうなんですかねえ。ろくに実績もない高卒のルーキーですよ？　もう少し経験を積ませてからじゃないと、本人のためにもならないでしょう。ここまではたまたまノーヒットできてますけどね、有原を潰そうとしているようにしか思えない」

突然自分の中で湧き上がってきた怒りに、神宮寺は自分でも驚いていた。別に、たかが遊びじゃないか……だが、遊びだからこそ全力でやらなければならない。樋口の奴、要するに投げさせるピッチャーがいなくなって、困って有原を先発に指名したんじゃないのか？　だとしたら怠慢だ。監督は、頭を捻ることこそ役割なのに。

「まあ、あれですか」アナウンサーの口調が濁る。急に歯切れが悪くなっていた。

「シーズン最後の試合、来季に向けてルーキーにチャンスを与えた、ということなんでしょうかね」

「来年のことなんか、誰にも分からないでしょう。オーナーが変われば……来年のスターズは激震に見舞われますよ」

アナウンサーが沈黙する。この件は話題にしたくないのだろうな、と分かった。試合中は試合の実況に集中すること。映像のないラジオの中継では、それがお約束だ。できるだけ試合の情報を正確に伝えるため、それ以外の話題には触れない。特に身売りの話など、できるだけ避けたいはずだ。神宮寺は、自分でもどうしてこんな話題を持ち出したのか、分からなかった。

もしかしたら俺は、スターズが好きなのか？

そうかもしれない。淡々とプロ生活を送り、特に「大事な仲間」ができたわけではないが、スターズ時代は特別だったと思う。

タイトルを争った沢崎の存在が大きい。不器用な奴だったが、あいつがあの年見せた輝きは本物だった。それを間近で見ていたのは、実に面白かった……向こうがどう思っているかは知らないが。俺が監督になったら、あいつをバッティングコーチに招くのはどうだろう。しばらくは面白くやれそうだ。

　現役を引退して、特定の球団とかかわりを持つことはないだろうと思っていたが……もう一度組織の中に入っていくのも悪くないかもしれない。

　それが面白ければ。

11　美菜の場合

B ●●○
S ○○
O ●○

「ひやひやするよな」

「心臓に悪い」

「これ、どうすんのかね。出たとこ勝負？」

「仲本のリードも適当だからなあ」

　無責任な観客の会話……普段は聞き流しているのだが、今日に限って浅川《あさかわ》美菜《みな》は耳聡く聞きつけていた。

　それは、気になるわよね。ならないわけがないでしょ。

何しろ投げているのは、高校の同級生なのだ。というか、自分がマネージャーをやっていたチームのピッチャーだった。あの有原秀がねえ……と今でも信じられない。スタンドを上下しながらビールを売るのが仕事なので、試合の細かい場面までは分からないのだが、観客の会話、それとたまに確認する場内中継のテレビとスコアボードからだけでも、大変なことが起きているのは分かる。

九回ワンアウトまで、ノーヒットノーラン継続中。

あり得ない……。

美菜の中にある有原のイメージといえば、二年生で先発失格を言い渡された男だった。

二年前の夏の大会の決勝。1点差で敗れた後、有原が真っ青な顔をしていたのを思い出す。あれはどうしようもない一人芝居だった。四球を出してランナーを溜め、あとは三振で何とか始末をつける……守っている先輩たちが段々苛々してくるのが、スタンドにいても手に取るように分かった。しかもワンヒットピッチングだったのに、最後は自分のエラーで負けて。

試合の後、全員がショック状態のロッカールームに入って行った時の重苦しい雰囲気は、忘れようとしても忘れられない。涙。呻き声。「畜生！」という叫び。誰かが「畜生！」と言った時の有原の反応もよく覚えている。ロッカールームの一番隅に座って大きな体を丸めていたのだが、いきなり背中を叩かれたようにびくりと体を震わせたのだ。あれはみっともなかったなあ……どれだけびくついていたのか。

その後の監督の言葉を、一言一句覚えている。

「新チームでは投手陣をもう一度立て直す。有原には抑えをやってもらうから……高校野球とはいえ、今は役割分担が大事だ。お前の速球は抑えに向いている」

なんて、要するに「先発失格」って言いたかっただけでしょう？　高校野球は、今でもエースの先発完投が基本だ。リリーフが出てくるのは、試合を諦めた時か、先発ピッチャーが怪我でもした時。あれを言い渡された時の、有原の顔は蒼白だった……まるでこの世の終わりが来たみたいに。

もっとも、監督のあの判断は正しかったと思う。次の年の予選は準決勝で負けたのだが、リリーフに転向した有原は、登板した試合で1点も失わなかったのだ。まさに完璧なリリーフぶり。へえ、監督もちゃんと見てるんだ、と驚いたのを覚えている。適材適所っていうわけね。

そう、有原は短いイニングのリリーフの方が向いている、と美菜は確信している。逆に先発で投げると、試合を作れない。あんなにコントロールが悪いと、キャッチャーはリードに苦しむだけだし、バックだって守りにくい。終盤、イニングの頭から出てきて、ひたすら速い球を投げて三振を取って試合を締めくくるのが一番合っている。

ピンチで――ノーアウト三塁のような場面での登板はご法度だ。気が弱いから、そういう状況でマウンドに立っただけで腕が縮んでしまうだろう。

一塁側ダグアウトのすぐ上から、ゆっくりと階段を上がって行く。このバイトを始める前は、「ビールいかがですか」と声を上げ続けるものだとばかり思っていたのだが、実際にはそんなことはする必要もなかった。軽く右手を挙げて周囲を見回していれば、喉が渇いたオッサンたちが勝手に見つけてくれる。

自分の持ち場は、スターズファンが陣取る一塁側内野席とほぼ決まっていた。試合によって受け持ち区域が変わる時もあるが、グラウンドの近くにいる時が多い。外野席の観客は、騒ぐのが専門であまりビールも買わないのだが、内野席には応援よりも球場の雰囲気を楽しむ観客が多く、ビールはよく売れる。一回分のバイト料八千円は大きい。時給で計算すれば二千円から三千円になるわけで、こういう割のいいバイトはなかなか見つからない。

何より、野球の近くにいられるし。

大学では、野球部は女子マネージャーを募集していなかった。かといって、観戦専門に転身しようとしても、そんなに頻繁に球場に足を運べるわけもない。困った時に思いついたのが、ビールの売り子だった。割のいい仕事なので倍率は高かったが、運よく引き当てて、以来半年近く東京スタジアムに通っている。

計算違いだったのは、試合を観ている暇がほとんどないことだった。毎試合ごとに売り上げ成績が発表されるので、気が抜けない。売り上げをアップする最大のコツは、とにかく笑顔を絶やさないこと。いくら試合に熱中していても、笑顔で回って来る売り子がいれば、観客は気づくものだから。それに何より、基礎体力が大事だ。高校時代にマネージャーをしていた時も大変だったが、今はその時の比ではない。背負ったビールケースの重さは十五キロぐらいで、これでだいたい二十杯分のビールが入る。バイトのコアタイムは三時間から四時間程度と短いのだが、ひっきりなしに動き回っているので、一試合終わるとげっそり疲れてしまうのが常だった。東京スタジアムは、狭い敷地に建てられているせいか、傾斜がきつい。場所によっては、階段を上がっているというより、梯子を上っている感じになってしまう。ヘマしないためにと、バイトがない日にはジョギングで体力を鍛えるようになった。

「おーい、ビールお願い！」

声の主を探す。五段ほど上で、中年の男性が手を振っていた。今日はよく売れたな……はっきり言えば消化試合で観客も少なく、七回ぐらいで帰る客も多いだろうと思っていたのに、最終回まで来てもほとんど人は減っていない。それもこれも、有原がノーヒットピッチングを続けているからだ。こんな大記録に立ち会えるチャンスは滅多にないわけで、野球好きだったら絶対に席は立たない——立てない。

「お待たせしました」

　息を切らしながら、一気に階段を駆け上がる。

「ビール二つね」

　声をかけられ、中年男性の二人組だと気づいた。もうずいぶん呑んでいるようで、二人とも顔は真っ赤である。うわ、面倒臭い客かも……と嫌な予感が走った。

　予感は当たった……いや、自分が悪いんだけど。階段を駆け上がる時、背中がやけに軽いと思っていたら、ビールが残り少なかった。たぶん、一杯分と少ししかない。もう少し多ければ、泡を多くして何とか二杯分を誤魔化せるけど、これはどうしようもない。一杯目を注いでいる時に確信して、顔から血の気が引くのを感じた。うわ、最悪……完全に酔っ払っている人に「ビールが切れました」と言ったら、だいたい面倒なことになる。

　一杯目を受け取った男は、奥側に座る仲間に手渡した。その時点で美菜は、もう「ごめんなさい」と謝っていた。

「ああ？」美菜を呼びつけた男が、いきなり声を低くする。

「ごめんなさい、ビール、切れました」

「そりゃないんじゃないの？　せっかく注文してるのに、売る物がないってどういうことよ」今度は男の声が甲高《かんだか》くなる。

「ごめんなさい、すぐに……」

「試合、終わっちまうよ」男が白けたように言って、両手を広げた。「こういい試合は、ビールがないと楽しくないだろう」

「すみません」立ち上がった。ここからビール基地まで、ダッシュして最短で二分。補給して戻って来るまでには、どう考えても五分はかかる。そして試合は九回裏。確かに、いつ終わってもおかしくない。

どうしよう……こんなこと、滅多にないのに。いつもは、背負った樽の重さを敏感に感じ取って残量が分かるのに、今日は何故か集中力が切れていた。怒らせちゃうよ……心臓がどきどき言い出した。困って周りを見回すと、助けがいた。上の通路を、同僚の舞《まい》が歩いている。

「舞！」声をかける。ざわついた雰囲気の中、届くかどうか不安だったが、舞は聞きつけてくれた。すぐに状況を察して、階段を駆け下りて来る。

「少しお待ち下さい。別の売り子が来ますから」

「しっかりしろよ、おい」

ビールを待つ短い時間が待てないのか、男の声はさらに不機嫌に尖った。もう、これだから酔っ払いは……いつもは、ビールをたくさん売って客を酔っ払わせることに喜びを感じているのだが、今は泣きたい気分だ。

「どうした？」階段ですれ違う時、舞が体を寄せて聞いてきた。

「ビール、切れた。あそこの……七列目の一番端のお客さんに、もう一杯お願い」

「お金は？」

「舞につけておいていいから」

「ありがと」舞がにやりと笑う。「これで今日、ノルマ達成だ」

ちょうどよかった。自分はもう、ノルマには達している。舞は今日、ここよりずっと客の密度が低い外野席の近くを担当していたから、苦しかったはずだ。

「ごめん、お客さん、ちょっと怒ってるから」

「大丈夫、任せて」

大学は違うが同い年ということで、舞は特に仲のいいバイト仲間だ。彼女がノルマを達成できてよかったし、お客さんもビールが呑めて嬉しいだろうし、一挙両得……こっちは何だか損した感じだけど、それはしょうがない。チェックしておかなかった自分のミスなんだから。

通路まで上がって振り返り、下を見下ろすと、舞がひざまずいてビールを注いでいた。さっきまで怒っていた客は上機嫌で、笑顔さえ見せている。舞は客あしらいが上手いからな……と少し羨ましくなる。自分は、ちょっと固いタイプなのだと分かっている。軽い冗談を飛ばしたり、愛想笑いを浮かべたりするのは苦手だ。

このバイトは向いてないのかもしれないな、とふと思った。野球は好きだけど――大好きだけど、これじゃ野球にかかわっているとは言えないかも。酔っ払いにビールを売る仕事が、「野球に関係している」って言うのは、無理があり過ぎる気がする。できるかどうかはともかく、ウグイス嬢でもできたら最高なんだけど……いつもちゃんと試合を見ているのが仕事なのだから。しかしウグイス嬢は、基本的に球団職員である。スターズの場合、三人で回していると聞いたことがあるけど、そもそも普通に募集しているのだろうか。どう考えても、簡単に就職できるとは思えない。何かコネでもないと……。

視線を、舞の向こうに向ける。広々としたグラウンドの中心にいるのは有原――彼に頼んじゃうというのは？　現役選手に知り合いがいたら、最高のコネになるかも。

ああ、でも、有原とは仲がいいわけじゃない。同じ学年で、ずっと同じ野球部にいたのだが、選手と女子マネージャーの間には超えがたい壁がある……高校によっては全然違うらしいけど。中学の同級生で、他の高校へ進んでやはりマネージャーをやっていた理香子《りかこ》は、最後の試合が終わった後で、選手全員からプレゼントを貰ったって言ってたっけ。「お前も同じ仲間だから」。理香子、話しながら号泣。私の場合、何もなかった。いや、別に何か欲しかったわけじゃなくて、仲間として認めてもらいたかっただけだけど……うちの学校、中途半端に名門なのがよくないのかもしれない。甲子園には何度も出場している。ここ十年ほどはご無沙汰している――今年は久々に出場した――が、毎年夏の予選では必ずと言っていいほどベストエイトまでは勝ち上がる。練習はシステマティックで、マネージャーが手伝う必要もない。記録員としてベンチに入れるようになったのだって、他の高校よりはずっと遅かったと聞いている。まあ、そういうものだろうとは思っていたが、他の高校の話を聴くと、がっかりすることも多かった。結局、認められていないのか……二年半、洗濯要員だった気がする。最後の夏に記録員としてベンチ入りできたのはよかったけど、結局甲子園には行けなかったし。

こんなことなら、有原ともっと仲良くしておけばよかったな、と思う。でも、有原がプロ入りすることなど考えられなかった。とにかく気の弱い男だから……確かに凄いボールは投げるけど、誰かを押しのけて前へ出ようという気概がない。実際監督も、ドラフトで指名された時には本気で心配していた。「あいつには無理だよ」と。

監督は、ひとまず大学へ進学するように説得したのだが、何故かその時だけ、有原はむきになって我を貫き通してプロ入りを選んだ。ちょっと感心したものだけど――へえ、あいつにも自分の意思があるんだ、と――あれは間違いだったかもしれない。今、スターズのマウンドを守る有原は、二年生の夏、自分の責任で試合に負けた後、ロッカールームで泣いていた弱虫と同じように見えた。そりゃそうよね……人間、一年や二年で変わるわけじゃないんだから。

今も、ストライクが入らないで苦しんでいる。一球ごとにスパイクでマウンドを均しているから、試合自体が間延びしている感じだけど、あの癖は高校時代と同じだ。ストライクが入らない時、打たれるのではないかと不安になっている時、やたらと投球間隔を空けたがる。それも決まってマウンドを均しながら、だ。監督も何度も注意していたのだが、結局あの癖は直らなかった。あんなことしてると、相手チームからも審判からも嫌われるんだけどね……。

美菜はスコアボードに視線をやった。もう、九時をとうに回っている。試合開始から三時間以上。ノーヒットノーランが続いていて、しかも1対0という展開だから、まだ八時ぐらいでもおかしくないのに。試合が長引いているのは、後半になるに連れ、有原の間合いが延びてきたからだ。

スコアボードが、有原の苦しいピッチングを証明している。ツーボール、ノーストライク。アウトカウントは一つで、一塁、二塁に走者を背負っている。

ふいに嫌な記憶が蘇った。これって、有原が一人芝居で試合をぶち壊した、二年生の夏最後の試合そっくりだ。

違うのは、あの時はノーヒットノーランが続いていたわけではないことだ。0対0のまま九回裏。美菜は延長を予感したのだが、有原は突然崩れた。スタンドで見ている美菜にもはっきり分かるぐらいで、まったくストライクが入らなくなったのだ。二者連続で四球を与え、今とまったく同じワンアウト一、二塁の状況に……打ち取った、と思った。スピードだけは乗ったボールが内角を抉り、バッターは窮屈な打ち方を余儀なくされた。ピッチャーゴロ。何ということはない、楽々処理できる打球だった。有原の右側へ飛んだ打球……有原が長い腕を伸ばし、打球に飛びつく。グラブに入った、と思った瞬間、ボールが零れた。マウンドの坂を、ホームプレートの方へ転がり始めるボールを、有原が慌てて追う。背の高い選手は、こういうボールの処理が苦手だ。長い足が邪魔になり、やっとボールを素手で摑んだと思ったら、体勢が崩れてしまう。体を半回転させて三塁へボールを送ったが――キャッチャーの指示は一塁だった――とんでもない暴投になった。スタートしていた二塁ランナーが三塁を蹴り、楽々ホームイン。

まあ、あの時は有原も落ちこんでいたから私は何も言わなかったけど、最低の結末だよね。決勝を戦うチームのエースとして、あれはあり得ないでしょう。時間が経つに連れ、美菜の怒りは激しくなった。どう考えても、あの時が自分にとって、甲子園に行けるラストチャンスだったから。次の年には、大幅な戦力ダウンになるのは目に見えていたのだ。

こういう状況になったのはどうしてだろう。グラウンドに背を向けている時間の方が長いのではっきり分からないのだが、この回、フォアボールを連発したわけではない……いや、デッドボールがあった。その前にも危ないボールがあって……あれで乱闘騒ぎが起きて、スタンドもヒートアップしたのだ。プロ野球の試合で乱闘なんて、年に何度もある物ではないし、実際美菜も、生で見たのは初めてだった。ひやりとしたものだが、観客の反応は違っていた。

「もっとやれ！」

「有原、殴り返せ！」

無責任な野次。野球というより、プロレスの観客みたいだった。だいたい有原は、殴られてもいない。あれはたぶん、際どいボールを投げられたイーグルスのバッターが、有原を脅しに行っただけなのだ。それで確か、次のバッターにぶつけて……神経戦で、あっさり負けたわけね。プロで鍛えられるのは、技術と体力だけかもしれない。精神は昔のままに弱い。情けない話よねえ。

有原がようやく次の一球を投じた。うわ、まずいわ……直線距離にして数十メートル離れている美菜からも、棒球だと分かった。有原の悪い癖。力が入り過ぎるとボールの勢いが消える。スピードはそれなりに出ているのだが、癖のない、打ち頃のボールになってしまうのだ。しかもこの一球は、外角低目に大きく外れた。キャッチャーの仲本が、体を投げ出すようにして盾になり、ワンバウンドしたボールを押さえる。

今日の仲本さん、ずいぶんユニフォームが汚れている。それだけ、有原のボールを追って、体を張ってきた証拠なんだろうけど……先輩にそんなことをさせて、申し訳ないと思わないのかしら。

思ってるだろうなあ。

有原は気が弱い。特に、怒られるのが大の苦手だ。先輩から怒鳴られただけで萎縮してしまい、本来の力が出せなくなる。高校時代は、監督によく「指導」されて、びびっていた。大した怒り方じゃなかったのに……監督が怒ったのは、素材として一級品だったからだよ。二年生になったら、絶対的エースとしてチームを支えて欲しいと監督は思っていたのに、その期待に応えられなかったあんたが悪い。

プロではどうなのだろう。初先発だし、イニングの切れ目ごとにダグアウトで仲本から教育的指導を受けてきたかもしれない。きっと萎縮し切ってしまっているだろう。それなのに、ここまでノーヒットを続けているんだから、やっぱり素材としては一級品かもしれない……でも私だったら、「有原株」は買わないわね、と美菜は皮肉に思った。乱高下が激し過ぎて、売り時を見逃しそうだ。

舞が階段を上がって来た。ノルマを果たせたせいか、晴れやかな顔をしている。

「補給、どうする？」

「もういいよ」美菜は肩をすくめた。「さすがにもう、終わるでしょう」

「ノーヒットノーラン、いけそうじゃない？」

「あー、どうかな」美菜は思わず苦笑してしまった。

「同級生なんだから、もっと応援すればいいのに」

「見てると怖くて」思わず左手で胸を押さえる。

「確かにね」舞も笑った。「でも、いけるんじゃない、今日は」

「こういうの、最初で最後になるかも」

「そういうこと、言うんじゃないの……戻りながら観ようか」

言って、舞が軽い足取りで歩き出した。ビールは売り切れ、今日は閉店です、といったところ。

それにしても次の一球、どうするんだろう。ボール三つでストライクなし。追いこまれた——勝手に自分で自分を追いこんだ感じよね。あいつ、全然変わってない。

もっと頑張れよ、とふいに怒りのような感情がこみ上げた。

「どうかした？」ざわめきの中でも、美菜の異変に気づいたのか、舞が振り向く。

「どうって……何か、困った」

「何が」

「よく分からないけど」美菜は首を振った。「何か、すっきりしなくて」

「何言ってるの」

美菜は通路の手すりに肘を預けたが、それだと後ろの客の邪魔になるかもしれないと思って、すぐにまた歩き出した。そうしながら、ちらちらとグラウンドを見やる。ボールを受け取った有原は、またスパイクで地面を掃くようにした。またやってる……どうしてそんなにおどおどするのかな。チャンスだって分かってないのかな。

そう、これはチャンスだ。だいたい誰でも、十八歳で夢を諦めるんだよ。私なんか、もっと早く諦めた。本当は野球をやりたかったけど、そんな運動神経はなかったし、女子野球の環境自体がまだあまり整っていないわけで……マネージャーは次善の策だったし、こうやって球場でビールを売っているのなんか、代償行為にもならない。でも、できるだけ野球の近くに身を置いていたかった。

何だか泣けてくる。こんなところで泣くなんて意味が分からないけど、おろおろしている有原を見ていると、情けないやら悲しいやらで……あんた、皆の代表なんだよ。同級生のチームメートで、今でも野球やってる人間、何人いると思う？　大学で野球部に入った二人と、社会人のチームにいる一人、三人だけじゃない。他の同期、残り十五人は、軟式の草野球で遊んでいるか、完全に野球をやめちゃったんだよ。やりたくても続けられなかった、っていう人ばかり。上のレベルに行くには実力が足りない……最後の試合を終えて、それに気づく人がほとんどだった。

でも、あんたはプロ入りの道を選んだ。監督は「大学へ進んだ方がいい」ってアドバイスしてくれたのに……自分で決めて、最高の舞台に飛びこんだんだから、もっと堂々としてよ。ぼこぼこに打たれても、平気で胸を張って戻って来るぐらいじゃないと。ここまでノーヒットノーランなんだからね。自滅なんて、絶対に許さない。追いこまれてるのはイーグルスの方なのに、まるで逆じゃない。

勝ってよ。イーグルスをノーヒットで抑えてよ。そうじゃないと、十八歳で夢を諦めた仲間たちに申し訳ないと思わない？　今日だって、ここで見ている昔の仲間が何人もいるんだよ？　あんたは知らないかもしれないけど、初先発らしいって聞いて、慌てて駆けつけてきたんだから。皆の前で、みっともないピッチングだけはやめて。負けてもいいけど、みっともない負け方だけは駄目。どうせなら、ここでホームランでも打たれて一気に逆転された方がましだ——駄目、駄目。抑えて。こんな機会、一生に何度もないんだから、生かさなかったら悔いが残るよ。

無意識のうちに足を止め、次の瞬間には前の手すりに駆け寄っていた。手すりを両手で摑んで、思い切り体を乗り出す。

「有原！　根性見せろ！」

前の観客が一斉に振り向き、驚いた表情を浮かべた。まずい……つい昔を思い出しちゃった……マネージャーとして試合を見守っていた頃、熱くなるとつい野次を飛ばしてしまい、周りの人たちから失笑された。今も、驚いた顔に、次々と笑いが広がる。

でも今は、構うものかと思った。この声が届いたかどうかは分からない。いや、聞こえるはずがないのだが、それでも言わずにいられなかったのだから。

有原が、一瞬ちらりとこちらを見たような気がした。

12 桑本の場合

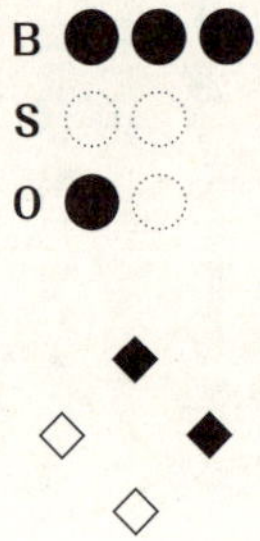

「あのヘタクソが」
スターズのチーフトレーナー、桑本《くわもと》は、モニターを眺めながら舌打ちをした。まさか、さっきの乱闘騒ぎの影響か……それはないだろう。眉の上にちょっと擦り傷ができただけで、ピッチングに影響が出るわけがない。
桑本は腕組みをしたまま身を乗り出し、モニターに意識を集中した。有原の顔が大映しになる。おいおい、顔色が悪いぞ。でもこれは絶対に傷の影響じゃない。となると、この状況――ストライクが入らず、スリーボールになってしまった――は、あいつ自身の気持ちの問題だ。

「しょうがねえよなあ」つい、ぶつぶつとつぶやいてしまう。独り言は悪い癖だと分かっているのだが、選手のだらしないプレーを目の当たりにした時など、どうしても止められない。

立ち上がり、狭いトレーナー室の中を行ったり来たりし始める。最近はこの部屋にいることが多く、ダグアウトには若いスタッフが詰めているのが常だった。本当はそちらにいたいのだが、すぐに熱くなる癖を自覚しているので、遠慮するようになった。それに自分ももう五十歳、大きなメディカルボックスを抱えてダグアウトからグラウンドへ飛び出して行くには年を取り過ぎている。

トレーナー室はダグアウトのすぐ横にある。半地下で、金網越しにグラウンド全体を眺め渡せる絶好のポジションだが、窓は開かない。ガラスは嵌め殺しで、その外側に金網が張ってあるため、決して視界良好ではなかった。それが何とももどかしい。自分の仕事は、選手の怪我を治し、体調をケアすること。そのためには、プレーの一つ一つを見ておかなくてはならないのだが……結局、場内映像を流すモニターに頼るしかなかった。このモニターがまた、デスクの片隅に落ち着いてしまうほどの小さなサイズなので、目が悪くなるのも当然である。

椅子に腰かけ、頭の後ろで手を組む。モニターに映る有原の顔は緊張しきり、汗で濡れていた。あんなに汗をかくほど、東京スタジアムは暑くないのだが……それほど緊張しているということか。

桑本は一番下の引き出しを開け、隠しておいたジャック・ダニエルズのボトルを取り出した。手の中に隠れてしまうほどの小さなグラスに指一本分注ぎ、顔の高さに上げてゆっくり回してみる。照明を受けて、金色のバーボンがきらきらと光った。一息で呑み干してから、たん、と音を立ててグラスをデスクに置き、室内を見回す。ここもずいぶん長くなった……もう十年以上か。多くの選手の面倒を見て、助けられなかった選手もいて――と考えると胸が苦しくなる。怪我はどんな選手でも避け得ない。「無事これ名馬」とよく言われるが、長くプレーしていれば、誰でも多かれ少なかれ怪我を抱えるものだ。

もっとも、有原のようなルーキーは違う。アマチュア時代に、既に致命的な故障を抱えてしまう選手もいるが、基本的には綺麗な体のままプロの世界に入ってくるのだ。

有原は特にそうだった。

登板の後、毎回マッサージをしてきたが、筋肉はしっかりしている上に柔らかい――これはピッチャーにとって理想だ。ボディビルダーのようながっしりした筋肉ではなく、しなやかに鍛え上げることで、腕を鞭のように振るえる。それが速球の基本的な威力を生むのだ。

ただし、関節が硬いのは問題だ。そのため、「もう少しきちんとストレッチをやれよ」とマッサージの度に忠告してきた。関節が硬いと疲労が溜まりやすくなり、怪我の危険が増す。実際、今日の奴は相当疲れているはずだ。九回まで投げたのはプロ入り最長だし、ノーヒットノーランが続いているから、精神的な疲労も普段以上だろう。

モニターを凝視しているうちに、自分の顔もぼんやりと映りこんでいるのが見えた。ここ二十年来変わらない髭面……顔の下半分を覆う髭には、最近白い物が混じるようになった。このまま真っ白になってしまったらどうなるのだろう。今のところ白髪はほとんど目立たないが、髪と髭は、同時に白くなるものだろうか。髪だけ黒くて髭が白いと妙なバランスになるはずだが、髭を染めることができるのかどうか。逆に髪を白く染めてしまったら？　何を考えてるんだ、俺は。

「お疲れ様です」

呑気な声で言って、トレーナーの芝田が部屋に入って来た。メディカルボックスを治療台の上に置き、一息つく。

「おい、まだ試合は終わってないぞ」桑本はすかさず文句をつけた。

「いや、もう大丈夫でしょう。すぐ終わりますよ」

この男は……桑本は舌打ちをした。少しばかり真剣味が足りない。最後のアウトが宣告されるまで試合は終わらないのだ。そして選手が全員引き上げるまで、ダグアウ

ト で待機。それが、その日当番に当たったトレーナーの役目だ。だがこの男には、ダグアウトよりトレーナー室の方が居心地がいいらしい。別に自分のデスクがあるわけでもなく、着替えを入れておくロッカーがあるだけなのだが。他には選手がマッサージを受けるための治療台が四つ、それにテーピングテープや湿布薬、消毒薬などが保管されたキャビネットがあるぐらいだ。

「有原の怪我、どうだ？」

「額ですか？　大したことないです。あんなのは怪我のうちに入りませんよ」

「ピッチングに影響はないのか？」

「まさか」芝田が声を上げて笑った。「ほんのかすり傷ですよ」

「大丈夫なのかねえ」

「俺たちが心配しても仕方ないでしょう」言って、芝田が椅子を引いてくる。だらしなく腰かけると、溜息を漏らした。

「死にそうな声出してるんじゃないよ」

「何か、今日の試合は観てて疲れるじゃないですか」

それは間違いない。トレーナーは、試合内容ではなく選手の状態に目を配るのが仕事だが、ノーヒットピッチングが続く間ずっとダグアウトにいれば、選手の緊張も伝染してしまう。いつの間にか、仕事を忘れて試合に没入してしまっても不思議ではない。

「酒、いいですか」芝田がめざとくグラスを見つけた。

「駄目だ」桑本は、分厚い右手を被せてグラスを覆い隠した。「お前はまだ仕事中だろうが」

「キャップも仕事中でしょう」

「俺はいいんだよ」

芝田の顔が歪んだ。何で自分ばかり……と文句を言いたいところだろうが、キャップとしては当然の権利だと思っている。言い訳すれば、ここに酒を置いているのは、選手に一杯やらせるためでもあった――もちろん、試合の後だが。連中だって試合では緊張しきってしまうのだから、直後の一杯でリラックスさせてやるのは悪いことではない。時々、酒目的にここへ来る人間がいるのには困るが。

「有原、いけますかね」酒にありつけないと諦めたのか、芝田が話題を変えてきた。

「どうかねえ」これればかりは誰にも分からない。当の有原本人も分かっていないのではないか、と桑本は思った。あの自信のなさ……どこかに自分の知らない答えが落ちていないかと探すように、常に目が泳いでいる。

桑本は立ち上がり、もう一度窓辺に寄った。マウンドを中途半端に見上げるような視線の高さになるのだが、有原の姿は辛うじて見て取れる。プレートの後ろに立ってロジンバッグを手にしているが、滑り止めにしようというより、時間稼ぎのために何かしていないと落ち着かない感じだった。要するに投げたくないということか……勘弁してくれよ。お前が投げないと、いつまで経っても試合は終わらないんだぞ。

「緊張はマックスってところだろうな」背後から覗きこむようにしながら芝田が言った。

「でしょうねえ」

「ベンチではどんな様子だった？」

「ガチガチですよ。イニングが終わる度に、仲本さんに説教を受けてましたけど、話なんか全然頭に入ってないんじゃないかなあ」

「うちが強い時期じゃなくてよかったかもな」桑本は真顔で言った。「いつでも大入り満員の時代だったら、声援で潰されてたかもしれない」

「ああ……でしょうねえ」芝田が顔を歪めるようにして認めた。この男はトレーナーの中では新顔でまだ三十歳だが、スターズ黄金時代の最後の方を、少しだけ知っている。

あれは、ほんの四年前のことだったんだよな、と思って桑本は啞然とした。最後の輝きは……真田が完全試合を達成し、リーグ優勝を決めた年だ。あれ以来、優勝争いとは縁がない。

今のスターズは、たまたまこのポジションで低迷しているわけではない。明らかな戦力不足はフロントの怠慢である。トレーナーとしては、できる限りのことはしてきた。選手の体調を整え、怪我の対策、リハビリも入念に行ってきたのだが、そもそも戦力として計算できる選手が少ないのだから、どうしようもない。このチームは、いつの間に「補強」という考えをなくしてしまったのだろう。

黄金時代が懐かしい。現役時代に「スーパースター」の異名を取った木元が監督を務め、沢崎や神宮寺が活躍していた頃。投手陣も盤石だった。真田もそうだし、真田より少し年下の武山《たけやま》も、毎年安定した成績を残していた。

武山、なあ……懐かしい選手だ。口が悪く、自分勝手な男で性格的には難があったが、ピッチングは芸術的だった。平均以上の速球、多彩な変化球、そしてバッターの心理を見抜く洞察力。毎年ほぼ三十試合に先発し、二百近くの三振を奪い続けてきたのは、基礎体力の高さの証明だ。スターズでの通算勝ち星は、ここ二十年では真田に次いで二番目になる。

武山は、桑本に言わせればピッチャーとして理想的な体つきだった。とにかく筋肉が柔らかい。ボディビルダーのようにマッチョな感じではないのだが、弾力が凄かった。それ故か疲労が溜まりにくい体質で、怪我とは無縁だったのだ。真田でさえ、怪我でリタイアしていた時期があったというのに、武山は現役生活を、ほとんど怪我と無縁で終えている。筋肉の柔らかさに加え、関節の柔らかさも驚異的だった。引退する年まで平気で股割ができたし、肩関節の可動域も、常人のはるか上をいっていた。俺にも武山のような肉体があったら、と後悔することもあった。自分は現役時代、どちらかというと有原タイプの体だったと思う。他人の疲労感は正確には分からないのだが、自分は試合で投げ終えるといつも、体が強張ったように感じていた。

「ああ、しょうがねえな」芝田がつぶやく。

ぼんやりしていて、せっかく窓際に立っていたのに、何が起きたか見逃してしまった。芝田を押しのけてデスクに両手をつき、モニターを凝視する。キャップを取って、二の腕で額の汗を拭う有原の顔が大映しになっていた。傷を覆った絆創膏がはがれかけているのに桑本は気づいた。有原は気にもならない様子で、キャップを被り直す。はがれ落ちた絆創膏が顔の前を通過したが、それにも気づかなかった。おいおい、何を考えてる？　周りの様子が全然目に入ってないじゃないか。

桑本はまだ、何が起きたか分かっていなかった。

「ストレートのフォアボールですよ」

白けた口調の芝田の説明に、思わず舌打ちする。まったく、お前は……もう少し何か感じろよ。チームのことなんだから、悔しそうにするとか。

結局栗原に対しては、一球もストライクが入らなかったわけか。バッターとしては楽だっただろうな……たぶん、三球目がボールになった時点で、この打席は終わったと確信したはずだ。ストライクが入りそうにない、というのは、何となく途中で分かるものだ。ましてや有原には、「確実にストライクを取りにいける」ボールがないようだし。俺の場合、困った時にはカーブで必ずストライクが取れた。右バッターに対しても、膝元に食いこむコースにカーブを投げこんでおけば、そう簡単にはヒットにされなかったのだ。一番多いのが、打ち損じて足元へのファウルになるケースである。自打球を足首に当ててバッターが苦しんでいる様子を見るのは、ちょっとした快感だった。三振を積み重ねるタイプのピッチャーではなかったが、相手に肉体的なダメージは与えていたわけで……相手に怪我をさせるのは、野球というスポーツの本質ではないが。

「ストライク、入りそうな様子じゃないですよね」芝田がぽつりと言った。

その言葉が終わるタイミングで、ちょうど今の一球のリプレイが始まった。有原のフォームに変化はない。力感はあるが、ぎくしゃくした投げ方。ボールが指先を離れた瞬間に、ひどいボールになるのが桑本にも分かった。キャッチャーの仲本が、思い切り右へ動いて押さえなければならないほど、外角へ外れたボール。

「あれは仲本も悪いよ」

投球動作に入る前から、仲本が外角へ体を動かしていたことに気づき、桑本はぽつりと言った。

「そうなんですか？」

お前は気づいていないのか、と桑本は芝田に非難の視線をぶつけた。

「仲本は無難な男だから」

「知ってますよ」芝田が声を上げて笑った。「何でもかんでも外角低目、でしょう？」

「そういうやり方も間違ってるし、投げる前から体を外角へ動かしたら、有原の意識はそっちにばかり行っちまうじゃないか。どうせなら、真ん中に構えてればいいんだよ。細かいコントロールなんか期待できないんだから。逃げる方へ有原の意識を誘導しちゃ駄目だよ」

「そんなもんですか？」

「そんなもんだ」

桑本は怖い顔でうなずいた。まったくこいつは……芝田は元々、柔道の選手である。競技生活は大学まで、その後理学療法士の資格を取ってスターズのスタッフになったのだが、未だに野球のことがよく分かっていない。一番近くで試合を見られる立場にありながら、何かを学ぼうという意思が薄いのだ。現役時代、受け身で相当頭でも打ったのではないか、と皮肉に考えることもある。理学療法士としての腕は確かだからスタッフとして頼りにはしているが、もう少し野球を理解――それができなくても好きになって欲しい。

「ストライクゾーンは、物理的には見えないだろう？」

「そりゃそうですよね」芝田が声を上げて笑う。

「見えないところへ正確に投げるために、ピッチャーはどうすると思う？」

「どうするんですか？」あまり興味なさげに芝田が訊ねた。

「キャッチャーが的になればいいんだよ」桑本は、右手で右膝、左膝、右肩、左肩の順に叩いていった。「自然に構えた時、両肩と両膝の位置が、だいたいストライクゾーンの四隅になる。それで、見えないストライクゾーンを意識できるんだ。ただしそれも、構えを決めているからこそだぞ？　途中で動くと、ストライクゾーンがぶれるんだ」

「でも、そういうの、よく見ますけど」芝田が反論した。「真ん中に構えていて、ピッチャーが動き始めたら外角へ行ったり内角へ構え直したり……そういうの、ありじゃないんですか」

「コントロールに自信のあるピッチャーならな」桑本は皮肉に言った。「そういうピッチャーは、自分にしか見えないストライクゾーンを持ってるんだ。キャッチャーの動きは関係ない」

「有原は……」

「ないな」桑本はぴしりと言った。「あいつには、ストライクゾーンがまったく見えていない」

ストライクゾーンのイメージの仕方は人それぞれだ。有原が何故コントロールに苦しむのか――ストライクゾーンが見えていないか、見えていてもそこに自在にボールを配することができないか、だ。後者だとしたら、体の使い方、つまりフォームやリリースポイントをチェックすれば何とか調整できるが、ストライクゾーンをイメージできていないとしたら、大問題だ。基本がなっていない。とはいえ、これはなかなか教えられることではないのだが……キャッチャーとの相性の問題もある。そういえば仲本は、最近のキャッチャーとしては小柄で、身長は実際には百七十五センチしかない。「的」として小さいわけで、ちょこちょこ動けば、ピッチャーはさらにストライクゾーンをイメージしにくくなるだろう。

こんなことは、監督やコーチはとうに見切っているはずだ。ただし、試合中に調整するのは難しい。むしろ仲本が自分で気づいて修正しなければならないのだ。しかしあいつは、常にバッティングのことしか考えていないから、その分リードが甘くなる……トレーナーの立場で言えることではないが。

選手出身のトレーナーというのは、現役の選手にとってはやりにくい存在だろうな、と思う。選手の体調や気持ちは誰よりも分かっているのだが、その分、どうしても文句やアドバイスを飛ばしたくなるのだ。なるべく言わないようにしようと自戒してはいるのだが、つい口を突いてしまうことも少なくない。軸足の蹴りが弱くなってるな。

腕が振れていない。最近、体の開きが早過ぎるんじゃないか――ピッチャーに対する一言が多いのだが、気づけばバッターに言ってしまうこともある。バットを寝かせ過ぎじゃないか？　今日は肘が下がっていた。

皆、表面上は愛想良く応じてくれる。そこから技術論に発展することもあるのだが、実際には誰もが少しだけ迷惑そうな表情を浮かべていることに、桑本は気づいている。あんた、通算で三十勝もしてない中継ぎ専門のピッチャーだったでしょう？　余計なことは言わないで欲しいな――面と向かってそう言われたことはないが、気持ちは透けて見える。それは事実だから。

桑本は現役時代、主に左の中継ぎピッチャーとして登板していた。特に、左の強打者を迎えた時のワンポイントとして。全盛期には、対左打者の被打率が一割台前半、ということも珍しくなかった。

だがそんなのは、大したことではない。「左殺し」はなかなか格好いい看板だが、逆に言えば、それしかできなかったわけだから……先発を任せられなかったのは、やはりそれだけの力がなかったからである。

今でこそ、投手陣には明確な分担がある。最低六回まで計算できる先発が六人。長いイニングも任せられるリリーフが左右それぞれ一人ずつ、ワンポイントで投げたり、先発陣に穴が開いた時に急遽登板できる中継ぎが三人、それに絶対的な抑え。最低でも十一人から十二人いないと、シーズンを乗り切れない。

桑本が現役だった頃には、そこまではっきりした役割分担はなかった。そもそも、先発ピッチャーは一人で投げ抜くもの、という考えがまだ根強くあったのだ。ピンチで出て行ってぴしりと抑え切るのは快感ではあったが、先発陣を羨ましく思っていたのは事実である。俺にもう少し何かがあれば……群を抜く速球とか、カーブ以外にもう一つ、確実に使える変化球とか。何よりも、速球が欲しかった。全盛期でも、最高速度が百四十キロを超えたことはほとんどない。ただただ、変則フォームから繰り出される大きなカーブだけが頼りだった。

あと十キロ……いや、五キロ速いボールがあったら、俺の人生は変わっていたかもしれない。選手としてもっといい成績を残したら、引退してもトレーナーではなくコーチとしてチームに残れた可能性がある。トレーナーの仕事には誇りを持っているが、やはりより積極的に野球にかかわれるのは、コーチや監督だ。

だからこそだ、俺が有原に対してじれったさを感じるのは。

お前には、人にない能力がある。ピッチャーだったら誰でも欲しがる、百五十五キロの速球。なのにお前は、それを生かし切っていない。ひ弱な精神が、速球の威力を殺してしまっているのだ。

気づくと桑本は、両手を拳に握っていた。

「キャップ、何か……怒ってます？」芝田が遠慮がちに訊ねた。

「怒ってるよ」桑本は言い切って、モニターを睨みつけた。「有原は、だらしなさ過ぎる。もっと堂々といかないと」

「いやあ、この状況では無理でしょう」芝田が軽く言い切った。「緊張しないわけがないですしね」

「その緊張を自分の味方にするぐらいじゃないと」

「終わってから、たくさん説教してやればいいじゃないですか」芝田が肩をすくめた。

「当然だ。今日のマッサージは長くなるぞ」

芝田が溜息をついたのが聞こえたので、桑本は思わず睨みつけた。芝田はそっぽを向いて、視線が合わないようにする。目が合えば、怒鳴りつけてしまいそうだった。

俺たちも、このチームの一員なんだからな。若い選手が大きく育つように、説教の一つもしてやるのも仕事なんだ……そんなことを言っても、理解できないか。結局芝田は、個人競技出身の男である。もちろん常に、どこかの「チーム」には入っていたのだが、畳に上がる時は当然一人だ。根本的に、団体競技の意味が分かっていないのではないか。

桑本は、引き出しからもう一度ジャック・ダニエルズのボトルを取り出した。素早くグラスに注ぎ、喉に放りこむようにして呑みこむ。芝田が羨ましそうに眺めているのは分かったが、無視する。胃の中がかっと熱くなり、怒りが増幅された。

モニターの中の有原に向かって、無言で語りかける。

有原よ、お前は他の人間にはない才能を持ってマウンドに上がっているんだぞ。しかも初先発でノーヒットノーランを狙えるという、最高の状況にある。どうして頑張らない？　堂々とバッターに立ち向かわない？　この状況を楽しむぐらいでないと、この先お前は、「ただ球の速いピッチャー」として終わるぞ。それでいいのか？　せっかくプロ野球の世界に飛び込んだんだ、歴史に名前を刻んでやろう、ぐらいのことは考えないのか。

さあ、どうする。まだ弱気に逃げ回るのか？

頑張れ。死ぬ気で頑張れ。俺に、ノーヒットノーランの瞬間を見せてくれ。

自分が有原に対して怒っているのか、応援しているのか、いつの間にか分からなくなっていた。

13 菊川の場合

イーグルスの監督、菊川は平静だった。もしかしたら、今東京スタジアムで落ち着いているのは自分だけかもしれないと思う。目の前でまさにノーヒットノーランが達成されようとしているのだが、特に何とも思わない。ここにきてワンアウト満塁。ピッチャーの有原は自滅しかかっている。さあ、どうなる……野球好きなら手に汗握る場面だが、菊川の掌は乾いていた。感情が動いたのは、大貫が乱闘をしかけた時だけ。ああいう姑息なやり方は許せない。試合が終わったら厳重注意だな。

――しかし全体には、どうでもいいことだ。ここでノーヒットノーランを食らって負けようが、打ち崩して――あるいは向こうが勝手に自滅して――逆転勝ちしようが、自分にもイーグルスにも何の影響もない。

今大事なのは、来週から始まるプレーオフだ。

だが、ダグアウトの中でそう思っているのは自分だけだろう。選手の間には、ざわついた空気が漂っている。どうする？　次の手は？　何人かの視線がこちらを向いているのを意識する。どうしてそんなに慌てるかね……ノーヒットノーランまで、あとアウト二つ。打順がピッチャーまで回ったので、ここは当然代打だ。本当の代打の切り札・江戸ではなく、八木《やぎ》。今日は調整で先発を外したが、ここ十試合の打率は優に四割を超えている。

菊川はゆっくりとダグアウトを出て、代打を告げた。既に準備していた八木は、ネクストバッターズサークルから打席に向かおうと立ち上がったところだった。ちらりとこちらを見る顔に、不安の色が浮かんでいる。しょうがねえな……こいつは気の弱いところがあるから、こんな場面では打席に向かいたくないのだろう。もちろん誰だって、この場面で最後のバッターになるのは嫌だ。菊川の経験では、こういう状況で「俺が決めてやる」と気合いが入るバッターはわずかに二割。残る八割は、何とかフォアボールを選んで次につなげたいと消極的に考える。

試合はどうでもいいと理屈では思っていても、実際には次の作戦を考えてしまう。ヒットはいらない。まず1点を取りに行く。普通の監督なら確実なスクイズを狙うだろうが、八木はバントが致命的に下手である。むしろ外野フライに期待して送り出したのだ。

1点取れば、状況はがらりと変わるだろう。おそらく有原は完全に崩れる。そこから開き直って、最後までノーヒットを続けるとは考えられなかった。ま、とにかく外野にフライが上がれば勝てるな。特に勝ち負けが問題になる試合ではないが、一応シーズン最終戦だし、勝ちで締めた方が、プレーオフに向かって勢いはつくだろう。

しかし八木は、どこか心配そうにしている――正確に言えば、有原と同じぐらいおどおどしている。まったく、情けない……菊川は打席に向かう八木に声をかけて呼び戻した。八木はどこかほっとした表情を浮かべて走って来た。ダグアウト前まで来たところで、首根っこを捕まえて、グラウンドに背を向けさせる。

「お前、まさか代打の代打なんて考えてないだろうな」

「いや――」

「それを決めるのは俺だから。お前はさっさと打ってこい」

「あの、スクイズとかじゃないんですか」

「誰もお前のバントには期待しとらんわ、阿呆」本当に阿呆だと呆れた。こいつは、自分のバントの成功率を知っているのだろうか。「最近、調子いいだろうが。外野フライでいいんだよ。それが無理そうなら、バットを振るな。どうせストライクは入らないから」

「はい」ようやく八木の顔に血の気が戻った。「あの……普通に打っていってもいいですかね」

「ああ？」菊川は唖然として八木の顔を見た。こいつ、自信喪失してたんじゃないのか？　むしろ気合いが入り過ぎて血の気が抜けていた？　そういうタイプではないはずだが。「打てると思ってるのか」

「いけると思います。時々棒球になりますから」

「そうか……だけどヒットじゃなくて、外野フライでいいんだからな」念押しした。力が入り過ぎるとろくなことがない。「1点取れば、有原は自然に潰れるから」

「はあ」八木は露骨に不満そうだった。

「何だ、文句でもあるのか」

「いや、ないです」

「野球はチームプレーだぞ。自分一人で決めに行こうとしないで、全体のバランスを考えろ。栄光は選手個人じゃなくて、チームで受け取るものだからな」

よし、決まったな。いい台詞だと、菊川は笑みを浮かべた。だが八木は、どこかぼうっとした表情を浮かべている。あろうことか、口が半開きだった。馬鹿、そんな面《つら》を誰かに見られたら、馬鹿にされるぞ……菊川は、自分の額をぴしゃりと叩きたい気分だった。行き詰まった時の癖。だがそうはせず、八木の尻を平手で叩いて送り出した。

振り返り、打席に向かう八木の背中を見ると、先ほどとはうって変わってやけに大きく見える。何だ、結局打って決めたかっただけなのか。調子がいいのは自分でも分かっているわけで……まあ、悪いことじゃない。

それにしても、今年のプレーオフ進出は奇跡に近かったな、と振り返る。何しろオールスター前の順位は五位。一時は最下位に落ちたこともあり、早々と「今季は絶望」の声が出ていたぐらいである。自分も今年が二年契約の二年目で、進退伺いを出すのを覚悟した。

巻き返しが始まったのは、オールスター後だ。七月から八月にかけては、まだ四位と五位を行ったり来たりしていたのだが、八月後半に十連勝があり、一気に波に乗った。そして、スターズとの最後の三連戦を前に二位が確定、プレーオフ進出も決まったのである。七月までずっと借金生活をしていたことを考えると、これ以上ないほどのレギュラーシーズンだったと言えよう。

ただし、本番はこれからだ。たぶん首はつながっただろうが、来季の契約を有利に進めるためには、プレーオフを勝ち進まなければならない。

今は、八木のやる気が助けになった。ここで一発決めてヒーローになってやろうという気持ちは空回りしがちだが、それでもプレーオフでの勢いにはつながる。短期決戦では、データよりも気合いが強く出るものだから。前のめりになった気持ちが、普段以上の力を選手に与える。

　よし、よし。満足して笑みを浮かべ、菊川はベンチのいつもの席――グラウンドに向かって二列目の一番右端――に戻った。八木は打席に入る前に、気合いの入った素振りを繰り返している。スタンドの声援も盛り上がっていた。しかし、何とも複雑な感じ……今、この球場にいる観客の九割はスターズファンだろうが、素直に有原を応援していないようなのだ。見ていてはらはらするのだろう。仮にノーヒットノーランが達成されても、興奮して心から喜ぶというより、むしろ疲れ果ててしまうのではないか。

　もっとも八木の気合いを見た今となっては、菊川はノーヒットノーランを食らう確率はぐっと下がった、と読んでいた。ワンアウト満塁では、だいたい七割ぐらいの確率で点が入る。ましてや今打席に入っているのは、ここ十試合の打率が四割を超える八木だ。無理にヒット狙いで振り回さなければ、外野フライぐらいは期待できる。

　数字が大好きな菊川の頭の中には、イーグルス打線の攻撃パターンがいくつも入っているが、やはり今は、「バットを振らない」のが最も得点の確率が高いかもしれない。デッドボールを出してから、有原は完全に自分を見失っている。スピードこそ落ちていないが、コントロールが滅茶苦茶だ。置きにきたボールを狙う手もあるだろうが、そんなことをしなくても、そもそもストライクが入りそうにない。1点取られたら、さすがに樋口もピッチャーを代えるのではないだろうか。そうしたら、ノーヒットのままマウンドを降りて負け投手、という奇妙な記録が生まれることにもなる。

それはそれで面白い。

菊川は、野球にまつわるすべての数字を愛していた。珍記録の類いは特に好きだし、自分がその当事者になると考えると胸が高鳴る。小学校へ上がって野球を始めた孫の雄一郎《ゆういちろう》に、いつか今日の試合のことを詳細に話してやろう。二人のクソ息子は野球に興味がなく、ごく普通のサラリーマンになってしまったのだから、情けないことこの上ない。今や雄一郎だけが菊川家の希望の星である。男に生まれたからには、やはり野球だ……。

ベンチに座りかけて、菊川は思いとどまった。別にこの打席を見ていなくてはいけないわけでもない。今は、目の前の勝ち負けよりもずっと大事なことがある。ヘッドコーチの村田《むらた》が、怪訝そうな表情で近づいて来た。

「どちらへ?」

「ちょっと裏にな」

「八木の後はどうします? 代打ですか」

「江戸を準備させておいてくれ」一番に入った細木《ほそき》は、有原にまったくタイミングが合っていなかった。

「分かりました」うなずいたが、村田の表情は依然として不思議そうだった。

それはそうだろう。試合がぎりぎりのタイミングまで進んでいるのに、ダグアウトから姿を消す監督……信じられないだろう。

だが菊川として、やるべきことは他にあった。代打は送って指示も与えたのだから、今考えなければならないのはプレーオフである。目の前の試合は大変な展開になっているのだが、所詮は消化試合だ。ここでノーヒットノーランを食らっても、選手たちが悪い印象を引きずるとは思えない。昔からイーグルスは「初モノに弱い」と言われて、事実ルーキーの初先発に初勝利を献上したり、プロ入り初打席のバッターにホームランを打たれたりというケースは、枚挙に暇がない。データ重視主義の弱点だが、データを無視しては現代の野球は成り立たない。

ダグアウトのすぐ裏には、素振り専用のスペースがある。床には打席が描いてあり、正面の壁は全面鏡張りだ。江戸が、指示されるまでもなく準備を始めている。気合いの入った素振りで、スウィングすると額の汗が飛び散った。既に三十四歳、レギュラーを外れることが多くなったが、依然として速球には滅法強く、ここ一番の代打として活躍している。有原のようにストレートだけで押してくるタイプは、一番得意だ。

一声かけておこうかと思ったが、やめにする。向こうはこちらに気づいていない様子だし、代打については村田に任せたのだ。任せたなら任せたで、あいつの面子も立てやらなくては。

素振り部屋のすぐ横に、監督室がある。扉を開けると、スコアラーの武市《たけち》が必死にパソコンのキーボードを叩いていた。プレーオフの相手になるベアーズの、直近十試合のデータを分析中。「今日の試合終了までに」と要求したので、試合中もここに籠って作業を続けていたのだ。

場内テレビには、マウンド上の有原の顔が大映しになっている。血の気のない顔つきで、キャッチャーの仲本のサインを覗きこんでいた。ようやく次の一球が決まったのか、一塁、三塁とランナーに視線を投げ……プレートを外した。監督室にいると直接は聞こえないが、スタンドのファンはブーイングしているのではないだろうか。応援したい気持ち半分、しっかり投げろとイライラする気持ち半分……ファンの心理は、手に取るように分かる。

「ご苦労さん」

ドアが開いたのにも気づかなかったのか、武市がびくりとして椅子の上で飛び上がる。こちらを向いて、驚いたように目を見開いた。

「どうしたんですか」

「なに、応援だ。手伝いできるわけじゃないけどな」

「どうも」武市が困ったような表情で頭を下げる。

この男は、プロ野球チームにあっては異質の存在だ。野球経験は一切なし。純粋に観戦を好むファンで、大学でコンピュータと統計学を学び、独自に野球のデータ分析を行っていた。自分のブログでそれを発表しているのを知って興味を抱いたスタッフが接触し、チームに招き入れたのだ。これはまさにウィン—ウィンの関係である。武市は就職に失敗して浪人生活を送っていたので、安定した仕事を得た上に好きな野球に関われる。チームとしても、コンピュータに詳しく、独特のデータ分析方法を研究している武市の存在は貴重だった。菊川から見ると、人間的に少し暗過ぎるのだが、今やチームの貴重な戦力になっているのだから、問題ない。

「いいんですか、試合中なのに」

「今日の試合はどうでもいいよ」

「プレーオフの方が大事ですか」

「そういうこと。データ分析、終わりそうか?」

「何とかなります……もう少しで。有原があと何球投げるかによりますが」

「おいおい、裏の攻撃もあるかもしれないんだぞ」

「すみません」武市が真顔で頭を下げた。

「いやいや……」菊川は苦笑した。一応、ノーヒットノーランは続いているのだし、普通に考えればもう少しで試合は終わり、だ。

部屋に満ちる音はラジオの中継だけだ。最近はスターズの試合であっても、地上波のテレビ中継は数えるほどである。ラジオというのは、野球の中継に適したメディアだと菊川は思っているが……この局は、アナウンサーが喋り過ぎる。

「さあ、有原、依然としてノーヒットピッチングを続けています。しかし、九回まできて大変なことになりました。四死球二つなどでランナーが塁を埋め、現在、ワンアウト満塁。有原、ここを切り抜けられるか……打席にはイーグルス、代打の八木。ここ十試合の打率は四割を超えています。好調の八木に対して、有原がどう攻めるか……第一球……おっと、外角高目に大きく外れました。これで六球連続、ストライクが入りません。神宮寺さん、これは有原、相当萎縮している感じですか？」

「ま、彼にはちょっと荷が重いでしょうね。一杯引っかけてくるぐらいしないと、リラックスできないでしょう」

「有原は未成年ですよ」

「おっと、失礼。まあ、何でもいいけど、がちがちですよね。ぶつけないといいんですが」

神宮寺め、また無責任なことを……菊川は苦笑した。こいつが無事に解説者を続けているのは奇跡だと思う。現役時代から放埒な態度と不適切な発言でよく物議を醸していたのだが、解説者になっても基本的にそれは変わっていない。選手批判は時に、人格攻撃すれすれになる。しかし、薄皮一枚残してセーフ、という感じなのだ。もしかしたら計算してやっている？　だとしたら、この男は相当頭がいい。

「ストライク、入りませんね」武市が溜息をついた。

「放っておいても自滅するだろうよ」

「ノーヒットノーランって、簡単にはできないものなんですね」

「おいおい、何だかうちがノーヒットノーランを食らうのを楽しみにしているみたいだけど」

「すみません。そういうわけじゃないですけど」武市はすぐに謝ったが、実際に「ノーヒットノーランを目の前で見たい」と切望しているのは明らかだった。イーグルスに合流する前、菊川は武市と面接したのだが、その時武市ははっきり、「特定のチームのファンではありません」と言い切った。要するに野球そのもの、そして野球にまつわる記録が好きなのだ。数少ない、「純粋な野球ファン」と言っていい。

もちろん今は、イーグルスの勝利につながることだけを考えて欲しいが。

菊川はデスクを押しつけてある窓辺に歩み寄った。武市が少し椅子を動かして、菊川のために場所を空ける。窓は小さく、金網もあるのだが、それでもグラウンドの様子はよく見えた。右打席に入った八木の表情も……あいつ、露骨にほっとしている。初球がボールになったので、少しだけプレッシャーが薄れたのだろう。最悪、あとボール三つを選べばいい――いや、あいつの目はまだ光っている。「自分が決めてやる」という意思は消えていない。力み過ぎるなよ、と菊川は祈るような気持ちになった。

武市が椅子を譲ろうとしたが、菊川は断ってソファに腰を下ろした。ビジター用の監督室は狭く、デスクにロッカー、小さな応接セットが入ると、それだけで身動きが取れなくなってしまう。一人がけのソファに腰を下ろすと、デスクに置いたモニターがちょうど目の前にくる。

場内テレビは相変わらず有原の顔を大映しにしている。それはそうだろう、今日の主役は何だかんだ言って有原なのだ。

しかし、まだ子どもだな……高卒ルーキーだから当たり前なのだが、それにしてもこの舞台は少しばかり早過ぎ、大き過ぎたのではないか。有原は甲子園に出場していない。ということは、一番大きい球場で投げたのは、東京都予選の神宮球場か？　しかし高校野球のことだから満員になるわけではないだろう。そこと東京スタジアムでは、圧力が違う。マウンドに立っていると、観客の声援が滝のごとく降り注ぐように感じられるだろう。たぶん、周りの状況が全然見えていない。アウトカウント、ランナー、点差……基本的な情報が抜け落ちていては、ピッチングの組み立てはできまい。若い、勢いだけで押すピッチャーが陥りがちな陥穽《かんせい》だ。

今日の試合の前半、有原は毎回「これが最後のイニング」のような勢いで飛ばしていた。それは悪くない。若いピッチャー、特にルーキーは、後先のことなど考える必要はないのだ。

五回までの有原は、まあ、難攻不落と言ってよかった。四球は出すものの、とにかくボールの勢いがよく、打球が外野まで飛ばなかったのだ。五回まで十五のアウトのうち、外野フライはわずかに一つ。はっきり言って、うちのバッターは全員腰が引けていた。意識してかせずか——たぶんしていないだろう——有原は遠慮なしに内角へ投げこんできたものである。「手元で微妙に変化している」というのが、バッターたちの評価だった。それが功を奏し、有原は内野ゴロで次々にアウトを稼いだ。決して三振の山を築くタイプではないが、癖のある変化のせいで、当たり損ねが増えてしまう。

菊川は頭の後ろで手を組んだ。有原はまた、サインに首を振っている。おいおい、よせよ。どうせそんなに球種はないんだろう？

「今日の有原の球種の配合は？」

「ちょっと待って下さい」

武市がパソコンを操作した。球種の分析は、バックネット裏に陣取ったスコアラーが担当しており、一球一球をデータベースに登録する。オンライン化されているので、球団関係者のパソコンではリアルタイムで確認できるのだ。

「直球がほぼ九割ですね……正確には百十球が直球、六球がスライダーで五球がチェンジアップ、あとは分析不能が何球かあります」

これはまた徹底している……菊川は思わず苦笑した。何だか、昔の大投手みたいではないか。昭和のエースたちは、ルーキー時代にはひたすら速球で押して、ベテランたちを震え上がらせた。そんな伝説はプロ野球の世界にはいくらでも転がっているが、有原は昭和っぽい感じとは縁遠い。いかにも平成……二十一世紀の若者らしく、線が細く、どこか弱気な感じが透けて見える。

「本当に、こっちにいていいんですか」武市が遠慮がちに訊ねる。

「ああ、今は、君のデータ分析を監督してる方が大事だな……それでどうなんだ、ベアーズの投手陣は」

「説明は長くなりますから、試合の後にした方がいいんじゃないでしょうか」

「……そうか」

自分はどうしてダグアウトにいないのだろう、と疑問に思った。もちろん、試合中にふらりと監督がいなくなるのは珍しくはない。トイレに行くこともあるし、試合中に煙草を我慢できない人間もいるのだ。実際、プロ野球の世界では喫煙者はまだ多い。プレッシャーに対応するために、ニコチンに逃げる人間は少なくないのだ。煙草を吸わない自分には関係ない話だが……試合中にはトイレにも滅多にいかない。実際今、尿意は感じていなかった。データを知りたかった？　それも違う。ダグアウトにもタブレットは置いてあり、必要なデータはすぐに取り出せるのだ。何もわざわざ武市に聞きに来る必要はないし、今この時間に、ベアーズ対策を考える必要もなかった。

怖かったのだ、と突然気づいた。目の前でノーヒットノーランに抑えられるのが怖い。

たとえこのままノーヒットに抑えられても、選手には何の影響もないかもしれない。プレーオフに向けて、嫌な記憶を引きずることもないだろう。しかし俺は違う。嫌な物は嫌だ。今日は笑って「こんな日もある」と引き上げるかもしれないが、何日か、あるいは何週間も経ってから、屈辱の記憶が蘇る。

クソ、簡単にノーヒットノーランなんか食らってたまるか。外野フライを待ってる場合じゃない。

菊川はいきなり立ち上がった。武市が怪訝そうな表情を向けてくる。

「どうしました？」

「これから勝ちにいくんだよ。しっかり見てろ」

そのためには——菊川は、常にオーソドックスな戦法を貫く自分のやり方を捻じ曲げることにした。

ここは奇襲だ。

14 橋上の場合

橋上はワイシャツの首元に指を指しこみ、そっとネクタイを緩めた。オーナー席ではなくスタンドで自分のチームの試合を観ることなど滅多にないので、少しばかり緊張している。今は席を離れ、少し上の通路に出て来ていた——電話がかかってきたのだ。

電話の用件は十秒で終わったのだが、何となく席に戻りたくなかった。新オーナーの沖は、どうにもいけ好かない男である。できることならこのチームを手渡したくはなかったのだが……仕方ない。プロスポーツチームの運営は、遊びとビジネスの中間地点にあるのだが、本社の電鉄サイドはあくまで「ビジネス」と見ている――それも非常に厳しく。

プロ野球で最も歴史あるチームの一つであるスターズも、独立採算で運営できるかと言うと、難しい。赤字分は毎年、本社サイドが「宣伝費」の名目で補塡していた。累積の赤字は、普通の企業なら「倒産」という言葉が浮かんできてもおかしくはない。

だいたいプロ野球チームの収支は、普通の企業よりもずっと予想が難しいのだ。勝ち続ければ客足が必ず増えるわけでもないが、弱いと間違いない落ちる。ではどんな時に一番増えるかというと、弱かった翌年に勝ち始めた時だ。それも前半は出足が悪く、「去年と同じか」とファンががっくりし始めたところで、急に勝ち始めて逆転勝利――こんな状態になると、優勝争いに絡むカードはプラチナチケットになる。もっとも実際には、そんな状況は滅多にないものだ。かつて「毎年優勝争いをして二位で終わるのが理想」と冗談のように言ったオーナーがいたが、それは意外と鋭いところを突いていたかもしれない。何しろ二位には全てがある。「よく頑張った」という褒め言葉。「勝てるはずだった」という後悔。そして「来年こそ」という希望。そうやってファンをつなぎとめ、球場に足を運ばせ続ければ、チームの経営としては「勝ち」なのだ。

橋上がオーナーに就任したのは、真田と樋口が引退した翌年だ。つまり、スターズの完全な転落の時代が始まった年である。

東京都内から神奈川県にかけて鉄道網を展開するスターズの親会社では、オーナーへの道程はほぼ決まっている。営業担当の副社長が直前のポジションになっていた。出向し、そのまま五年ほどオーナーを務めて勇退、というのがこれまでのパターンである。最後のポジションがプロ野球チームのオーナーというのは……人によっては必死に抵抗する。あくまで電鉄会社の人間としてサラリーマン人生を終えたいと願う人がいるのも、橋上には理解できた。鉄道マンは、非常に誇り高い人種なのである。

ただしちょっと考えを変えれば、これは本社で職務を全うするより、はるかに名誉なことだと分かる。親会社の社長の名前と顔が、世間でどれぐらい知られているか……運輸業界、財界ではしっかりした知名度と影響力を持っているが、それは案外狭い世界である。だが「スターズのオーナー」となれば、まったく新しい一面が開けるのだ。もちろん、あくまで単なる「サラリーマンオーナー」であり、給料も本社の副社長レベルに抑えられているのだが、それでも一国一城の主であることに変わりはない。監督のように「精鋭を率いている」という実感はないが、それでも「チームの責任を持つ」のは男の夢の一つだろう。

ただ、選手ではない。

いかにプロ野球人気が落ちたとはいえ、選手はやはり目立つのだ。体も大きいから、街を歩いていても気づかれ、サインを求められることもある。だがオーナーは、よほどのファンでなければ顔どころか名前も知られていない。事実橋上は、オーナーに就任してから一度も、街中で気づかれたことがない。これは意外で、寂しくもあったのだが……。

沖は、何かやらかすかもしれない。あの若僧は、基本的に目立つことが大好きなのだ。自分自身を、会社の広告塔だと考えている節もある。実際、しばらく前にテレビCMを流した時には、堂々とタレントたちと競演していた。そのせいか、スタンドで観戦していると、よく声をかけられる。今はチームのスタッフが周りを固めているから、変なトラブルは起きないだろうが。ちらりとそちらの方を見ると、背広姿の小野《お の》田《だ》が背中を丸めているのが分かった。親会社からの出向ではなく球団生え抜きの事務職員で、編成部の中心的存在だ。この男にも、いろいろ苦労をかけた……。

一つ溜息をついて、橋上は移動した。通路に突っ立っていると、後ろの席の観客の邪魔になる。オーナーが——まだオーナーなのだ——観戦の邪魔をするわけにはいかない。目指すは、現在のバックネット裏から、一塁側ダグアウトの上近く。その辺りは、通路後方の客席——21列から後ろが一段高くなっているのだ。その前は通路、そしてコンクリートの壁になっており、そこに張りついている限り、後ろの観客の視界を妨げることはない。普段は通行の邪魔にはなるのだが、今日は九回になっても席を立つ観客がほとんどいないから、いいだろう。

それはそうだろう……これだけの試合、結末を見逃すのはもったいない。観客はたまたまこういう試合に当たった幸運を噛み締めながら、声援を送っているはずだ。

声援……？　ほとんどない。むしろ感じられるのは重苦しい沈黙だ。そして静かなざわめき。普段は、こういう静かな時を狙って野次を飛ばす人間が必ずいるものだが、今日はそれさえもない。何か余計なことを言えば、ここまで続いてきた記録が途切れてしまうのではないか、と誰もが恐れているようだった。

しかし、有原も苦しいピッチングだ。ついに満塁。しかもこのところ、イーグルスの八木は当たっているはずだ。知らぬ間に、橋上は壁に背中を預け、ひんやりとした硬い感触に頼っていた。両手も拳に握っている。オーナーとして、これまで何試合ぐらい見てきただろうか……しかし、この試合が特別な物になるのは間違いない。

いつもより温度が高い。ドーム内は季節を問わず同じ温度で、空気も乾燥しているから快適なのだが、今日はじっとりと汗が滲み出てくる感じがする。喉が渇く……沖は調子に乗ってビールを呑んでいたが、橋上は手をつけなかった。だいたい、試合中にオーナーが酒を呑んでいるというのはどうなのか。試合を観るのも仕事なのに。

有原……落ち着け。マウンド上で孤独な戦いを強いられているのは分かる。だがお前にはちゃんとバックが――リーグ有数の内野と外野がついている。馬鹿みたいに力任せに投げるんじゃなくて、打たせるんだ。前に飛んでも、ヒットになる確率の方が低いのだから。

しかしあいつは、マウンドをやたらと丁寧に均している。落ち着かないせいだ、とすぐに分かった。

今年の夏、二軍のゲームを視察した時の様子を思い出す。先発のテストで、五回までワンヒットピッチングを続けていた有原は急に崩れ——今日と同じでストライクが入らなくなり、四球を連発した——途端に落ち着きなくマウンドを均し始めたのだ。じりじりと直射日光が照りつける土のグラウンドに一人きり。いや、一人きりではないのだが、周りの応援を拒絶するような雰囲気を発していた。

ずっとそうだったよな、と思い出す。この男は基本的に、孤独が好きなのだろうか——というより、孤独な状況に自分を追いこむのが好きなのかもしれない。そんなことをしても何にもならないはずだ。「自分以外の人間は頼れない」と自分を追いこむことで力を発揮できる選手もいるが、有原はそこまで強くない。

しかし、何でもいいから……抑えろ。勝て。

有原に対する思い入れは特に強い。自分が取ることを決めた最後の選手だからだ。

正直、サラリーマンオーナーが、チーム運営に口を出すことなどほとんどないだろうと思っていた。先輩たちからも、「プロパーの球団職員やスタッフに任せておいて、判子を押していればいい」とアドバイスされていた。むしろ大事なのはメディア対応や他球団とのつき合いであり、球団の「顔」になることだ、と。

要するにお飾り。

とはいっても、全てをスタッフに任せ切りというわけにはいかない。球団として重大な局面では、オーナーも意思決定に参加するのだから。そこでお飾りになっていたら、責任は果たせない。

例えば、ドラフトの全体的な方針と作戦。中心になるのはもちろんスカウト部だが、最終的にどの選手を指名するか、外れた場合の次善の策は……などを決める会議には、オーナーも参加するのがスターズの伝統だった。基本的には、スカウト部長からの報告を中心に会議が進む。候補選手のプレーを編集したビデオを見て、成績を確認し、指名順位を確認していく。

退屈な作業ではある。ドラフト上位に引っかかるような選手に関しては、事前にかなりの情報が入ってきているし、球団内でも頻繁に話題に上る。分かっていることを会議で追認するような格好なのだ。

しかし、指名するかどうか、ボーダーラインにいるレベルの選手に関しては、会議で初めて知ることも多い。有原がまさにそうだった。何試合分かのピッチングを短く編集したビデオを観たのだが、橋上ははっきりと衝撃を受けた。

スターズに来る前は、野球に対してあまり熱を持ってはいなかった。会社の関係で、年に何回かは球場へも足を運んで応援してきたが、「のめりこむ」というほどではなかったと思う。本格的に野球の「勉強」を始めたのはオーナーになってからで、それが付け焼き刃だと陰で笑われていることは知っていたが、何も知らない馬鹿オーナーのままでいるのは我慢できなかった。もちろん、選手の「目利き」ができるほど野球に詳しくなったわけではないが……有原のピッチングが群を抜いているのは、すぐに分かった。

何というか、堂々としている。力感溢れるフォームは、ボールをリリースする前から打者を圧倒するようで、多くの打者は最初から腰が引けていた。右打者の内角高目に入るボールは、ぐんと浮き上がってくるように見える。ビデオで観た限り、球種はストレート一本やりのようだった。普通、どんなに速いボールを持っていても、ピッチングが単調になれば打たれるものだが、有原は難攻不落に見えた。

「彼は、甲子園には?」

訊ねると、スカウト部長が渋い表情を浮かべて説明した。二年の夏、都予選の決勝で敗退。三年の夏は準決勝で消えた。他にこれといった実績はない。

「大きな問題はあるかな」

「特には……精神的な弱さがあるかもしれませんけどね。二年の夏までエースで先発を張っていたのが、その後で抑えに転向しましたし」スカウト部長は、あまり乗り気ではないようだった。

「高校野球で抑え専門？」

「そうですね……監督がどういう意向だったかは分かりませんが、長いイニングをまとめるのが苦手なのかもしれません。集中力が続かないタイプはいますからね」

「だったら、抑えで使えるだろうか」橋上の感覚では、抑えの方がよほど図太い精神力を必要とする。

「どうでしょうね……」スカウト部長は渋ってた。「確かに素材はいいです。二年生の夏で、マックス百四十八キロを記録しましたから」

「二年生で？　それは凄い。今はどうなんだろう」

「同じぐらいですね。下半身の使い方がまだできていませんから、教えればスピードはもっと出るようになるでしょう」

「下位指名でどうだろうか」ドラフト一位、二位に関しては、とうに方針が決まっていた。「うちは東京のチームだ。東京の高校の選手を取るのは、いいことだと思うけどね」

「スターズは全国区ですよ」スカウト部長が笑うと、他の出席者も追従して笑った。

それが間違ってるんだ、とひそかに憤ったのを橋上は覚えている。スターズが「全国区」だったのは、既に昔の話である。確かにホームゲームがほぼ全試合テレビ中継されていた頃は、スターズの選手の顔を知らないファンはいなかった。それ故ファンの数と同じぐらい、アンチの数も多かったのだが……しかし、最近はテレビ中継もめっきり減っている。かつては放映権料は一試合一億円近かったのだが、最近は五千万円を割りこんでおり、しかもテレビ局が中継したがらない。事情は簡単で、昔のように視聴率が取れないのだから、高い放映権料を払ってまで放映する意味はない、ということだ。放映権料は球団にとって大きな収入だが、それが当てにできなければ、他の道を探さなければならない。一番簡単なのが球場へ足を運ぶファンを増やすことと、グッズの売り上げ増加である。そのためには、新しいスターが欲しかった。かつてのように「全国区」の球団なら、地方出身の選手を採用することで、その地方のファンをテレビの前に座らせることができたが、現状ではそういう昔ながらのやり方が上手くいかない。球団地元——東京の選手を取って、東京のファンを球場へ呼ぶという地道な努力が必要だ。東京は「地元色」が薄い街ではあるが、それでも効果がないわけではない。

結局橋上が強烈にプッシュし、監督の樋口も乗ってきたことで、有原のドラフト六位指名が決まった。

その時点では、翌年に球団が身売りするなど、誰も考えていなかったのだが……橋上自身は、球団の採算が危険な水域にあることは知っていた。本社サイドが、できればチームを手放したいと考えていたことも。実際橋上がオーナーに就任した際にも、「もしかしたら最後の電鉄出身オーナーになるかもしれない」と言われたものである。その時は冗談だろうと思ったのだが、球団の財務状況を詳しく調べて、洒落にならないことが分かってきた。前時代的な経営というか……丼勘定の部分がかなり残っているし、契約もいい加減だった。この辺をきちんと整理すると、高年俸の看板選手を何人も手放さなければならなくなるし、親会社が赤字分を充填し続けていくにも限界がある。

ただし、身売りは決してないだろう、と橋上は甘く予想していた。このご時世、プロ野球チームなどという、あまり儲からない商売に手を突っこみたがる人間がいるとは思えなかったから……ある意味、沖は奇特な人間だと思う。野球好きなのは分かるが、それだけで何十億円も投じようとしているのが、にわかには信じられなかった。決して儲かるものでもなく、「球団を持っていれば宣伝になる」時代でもないのだから。

悲しかったのは、本社サイドが諸手を上げて買収案を受け入れたことである。今のところ、球団に対する赤字補塡は電鉄の財務状況に影響を及ぼすほどではなかったが、長い目で見れば経営を圧迫する可能性もある、という判断だったのだろう。これから本格的な少子高齢化の時代がくる。鉄道の利用者も減るのは間違いなく、当然収入は減る一方になるのだ。会社を長く生き延びさせようとしたら、早い段階で贅肉を少しでも切り落とす努力をするのは当然である。自分が今、電鉄サイドの人間だったら、同じように考えただろう。おそらくこういう考えは、かなり前から最上層部で検討されていたに違いない。もしかしたら沖の会社以外にも、身売り先を密かに探していたのかもしれない。それを自分が知らされていなかったのは、情けない限りだった。

だが今、橋上は球団側の人間、「売られる」当事者である。内心忸怩《じくじ》たるものはあったが、やはり親会社の意向には逆らえなかった。間もなくオーナーの座を降りる。沖のような若造に頭を下げることがなくなると思うとほっとするのだが……。

有原が心配だった。

オーナーを務めている間、唯一自分の我を通して取った選手である。果たして来年、生き残ってくれるか……沖は「基本的に、一年間は選手はいじらない」と宣言していた。このオフには積極的なトレードや肩叩きは行わないという意味だと橋上は解釈しているが、人の考えは簡単に変わる。しかもあくまで「基本的に」だ。この世界では「我慢する」という言葉をよく聞くが、それは表面上のことだけである場合がほとんどだ。チームの成績が上向かなければ、まずは選手を入れ替えて戦力をアップさせようとする——球団経営者としては普通の感覚である。しばらくは育成中心で、優勝を狙いにいくのは数年後、などと言っている人間には、勝負の世界で生きていく資格はない。

有原は、ここで結果を残せば来年も残れる――それもおそらく、エース候補として。自分が指名を決めた選手だから、という事情を差し引いても、橋上は有原に期待していた。ファームの試合を視察した時に見た豪速球――「手元でボールが動く」のを、橋上は初めて生で確認した。スピードにも度肝を抜かれたが、あの動くボールにバッターは手こずるだろう。

「悪くない素材ですね」と二軍監督が言っていたが、慎重なあの男の本音は「拾い物」だったはずだ。上手く拾い上げたスカウトの腕も大したものだが、指名を決めたのは俺……そう考えると心底嬉しくなったものだ。これで本当に、オーナーとしてスターズに貢献できたような気がしていた。

その後崩れて、精神的な弱さを露呈してしまったのはともかくとして……その辺も、スカウト部長の言う通りだったな、と反省した。「精神的な弱さがあるかもしれません」。さすがにプロは、そこまで見抜いているものなのか。

試合に意識を集中した。ワンアウト満塁、カウントはワンボール。マウンドの上で居心地悪そうにしている有原が、ようやく次の一球を投じた。見ている限りでは、疲労は感じられない。いつものように力感溢れるフォームから、内角へ――次の瞬間には、背筋が凍りついた。

あまり打つ気を見せていなかった八木が、いきなりバットを振り出したのだ。スピードがない、と思った時には遅かった。内角のボールを、上手く巻きこむようにしてミートする。鈍い音を残して、打球はライナーになってレフトに飛んだ。

「ああ！」と絶望の声がスタンドを回る。橋上は思わず前へ飛び出して、打球の行方を追った。この場所からは、レフトのポール際に飛んだ打球の行方が追いにくいのだ。

「やめて！」と女性の悲鳴が聞こえる。「クソ」と野太い声で男が叫ぶ。橋上は手すりを必死で握りしめ、打球の落下地点を見極めようとした。飛距離は十分。レフトスタンドのまばらなファンが一斉に立ち上がっている。その目は……ポールの方に向いていた。ということは、切れそうなのか？　ポールぎりぎりに入るのか？

一斉に溜息が漏れるような音がして、ファウルになったのだと分かった。目を凝らしてみると、ポール間際――ファウルゾーン側に陣取っていたファンが直接ボールをキャッチしたらしく、両手を高々と掲げて立ち上がっている。観客のダイレクトキャッチには、スタンドは盛り上がるものだが、今回はお義理のような拍手がぱらぱらと響いただけだった。

橋上も溜息を漏らし、一瞬通路にしゃがみこんだ。危なかった……鼓動が激しく高鳴り、軽い吐き気さえ覚える。手すりを摑んだままだったので、力を入れて体を引っ張り上げた。あちこちで立ち上がっているファンがいたが、全員、魂が抜けたかのように呆然としている。それはそうだろう……今のは、入っていてもおかしくなかった。打者の手元のほんの数ミリの差が、百メートル近く飛んだ打球では数メートルの違いになる。今のはもっと際どい感じだった。八木の感覚としては、ほとんどスタンドインだっただろう。それは、彼の態度を見ればよく分かる。八木はレフトスタンドに視線を向けていたのだが、いかにも悔しそうに表情を歪めたのだ。かなり距離があり、しかもヘルメットを被っていても分かるほどだから、よほど悔しかったのだろう。途中、放り投げたバットを拾い上げると、頭の高さまで振りかざして、グラウンドに叩きつけようとした。さすがに途中でスピードを緩め、最後はヘルメットにこつん、と当てるぐらいだったが。

八木がゆっくりと打席に戻る。橋上はマウンドに目をやった。有原は……体を折り曲げ、両手を膝についている。やめろ、おい……それじゃまるで、本当にホームランを打たれたみたいだ。確かに今日一番の当たりだったが、ファウルは何本打ってもファウルなんだから、気にすることはない。ファウルを打たせてカウントを稼いだ、と考えればいいじゃないか。

有原に、そんな器用なピッチングは期待できないのだが。

橋上は思わず、額の汗を拭っていた。それに呼応するように、有原もゆっくり上体を起こし、キャップを取ってアンダーシャツで額を拭く。頬を大きく膨らませ、息を吐くのが見えた。前向きに考えろよ、前向きに……と心の中でエールを送った。

スタンドのざわめきが大きくなった。ファンも困っているだろう。何とか、どんな無様な格好でもいいからノーヒットノーランを達成させてやりたい、と願っている人がほとんどのはずだ。まるで、出来の悪い息子の成功を願うように……ストライク一つ増えたからといって、まだまだ安心はできないだろう。

俺もそうだ。

橋上はゆっくりと後ろへ戻った。普段の試合の九回になれば、この通路はゲームセットを待たずに家路につこうとする人で渋滞するのだが、今日は歩いている観客は一人もいない。立ち止まり、自分のように壁に背中を預けてグラウンドを見守っている人は何人もいた。たぶん、帰ろうと思って帰れず、釘づけになっているのだろう。気持ちは分かる。どうしても見逃したくない試合はあるのだ。

そろそろ席へ戻るか……だが、試合の最後を沖と一緒に見届けるのは、何となく嫌だった。今はまだ、このチームは自分のものである。どんな結果になろうが、オーナーの責任として一人だけで見届けたい、という気持ちが強かった。

こういう時、名前と顔が売れていないのは便利だな、と思う。沖はメディアに露出するのが大好きだし、特に若い連中には顔が知れているが、自分はほぼ匿名の存在だから、こうやって一人で気楽に観ていられる。

実際は、とても気楽にはなれないが……有原が、アンパイアからボールを受け取った。新しいボールの感触が気に入らないのか、盛んにこね回して手に馴染ませようとしている。あまり神経質になるな。そう言えば、以前観た高校時代のビデオでも、やけに丁寧にボールをこねている様子が映っていた。神経質なのは昔からで、そこは人が教えてどうこうなるものではない、ということか。

沖に、一言だけは言っておこうと思った――「長い目で見てやってくれ」と。有原のようなタイプは、一度の勝利だけでは変わらないような気がする。肩がすり減るまで投げ続け、それでようやく精神的なタフさを身につけるのだろう。だからこそ、長い時間が必要なのだ。勝ったり負けたりを繰り返して強くなる……短期的な結果を求めて欲しくはない。

そうだな。やはり、試合が終わる前にきちんと言っておこう。どんな結果になれ、ゲームセットの時には大騒ぎになっているだろうから、話はできない。

今、妙に静かなのは、多くの観客がエネルギーを溜めこんでいるからではないだろうか。ノーヒットノーランが達成されれば腹の底からの歓声を、万が一失敗すれば――考えたくなかったが――喉が嗄《か》れるまでのブーイングを。今は何も言えないはずだ。まだ何も分からない……。

橋上は壁から背中を引き剝がした。ああ、何だか大リーグの球場のようだ、と思う。

オーナーになってから何度か、大リーグの試合を視察したのだが、基本的に観客は静かだった。鳴り物入りの応援がないせいかもしれないが、声をたてないことで、観客は試合の内容に集中しているように見えた。時々、ユーモアたっぷりの野次が飛ぶぐらいである。

さて、沖に一言忠告——お願いしよう。結果如何にかかわらず、来年も有原をよろしく、と。これだけはしっかりと言っておかなくては。

自分が積極的に関与して取った、たった一人の選手。彼が今ここで、九回一死までノーヒットノーランを続けていることが、自分の手柄のように思えてきた。そう、君は私の誇りだ。私の存在をこのチームに刻みつけてくれるナイフだ。もちろん、そんなことが自己満足に過ぎないのは分かっているが……。

橋上は、ゆっくりと階段を下り始めた。戻って来るのが遅いと思ったのか、沖が階段の方に身を乗り出してこちらを見ている。彼に向かって手を挙げ、「すぐ戻る」と合図してから、橋上はもう一度グラウンドに目をやった。有原は、慎重に仲本とサインの交換をしている。次の一球……気合い入れていけよ。

橋上は真っ直ぐ右手を伸ばした。人差し指の先は有原を指している。そこから気を送りこんでやるつもりだった——普段はそんなことはまったく考えないのだが。

15 篠田の場合

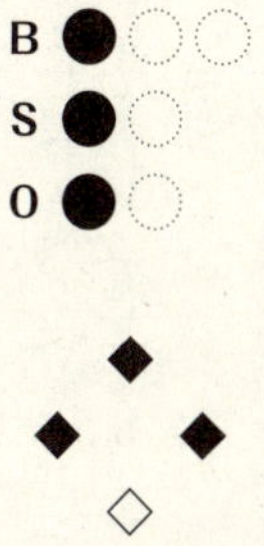

体の開きが少しだけ早いんだよな……スターズのファースト、篠田は、バッターボックスの八木に目をやった。このところ当たってるようだけど、もっとタメを作ってボールを懐に呼びこまないと。

篠田はファーストミットをはめたまま、素振りの真似をした。さっきの一球も、手元で微妙に変化したのだろう。だが、バッティングを妨げるほどではなかったはずだ。ということは、打ち損じ。あれをフェアグラウンドに弾き返せないようじゃ、八木も大したことがないな。俺だったら引っ張りにかからず、敢えてセンター狙いだ。その感覚でいって、ちょうどライト前ヒット——篠田は左打ちだ——になる。素人じゃないんだから、それぐらいは分かるはずなのに……。

ふと顔を上げると、ダグアウトから監督の樋口が怖い顔で睨みつけているのが見えた。やべえ……守っている最中にバッティング練習か、と怒っている。そりゃまあ、失礼なのは分かりますけど、こっちは守りじゃなくて打つのが商売ですからねえ……。

打たれるといいのだが、と思った。同点、あるいは逆転されれば、裏の攻撃がある。そうすれば、自分にもう一打席、チャンスがくるのだ。

何とかもう一回打ちたい。あと一本ヒットが出れば、今シーズンの通算安打は百六十九本になり、去年を上回って自己最多になる。毎年少しずつでも成績を上げていくこと——それが、篠田が自分に課したルールなのだ。今のところ、プロ入り五年、レギュラーの座を射止めて三年で、ヒット数だけは必ず前年を上回っている。それが今年はここまで、去年と同数に止まっていた……そんな状況には耐えられない。俺は、少しずつでも進歩しなければならないのだ。

同点かリードした状況だと、イーグルスは抑えのジョンソンを出してくるだろう。身長二メートル、長身から投げ下ろすボールは威力十分だが、篠田は何故か相性がいい。今年は七回対戦して四打席でヒットを放っている。四球も一つ。凡退は二回しかない。何というか……ボールの角度もスピードもあるのだが、球筋が素直なのだ。左打席に立つ自分からすると、この右腕のボールはよく見える。

まあ、俺の方が技術的に上回っているということだな。

ダグアウトに背を向け、ファーストベースについた。一塁走者の栗原が戻って来て、

「今の、入ってただろう」とぼそりと言った。

「まさか。五十センチも外れてた」

栗原が、まじまじと篠田の顔を見た。「五十センチ」が本当かどうか、疑っているのだろう。だいたい、ファーストの守備位置からは一番見にくい打球だったし……。

「冗談だ」と篠田が言うと、にやりと笑ってベースを離れる。一メートル。満塁だし、無理にリードを大きく取る必要はない。この状況だと、イーグルスベンチも何の指示も出していないだろう。スクイズはあり得ない。じっくり見て四球狙い、甘い球が来たら打って出ろ、というところだろう。

打席の八木が、三塁コーチに視線を送る。サインは出ているか……八木のヘルメットは微動だにしなかった。この男は、何かあるとつい反応してしまう悪癖がある。例えば重要なサインに対しては、必ずうなずくのだ。今回はやはりフリーということで……だいたいイーグルスの菊川監督も、この試合はどうでもいいと思ってるのではないだろうか。所詮消化試合だし。普通は、ノーヒットノーランを避けるために、遮二無二様々な方法を使ってくるだろう。あるいは、有原の自滅を見越して、じっくり待つつもりなのか。

実際、自滅しそうなんだよなあ……篠田は首を振った。俺だったらバットは振らない。こういう時は、とにかく得点につながる動きをした人間がヒーローになれる。そしてこの状況では、「バットを振らない」のが打点を稼ぐ一番確率の高い選択肢だ。

有原……びくびくするんじゃないよ。サインが決まって——またもやストレートだった——ようやくセットポジションに入り、まず一塁ランナーに視線をやってから、三塁に顔を向ける。牽制するなよ……心の底で呼びかけた。牽制であんなコントロールの定まらないボールを投げるピッチャーなんか、初めて見た。草野球の方がよほどましじゃないか。

投げるんじゃない、と真面目に念じる。ちょっとでも高いボール、低いボールがきたら、俺は捕らないからな。捕り損ねて、こっちにエラーでもついたらたまらない。「ノーヒットノーランを潰した男」の看板を背負ったら、この先やっていけないじゃないか。もしも高いボールがきたら、俺はジャンプしないですぐに背走して追いかけるぞ。

視線は三塁から一塁へ……くる、と直感し、ファーストミットを上げた。有原を助けてやるつもりはさらさらないが、いつもの癖で「的」を作ってしまう。これは真田が現役の時代に、しつこく言っていたことだ。牽制の時、ピッチャーは素早い動きを要求されるから、少しでも的になる物があればありがたいのだ、と。それにはファーストミットが一番いい……何も有原に的を提供してやる必要はないのだけど。あいつは勝手に自滅しつつある。独り相撲に乗っかってやるほど暇じゃないんだ、プロ野球選手っていうのは。

来た。

しかも高い。あの馬鹿……一瞬、ファーストミットを上げずに背走しようかと、本気で考えた。九回になるのに、あいつのボールは勢いだけはあり、高目のボールはぐっと伸びてくる。悪送球になっても俺のせいじゃないからな、と心の中で悪態をつきながら、思い切り飛び上がる。

ボールがミットに触れた。腕は伸び切っておらず、まだ余裕がある。だが、しかし……危ない、危ない。着地すると同時にしゃがみこみ、頭から一塁へ戻ったランナーにタッチする。狙ったわけではないが、ヘルメットにファーストミットを叩きつける格好になってしまった。おっと、まずい……硬球を握ったファーストミットは結構堅く重いので、脳天にパンチでも食らったようになるのだ。

立ち上がる栗原に先に声をかけた。

「悪い、頭、大丈夫か」

「痛えよ」

栗原が低い声で文句を言ったが、本気で怒っている様子ではなかった。

「なにぶんコントロールがつかない若僧なんでね。ご勘弁を」

「分かってるって」思い切り不快そうに言って、ユニフォームの胸についた泥を叩き落とす。「この状況で走るわけないんだから、牽制なんかさせるなよ」

「いや、俺のサインじゃないし」

あまり喋っていると、一塁塁審から注意を受ける。篠田は口をつぐみ、ボールを持ったまま二歩、前へ出た。有原にボールを投げ返し、摑んだのを確認すると「バッターに集中だ！」と叫んだ。ごく当たり前の指示なのだが、奴はこっちの本音に気づいただろうか。牽制するな。お互いに疲れることはやめようぜ……有原は緊張しきって、こちらの声も耳に入っていない様子だった。冗談じゃない、まさか、また牽制してくるつもりじゃないだろうな。

さすがに気持ちがきつくなってくる。何だかんだいって、ノーヒットノーランが継続中というのは、守っていても胃が痛くなるものだ。エラーで点が入っても「ノーヒット」は続くのだが、それだと記録としての価値は格段に落ちる。むしろ「珍記録」入りだ。まあ、俺には関係ないのだが、「変な試合」に参加した一人として覚えられてしまうのは嫌だった。アメリカ辺りだと、喜んでTシャツを作る馬鹿がいるだろうが……「I was there」、私はそこにいました。いればいいってもんじゃないんだよ。アメリカ人のユーモアのセンスは理解し難い。

ゆっくりとベースに戻る。このままノーヒットノーランで終わるより、やっぱり九回裏の攻撃があった方がいいな……なんとしても、もう一本ヒットが欲しい。

そうでないと、シーズンオフが心配でならないのだ。

オーナーが替わると、「大粛清」が始まるとチーム内で噂になっている。沖という新オーナーのことをよくは知らないが、どうやら中途半端に野球に詳しいらしい。そういうのが一番困るんだよな……今の親会社から出向してきている連中は、基本的に自分たちは素人だとわきまえて、余計な口出しはしてこない。現場のことは、球団プロパーの職員たちや監督、コーチに任せている。他のチームの選手に言わせると、それは「ぬるま湯」だそうだ。金も出すけど口も出す、という親会社が多いらしい。しかし、素人に口出しされてもどうしようもないじゃないか。だいたい、誰でも分かることか、的外れなことを言うに決まってるんだから。沖も同じようなものだろう。シーズン終了前に買収成立を発表してしまったので、機構の方からくどくど文句を言われたらしく、今は発言を控えているが、そのうちまた喋り出すだろう。とにかく目立つのが大好きな男なのだ。今日も東京スタジアムに来ているということだが……何のつもりか知らないけど、個人的な査定でもしているのだろうか。

中途半端に選手の情報を知っていると、トレードをやりたがる可能性もある。それどころか、オーナーが変わるのがきっかけで、すべてが変わってもおかしくないのだ。選手も、監督やコーチも、あるいはユニフォームも。ホームグラウンドさえ変わるかもしれない……冗談じゃないよな、と思う。こっちは、子どもが生まれたばかりなの

だ。もしもトレードなどということになったら、単身赴任になるかもしれない。何で
また、独身時代に戻るような苦労をしなければならないのか。

そんな危険な状況を避けるためには、少しでもいい成績を残すしかない。今のところはチーム首位打者が確定しそうだが、リーグ全体で見れば八位か九位で、とても満足できる成績ではない。それだけスターズ全体のレベルが落ちてきたということなのだが、俺だけでも足掻かなければ。

有原はまだ、ぴりぴりした雰囲気を放っていた。ぴりぴりするのは別にいいのだが、それにも二種類ある。すべてを自分でコントロールするために、意識してひたすら神経を尖らせている場合と、とにかく自分が置かれた状況が怖くて仕方がない場合と……間違いなく、有原は後者だ。逃げ出したくてたまらないだろうな、と思う。

ま、お前がどうなろうが知ったこっちゃないが、俺の足だけは引っ張らないでくれよ。とにかくもう、牽制はなしだ。

だが、篠田の気持ちなど分かるはずもなく、有原はまたちらちらとこちらを伺っている。阿呆か、お前は？　ここで走るわけがないんだから、マジでバッターに集中しろ。そんなことだから、コントロールが定まらないんだよ。仲本さんも注意すればいいのに……しかし、もうタイムは取れないか。

篠田は、一塁ランナーの背中を追うようにしてベースを離れた。ライン際は空けら

れない。抜けたら一気に逆転される。前にいるランナーが体を揺らしているのが気に食わないが、これは仕方がない。少しだけ膝を曲げて体の重心を下に落とし、さらに爪先に体重をかける。ふくらはぎに軽い緊張が走るのもいつものことだ。一試合に百回は、この動きを繰り返すのだから。

有原が三球目を——また牽制？　篠田は慌ててベースに入った。ランナーも再度、頭から戻る。馬鹿、今度は低い。ワンバウンドするかしないか、ぎりぎりの高さ……何とか地面すれすれでキャッチしたが、ちょうどランナーと交錯して前に倒れてしまった。勢い余って一回転してしまい、慌てて立ち上がる。一瞬、自分の立ち位置が分からなくなった。三塁ランナーが突っこむぞ……心の中で自分を怒鳴りつけてから、周囲を素早く見回した。三塁ランナーはベースを少し大きく離れていたものの、篠田と目が合った瞬間、慌ててベースに戻った。助かった……牽制悪送球で点が入るなんて、最悪だからな。

篠田は一塁塁審にタイムを要求し、ボールを持ったままマウンドに向かった。他の内野手は集まってこようともしない。有原は叱責されるのを恐れるように、引き攣った表情を浮かべていた。

ボールを有原のグラブに落としこむ。肩を叩いて二塁ベースの方を向かせ、「お前が失敗しても誰も気にしないから」と囁いた。有原が驚いたように、篠田の顔をまじまじと見る。何を驚いている？　当たり前じゃないか。次の一球次第で、日本の景気が上向くか？　中東の和平問題が解決するか？　アフリカの飢餓問題に有効な解決策が見つかるか？　そういうことに比べたら、野球なんてどうでもいいじゃないか。

――と自分では思っているし、理屈も通っていると考えるのだが、その理屈を有原に納得させるには、長い時間が必要だろう。無駄だ、無駄。俺は無駄なことは一切しない。自分のためになることしかやらないのだ。当然だろう？　プロなんだから。

マウンドを去ろうとした時、八木が三塁コーチとまた目を合わせているのに気づいた。サインが出ている？　間違いない、出た。八木のヘルメットがかすかに前後に動くのが見えたのだ。三塁側、イーグルスのダグアウトに目を向ける。監督の菊川が、珍しく最前列に出ていた。普段は二列目に引っこんでいるのに、今は階段の最上段に足をかけ、グラウンドに身を乗り出すようにしている。それほど気合いが入っている？　いやいや、あれもまたフェイクかもしれない。何かやってくると見せかけて何もしない――というのは、いかにもありそうなことだ。

仲本に一声かけようか、とも思った。だが何を言ったらいい？　向こうが何をしてくるか予想もできないのだから、言うだけ無駄だ。それに仲本も、イーグルスベンチの動きには気づいたようだった。座って構えたままだが、視線が三塁側を向いている。

仲本さん、何だと思います？　勘が働けば、何か指示してくるだろう。だが仲本は、姿勢を崩さなかった。立ち上がって守備位置の指示をするでもなく、少し背中を丸めて何か考えている様子だった。

一塁ベース近くまで戻り、ショートの須永に視線をやる。グラブを開いたまま、体の脇に垂らしていた。ということは、次の一球はストレート……というか、九割がストレートだから、サインなんかそもそもいらないのだが。

いったい何をやってくる？　どうしても勘が働かないのだが……考えるだけ無駄だ、と自分に言い聞かせた。「待て」のサインだったのではないか。自滅しそうなピッチャーに対して、無理に攻める必要はない。

仲本も読みかねているようだった。あの人は心配性だから、あれこれ気を回しているだろうが、考えてもしょうがないことを考えるのは無駄だ。

まあ、大事なのはそんなことよりも、自分にもう一度打席が回ってくるかどうかだ。もちろん、負けを望むのはプロ失格だが、捨て試合があるのも確かなわけで……今日がまさにそうだ。どうでもいい試合だったら、プロは自分の成績アップだけを目指すべきだ。だいたい、ルーキーがノーヒットノーランを達成しそうだからって、俺らの給料には何の関係もないわけで――。

「スクイズ！」誰かが叫ぶ。

まさか。満塁からスクイズ？　あり得ない。菊川監督、何を考えてるんだ？　あの人は、今のプロ野球の監督で、最も奇襲を嫌う人だ。つまらな過ぎるほど常識的な戦法にこだわる、ごりごりの保守派。満塁でスクイズしても、ホームでフォースアウトになる確率が高いのだから、そんなサインを出すはずがない……一瞬、反応が遅れる。仲本は、そして有原はスクイズに気づいたのか？　少なくとも仲本は察知したようだ。素早く中腰になり、ウエストするよう有原に指示している。三塁ランナーの動きがちらりと視線に入った。止まった……半端な奴め。だが、有原のウエストはウエストにならなかった。ストライクゾーンには入らないが、外角高目を少し外れたぐらいの高さにボールがくる。まずい。あれは決められる。八木は体を伸ばし、ボールに食いつこうとしていた。失敗しろ、クソ……あんた、バントは下手でしょうがと思いながら、篠田は自分が一連のプレーの流れに乗り遅れたことに気づいた。一秒の何分の一かの時間。八木がスクイズの構えを取るか、三塁ランナーが走り出したのを察してダッシュすべきだったのに、誰かの声を聞いてようやく走り出す始末……こっちへ来るな、三塁線へ転がせよ、と祈った。

有原のボールには力が入っていた。もしかしたら、この日最速。奴のボールが、手元で微妙に変化するのは分かっている。しかもスピードが乗っている時ほど変化はえげつなくなるのだ。今はどうだ……走りながらボールの軌道が見えるわけもないが、八木の動きにかすかな迷いが見えたような気がした。

バットがボールをとらえる。だが、上手く打球を殺した時に特有の、澄んだ音ではなかった。むしろ鈍い、かすったような音。

失敗しやがった！　打球は……一塁側だ。自分の前。切れるか、切れないか……ランナーを見ている暇はない。クソ、一秒の何分の一か、おそらく一歩だけスタートが早ければ、余裕で間に合ったはずなのに。どうする？　打球はそれほど高く上がっていない。ワンバウンドでキャッチしたら、三塁ランナーが突っこむ方が早くなるかもしれない。

「マイボール！」ただ習慣だけで叫ぶ。この位置だと、有原が横から飛びこんでくるかもしれず、交錯して怪我するなどごめんだった。他の選手の気配は……ない。一瞬、広い東京スタジアムで、自分とボールだけが存在しているように感じられた。

間に合うか？　とにかくノーバウンドで押さえなくては。クソ、ぎりぎりか……小フライは、既に頂点を超えて落ち始めている。落ちるに連れてスピードが増し、このままでは――飛びついた。グラウンドを蹴り、思い切り体を伸ばす。左手のファーストミットは地面すれすれ。間に合ってくれ……祈るような気持ちで前方を見詰めた。ボールが落ちてくる。もう少し……何とかミットに引っかかってくれ。だが篠田は、その瞬間を確認することができなかった。激しくヘッドスライディングする格好になってしまい、そのショックでボールを捉えたかどうか分からなくなってしまった。反射的にミットを握ったが、ボールを摑んだ感触がない。落としたか？

フィルムがゆっくり回っていたようだったのが、急に現実の時間の流れが戻ってくる。歓声と悲鳴が全身に降りかかり、それで意識がはっきりしたようだった。慌てて体を起こし、自分がフェアグラウンドの中にいることを知る。すぐにミットを開いて確認した。

あった……辛うじてミットの先端に引っかけており、ボールの三分の一ほどがはみ出している。キャッチをアピールするより先に、三塁ランナーに目を向けた。慌ててベースに戻るところ――焦ってスライディングするほどではなかったが。

篠田は、慎重にミットを頭上に差し上げた。アンパイアが「アウト」を宣告した瞬間、鼓動が一層激しくなるのを意識する。心臓が喉から飛び出しそうになるとはこのことか……立ち上がると、すぐそばに有原がいるのに気づく。こいつもやっぱりダッシュしてきていたのだ。危うく衝突してしまうところだった。

篠田はボールを有原に渡し、尻をぽん、と叩いた。有原の顔は真っ青で、まるで地獄でも見たようだった。

「そういう顔、するんじゃない」真顔で忠告する。「俺のおかげでアウト一つ稼いだんだぞ。笑って感謝しろ」

「……ありがとうございました」

感謝の言葉が出てきたものの、顔は引き攣っている。笑顔とはほど遠く、今にも泣き出しそうに見えた。

「ほら、しっかりしろ」もう一度尻を叩く。それで何とかなるわけでもないだろうが……何で俺が、こんな若僧の面倒を見てやらなくちゃいけないんだ。だけど何となく放っておけないというか……変な奴だ。自分のことぐらい、自分で何とかしろよ。俺は俺で忙しいんだからさ。

「すみません」

「すみませんじゃねえよ」

本当に申し訳なさそうにしている有原の顔を見ているうちに、苦笑が浮かんでしまう。まったく、今時こんな純朴な奴がいるとはね。今日勝てても――ノーヒットノーランを達成できたとしても、これからプロ野球の世界で生き残っていけるのだろうか。ま、俺には関係ないが。

「ツーアウトだからな、ツーアウト」人差し指と中指を立てて見せる。「気楽にいけよ。お前がヘマしても、地球が滅びるわけじゃないんだから」

有原がはっと顔を上げ、無言でうなずく。額を伝った汗が頰を流れ、顎で小さな水滴を作った。汗をかくような場所じゃないんだけどな、東京スタジアムは……篠田は首を振りながら一塁へ戻った。一塁ランナーの栗原が、にやにやしながらベース上に立っている。

「えらくハッスルしたな」

「本能だよ、本能」実際、そうとしか言いようがない。ちょっと前まで、同点になるか逆転されるべきだと思っていた。そうすればもう一度自分に打順が回り、あと一本、ヒットを稼げる……この試合が後々に影響することはないわけで、自分のためだけにプレーしても誰にも文句は言われないはずだ。はっきりそうと言わなければ。

だが、体は勝手に動いてしまった。どうして？　ユニフォームについた泥を叩き落としながら、篠田は首を捻った。本能と言えば確かに本能だが、体なんて、頭の命令に従うものではないか。

突然、震えがきた。

今のスクイズ……もしも俺が捕り損ねていたら、間違いなく1点が入っていただろう。鋭い人間なら、俺が一瞬出遅れたことを見抜いたかもしれない。三塁ランナーが生還していたら、俺に待っていたのは非難の嵐だ。「ルーキーのノーヒットノーランを潰した男」として、一生後ろ指を指されることになっていたかもしれない。

いやあ、危なかった。思わず安堵の吐息が漏れる。何だかんだで、人の評判が気にならない野球選手はいない。今のは、普通の観客からは「ファインプレー」に見えるだろう。俺は「ノーヒットノーランをアシストした男」になろうとしている。

よしよし。顔に浮かんだ笑みを何とか押し潰す。試合はまだ続行中だ。今は、何とかノーヒットノーラン達成の瞬間に立ち会いたいと思う。明日の新聞は有原一色になるはずだが、このまま勝てば、俺も取り上げられる。何しろ虎の子の1点を叩き出したのは俺のタイムリーだし、今しがたのファインプレーもある。大記録の立役者、と言っていいだろう。

時々、「調子のいい奴」と言われることがある。「自分勝手」と言われることもある。だけど、それがプロ野球選手の基本じゃないか。

振り返ってスコアボードを見る。依然として満塁。しかし、ノーヒットノーラン達成まであとアウト一つ。突然、篠田は悟った。これは祭りなのだ。俺も神輿を担いでいる一人ではないか。盛り上がらなくてどうする？

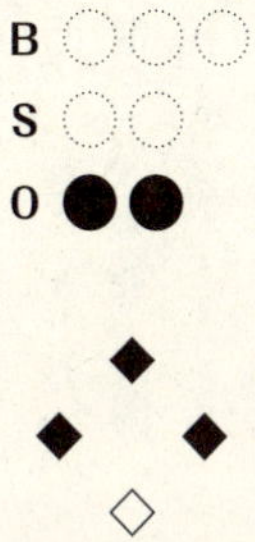

16 中野の場合

瀧本《たきもと》部長は酒が好きだ。しかも強い。間違いなく、野球担当の運動第一部内で一番の酒豪――もしかしたら編集局内でも一番かもしれない。一緒に酒を呑むと、大抵の人間は潰されてしまう。だが本人はけろっとして、翌朝九時にはどの部員よりも早く出社してくるのだった。

ということは、下戸の俺は酒で部長を接待できない。どうしたものか……新聞記者も所詮サラリーマンであり、希望すれば好きな部署に異動できるものではない。「どうしても」という時は、長い時間をかけて根回しし、上司を粘り強く説得しなければならない。

そもそも俺の場合は、最近思いついたことだし……東日スポーツの記者、中野《なかの》はスコアブックの隅に、鉛筆で「アメリカ」「ロサンゼルス」「ニューヨーク」と書きつけていた。汚い文字を眺めながら、授業に飽きた小学生みたいだな、と苦笑する。東日スポーツのアメリカ駐在は二人。ニューヨークとロサンゼルスに一人ずついて、主に日本人大リーガーの活躍を追っている。旅から旅への毎日で、「家を借りる必要はない」とさえ言われているが、気楽な一人暮らしの中野には、そういう生活が苦になるとも思えなかった。

プロ野球、飽きたよなあ……目の前でノーヒットノーランが達成されようとしているのに、まったく熱くならない。何というか、ちまちましてるじゃないか。展望がないというか、同じことの繰り返しばかりで……最近は戦力均衡の「戦国時代」と言われていて、毎年のように優勝チームが入れ替わるが、そういう混戦模様にも中野の気持ちは盛り上がらなかった。十年近くもプロ野球ばかり取材していれば、それは飽きるよ……野球自体は好きなのだが、日本の枠の中で取材するのはうんざりだった。大リーグ担当になれば、記者としてもっと視野が開けるような気がする。三十代になったことだし、もう一段階ステップアップしたかった。

さて、代打か。そりゃそうだろうな。一番の細木は有原にまったくタイミングが合っていないし、このところずっと不調だ。ぎりぎりのこの場面なら、当然経験豊富な江戸が出てくる。今のイーグルスで一番頼りになる、代打の切り札。中野はスコアブックの上に屈みこみ――最近また目が悪くなってきた――細いボールペンで江戸の名前を書きこんだ。

野球担当の記者といっても、試合の流れを一々記事にするわけではない。ポイントを摑んで当事者に取材し、読み物に仕立て上げるのがメーンの仕事である。だからスコアブックさえつけない怠慢な記者もいるのだが、中野はマメにスコアを記録するタイプだった。スコアブックが分厚く溜まっていくのが、いかにも仕事をしている感じがして良かったのだが……そういうことで満足していたのは、入社五年目ぐらいまでだった。今は、スコアブックは毎試合つけるものの、可能な限り簡略化している。どうせちゃんとした記録は通信社から配信されるのだから、こちらは自分の記事のサポートになる程度に書き留めておけばいい。

「今のスクイズはないよな」隣に座るスターズキャップの飯岡《いいおか》が零した。「菊川監督、どうかしちまったんじゃないか」

「今の場面であれは奇策ですよね」中野は同意した。「奇策は嫌いな人なのに」

「しかし、これでいけそうじゃないか」飯岡が、溜息を吐くように言った。東日スポーツのスターズ番記者は四人。キャップの飯岡とサブキャップの中野は取材全体の調整をし、若手二人の原稿の面倒を見る。その若手二人は、既にイーグルスダグアウトの裏に回って待機していた。このまま有原がノーヒットノーランを達成すれば、明日の一面トップは確定だ。そのための原稿を、若手二人が用意する。

「ま、有原は何とか息を吹き返しましたかね」中野はぼそりと応じた。

「篠田のファインプレーに助けられた」

「そうですね」何がファインプレーか、と中野は腹の中で笑った。篠田が一瞬出遅れたことに、中野は目ざとく気づいていたのだ。わずかな時間だが、集中力が切れていたような……まあ、ほとんど自分のことしか考えていない男だからな。たぶん、バッティングのことで頭が一杯だったのだろう。

だが、アウトはアウト。今のプレーがこの試合の分岐点になる可能性は高い。

「スターズで一面は久しぶりじゃないか?」

「確かにご無沙汰ですよね」

「名門が……情けない話だ」

中野は、飯岡の皮肉にうなずいた。この前スターズの話題が一面を飾ったのは、身売りが発表された時だ。一面は淡々と事実関係を書いていったが、二面以降は批判的なトーンに終始したな、と思い出す。いわく、現オーナーも新オーナーも、球界の常識を知らない。シーズン中には重大な発表は御法度という暗黙の了解を破ったのだから、批判を浴びるのも当然だ。スポーツマスコミも大きな意味で球界の一部だから、掟破りは叩きにかかる。

だいたい、そんな話題が一面のネタになることこそ、名門凋落の証拠だと中野は皮肉に考えてしまう。俺がガキの頃といえば、まさにスターズ全盛期だったわけだが、その頃は、こんな時代が来るとは考えてもいなかった。今思うと、担当の最初の頃が全盛期の最後に引っかかっていただけでも、よしとしなければならないのだが。あの頃は、社内でも大きな顔ができた。

プロ野球取材に辟易《へきえき》してきたとはいえ、ずっと担当してきたスターズに対する思い入れは強い。だからこそ、チームが身売りする今こそ、担当を降りるタイミングではないかと考えている。殉じるわけじゃないけど……たぶん来年のスターズは、今年まではまったく別のチームになる。新オーナーの沖は、愛想も威勢もいい男ではあるが、どこか信用できない。金にあかせて、球団を玩具にしてしまうかもしれない。オーナーの我儘で、今以上にぼろぼろになるチームを取材したくはなかった。

どうしても気持ちがマイナスになるな、と苦笑してしまう。もしかしたら沖は、オーナーとして極めて有能で、今までとは異質の補強方法を打ち出し、スターズを再び常勝軍団にする可能性もゼロではないのに……しかし人は誰でも、変わることを恐れるのだ。

ツーアウトまでこぎつけたのに、有原はまだ落ち着きがない。この位置からだとマウンド上の姿は豆粒のようにしか見えないので、中野はいつも持ち歩いている小型の双眼鏡を取り出した。拡大してみると、浮ついた雰囲気がさらにはっきりする。まだ投球準備に入る気はないようで、マウンドを丁寧に均していた。一球投げるごとにこうしているので、遅延行為に取られかねない……もちろん、ノーヒットノーランが続いている状態で、遅延行為の警告をするような野暮な審判はいないだろうが。

「審判も、どんどんストライクを取ってやればいいのにな」飯岡が言った。「普通、こういう時は審判も協力するもんだ」

「でも、際どいボールが全然ありませんからね。明らかにボールなのに、ストライクはコールできないでしょう」

「確かに……よくこれで、ここまで点を取られずにきたよな」飯岡が苦笑し、眼鏡をかけ直す。中野が双眼鏡を持っているのに気づき、「奴、どんな感じだ？」と訊ねる。

「うろうろしてます」

「ああ、悪い癖だな……」飯岡がうなずく。「高校時代と全然変わってない」

「そういえばキャップ、高校時代の有原も見てるんですよね」

「ビデオでだけどな」

飯岡のチームへの食いこみ具合は半端ではない。スターズを担当すること、通算十五年。途中で離れたこともあるが、記者になってからほとんどの時間を、スターズ担当として過ごしてきたと言っていい。選手だけではなくスタッフとも交流があり、去年のドラフト後、スカウト部長の自宅で有原のビデオを見せてもらったのだという。

「やっぱり、落ち着かない感じだったんですか」

「落ち着かないというか、自信がないというか……もったいないよな。あれだけの素質を持った選手がおろおろしてるなんて。もっと堂々としていれば、相手は圧倒されるのにさ。あいつはプレッシャーに負けて、最後は自爆するタイプだよ。お前と似てるかな？」

「俺ですか？」突然話を振られ、中野は仰天した。俺がプレッシャーに弱い？　まさか。意識したこともない。

「いろいろ怖くなって、逃げ出したくなることがあるだろう」

「いやあ、どうかな……」

「異動を希望するつもりだな？」

どきりとして口をつぐんでしまった。この件は、飯岡にはまだ話していない。あくまでぼんやりとした希望なのだ。飯岡は面倒見のいい男だから、相談に乗ってくれるだろうし、上に話を通してくれるかもしれない。だが、本当にスターズ担当を外れてアメリカに行きたいのかどうか、自分でも分からないのだ。今の段階でそんな話が進んだら、流されてしまう。プロ野球のシーズンオフはそれなりに長いのだから、その間にもう少しじっくり考えたかった。となると、アメリカ行きはずっと先の話になるのか……。

しかし、どうして飯岡がこんなことを知っているのだ？　誰かに話しただろうか、と記憶をたぐり寄せてみる。そうか、後輩たちだ。一週間ほど前、一緒に飯を食った時に、つい愚痴を零してしまったのを思い出した。あいつら、あの話をマジに受け取ったのか。もちろん、こちらも冗談で言っていたわけではなく、「プロ野球に飽きた」という発言は本音ではあったが、誰かに話すとは思っていなかった。あれが飯岡の耳に入ったのだろう。中野は耳が赤くなるのを意識した。自分もスターズ好きではあるが、十歳年上の飯岡は筋金入りで、「信者」と言っていい。そんなことはできるわけもないが、スターズ担当の「永久キャップ」を狙っているという話もあった。

「記者に異動はつきものだけど、もうちょっとつき合ってもいいんじゃないか？」

「スターズに？」

　飯岡がうなずく。

「来年からチームはがらりと変わる。それを見て本当に嫌になるかもしれないけど、どうなるか見届けるのも仕事のうちだろう」

「ええ、まあ……」俺を縛りつけるつもりか、と緊張した。ある球団を好きなのと、その球団を取材する仕事は別だ、と最近は考えるようになった。取材していれば、好きだったチームの嫌な面を嫌というほど知ることになる。選手にもスタッフにも傲慢な人間がいるが、取材だと、おだてながら話を聞かなければならないわけで、時にうんざりするのも事実だった。そして新オーナーの沖は、スポーツ紙の記者としては、「つき合いたくない人間」の筆頭にくるような予感がする。傲慢で独善的。応対は丁寧だが、こちらを馬鹿にする本音が透けて見える。

「今は動かない方がいいぞ」飯岡が忠告した。「アメリカへ行ってる二人は、まだ戻って来る時期じゃないんだ。動こうとしたら、行き場がなくなるかもしれない」

　それはその通りだ。海外の赴任期間は大抵二年だが、三年を越えることもままある。今アメリカで大リーグを取材している二人は、確かに今年の春に同時に異動したばかりで、特にトラブルもないから、近々日本へ戻って来る予定はないはずだ。そこへ自分が強引に割りこもうとすれば、あっさり却下される上に、イメージも悪くなるだろう。契約更改で揉める選手みたいなものかもしれない。所詮はサラリーマンなのだから、大人しく上が決める人事に従っていればいいのか。

有原がようやく投げる気になったようだ。上体を折り曲げ、仲本のサインを覗きこんでいる。納得してうなずき、一度はプレートを踏んだが、すぐに足を外した。

途端に、周囲に溜息が満ちる。

こんなことは初めてだった。周囲というのは当然記者席であり、無条件でスターズを応援する観客が詰めている他の観客席とは違う。完全に冷静で、むしろ白けた雰囲気が漂っていることが多い。それが今日は……シーズン中はほぼ毎日試合を見続け、「感動する」という感情をなくしてしまっている人間たちが、一斉に溜息をつくとは。こんなこともあるのか？　ある。中野はすぐに、その実例を記憶の底から引っ張り出せた。真田の完全試合の時が、まさにそうだったではないか。ただあの時は、もっと熱があった。真田自身、自分がパーフェクトピッチングに挑戦している事実を楽しんでいたようだし、劇的な展開があちこちにちりばめられていたのだ。

今は、有原の自信のなさが記者席にも伝染しているようだった。飯岡のようなベテランの記者は、自分の息子の出来を心配する父親のような心境になっているだろう。

中野はそこまで肩入れしているわけではなかったが、とにかくやけに喉が乾き、肩が凝る。試合を見ていてこんな風になるのは珍しかった。少なくとも、この二シーズンは……去年が最下位、今年が五位。情けない溜息を漏らすことはあったが、プレーに対する感嘆の溜息はなかったような気がする。

今日は違う。冷たい手で首筋を摑まれたような緊張感が抜けないのだ。

有原が一塁へ牽制球を投げた。無駄だよな、と思う。満塁で牽制の必要などないのに。本当に投げたくないのだな、と思ってがっかりした。初先発でがちがちに緊張しているのは分かるが、仮にもプロなのだから……まあ、最初から図々しくやれる選手などほとんどいないだろうが。

双眼鏡を覗くと、ファーストの篠田がうんざりした表情を浮かべているのに気づいた。もちろん顔には出さないが、ボールを投げ返す動きが緩慢である。まるで一人だけ、「ノーヒットノーラン継続中」というこの状況の「外」にいるような感じ……まあ、あいつのことだから、自分のことしか考えていないのだろう。極端に利己的な選手だということは、よく分かっていた。取材しても、口にするのは常に自分の成績のことだけ。特に打撃成績に関しては、数字を完全に暗記している一方で、チームの勝ち負けについてはまったく興味がないようだった。ああいう奴は、オーナーが変わると、途端にトレード要員になったりするんだよな……本人のためにもチームのためにも、出た方がいいかもしれない。だいたいチームの中では嫌われ、浮いているのだ。毎年コンスタントに成績は残しているが、スター性はない。新しいチームの顔として、合格点をつけられる選手ではあるまい。せめてこういう時ぐらい、ルーキーを励ましてイメージアップすればいいのに。

いや……そう言えばさっき、マウンドで何か声をかけていたな。何が起きたのだろう、と中野は訝った。先ほどのファインプレーで何かが変わったのか。

「さっき、篠田が有原に声をかけてましたよね」

「篠田が？　マウンドで？」飯岡が、眼鏡の奥の目を細めた。「珍しいこともあるもんだ」

「そうですね」

「あの篠田がねえ……やっぱり、ノーヒットノーランは特別なことなんだな」

飯岡がテーブルに両肘をつき、ぐっと身を乗り出して目を見開いた。距離があるから、そんなことをしても選手一人一人の動きがはっきり見えるわけではないのだが、飯岡はよく、こういう風にする。グラウンド上で起きていることを、意地でも自分の目に焼きつけようとするように。

「賭けるか？」グラウンドに視線を向けたまま、飯岡が言った。横顔には、悪戯っぽい表情が浮かんでいる。

「有原がやれるかどうか？　それはまずいでしょう」プロ野球の世界では、冗談でも「賭け」はご法度だ。

「ま、そうだな」飯岡が苦笑した。「ただ、そもそも賭けにならないか。俺もお前も、ノーヒットノーランは達成できると思っている」

「そうですねえ」

曖昧に言って、中野はまた双眼鏡に目を当てた。ようやく、有原が本格的に投球準備に入ろうとしている。少し双眼鏡をずらすと、左打席に入った江戸の姿が目に入った。打つ気満々だな……バットを振らなくても点が入りそうな状況なのに、「自分が決めてやる」という気迫が全身から滲み出てきた。

この激しい闘志が江戸の持ち味である。年齢を重ね、レギュラーとして出場する機会は少なくなっていたが、常に「自分が試合を決める」というモチベーションを保ち続けているので、高い代打成功率を誇っているのだろう。上から見下ろす格好になるので表情は伺えないが、刺すような――いや、殺意を感じさせるような視線で有原を睨みつけているはずだ。

有原は……何故か、様子が違う。江戸を睨み返すでもなく、目を伏せるでもなく、どこか透明感を感じさせる佇《たたず》まいだった。開き直ったか？　始動した瞬間、中野は自分の予感が当たった、と確信した。

動きがスムーズで大きい。これまでは、どこかぎこちなさを感じさせる投げ方で、近い将来に肘や肩を痛めそうなフォームだったのだが、この一球は違った。全身の関節と筋肉が滑らかに連携し、まったく無理のないフォームだった。これは……あいつ、何か摑んだのか？　ここにきて意識も肉体も変わった？　疲労の極限で、一番楽でスムーズなフォームが分かる、ということもあるらしいが。

ボールをリリースする瞬間、指先が立てる「ぴし」という音さえ聞こえてきそうだった。それほど腕の振りは鋭く……内角低目、江戸の膝元に吸いこまれるような速球。江戸は振ってきたが、まったくタイミングが合っていない。思い切り空振りした後、バランスを崩して片膝をついてしまった。驚いたように振り返り、仲本のミットに収まったボールを見やる。公認試合球に、何かインチキでもしてあるのではないかと疑うように。仲本は、ミットを突き出したまま、しばし固まっていた。有原のボールの勢いが、時の流れを止めてしまったようである。

その様子を見て、中野は鳥肌が立つのをはっきりと意識した。今の一球……超一級品ではないか。おお、という低いざわめきがスタンドに満ちる。あまりにも凄いプレーを見た時に特有の、魂を抜かれたような声。

中野は双眼鏡から目を離し、スコアボードに目をやった。球速表示は見にくい場所にある。両チームの得点が並ぶスコアボードの右下で、しかも小さい。そこに「15

6」の数字が赤く浮かんでいるのを見て、中野は我が目を疑った。今日最速は、百五十五キロ。それを上回るボールが、ここにきて出るとは。スピード、切れ、コースとも申し分ない。

「江戸が内角のボールを空振りするのは珍しいな」飯岡が唸るように言った。

確かに……江戸はインコースに強い。どんなに難しいボールがきても、取り敢えずカットするぐらいはできる。それが今は、手も足も出ない状態だった。完全に振り遅れている。基本的に速球には強い男なのだが、面目丸潰れだ。

もう一度双眼鏡を覗きこむ。マウンド上の有原はちょうどボールを受け取ったところだったが、今までにない表情を見せていた。顔面が蒼白なのは変わらないが、目に光がある。鼻が膨らみ、唇は堅く引き結ばれていた。そんなはずはないのだが、上半身に力が入って膨らんだ感じがする。どうして？　短い時間にいったい何があったんだ？　篠田が声をかけたのが奏功したのだろうか……しかし、あの自分のことしか考えていない篠田が、有原の心を膨らませるような言葉を吐けるとは思えない。

双眼鏡を打席に向ける。江戸は呆然としていた。バットを肩に担いだままマウンドに視線を向けており、動きは止まっている。見えているのは背中だから表情は分からないが、ぽっかり口を開けているのではないか、と思った。マッサージでもするように、バットを二度、軽く肩に打ちつける。ちらりと仲本の方を見た瞬間、何か一言発したようだったが、当然内容は分からない。

「たまげたな」飯岡が言った。「まさか、ここにきてマックスを更新するとはね」

「ええ」中野はひどく喉が渇いているのを意識した。ペットボトルを取り上げ、ミネラルウォーターを一口飲むと、ますます渇きがひどくなる。唾を呑むと、喉の粘膜に引っかかるような感じがした。

「温存していたとは思えないがな」

「奴はそこまで器用じゃないでしょう。ずっといっぱいいっぱいでしたよ」

「ああ……」

飯岡はいつも的確な論評をするのだが――ベテランの記者としてというより、スターズのディープなファンという感じだった――今日のコメントには切れがない。

スタンドもざわついている。それまで野次も声援もほとんど聞こえなかったのだが、今の一球は、呆然としていた観客を目覚めさせたようだった。

「行けるぞ、有原！」

「百六十キロ、狙え！」

無責任な、とは思ったが笑えなかった。今の有原には、軽く百六十キロを出して、あっさりノーヒットノーランを達成してしまいそうな勢いがある。

それにしても謎だった。どうして急に立ち直った――それどころか、突然一皮むけた感じになったのか。飯岡に視線をやると、腕組みをして目を細めている。中野の視線に気づくと、ちらりとこちらを見て微笑んだ。

「若い選手ってのは、こっちが想像もしていないことで変わるんだよな」

「篠田が何か言ったんでしょうかね」

「それは分からないけど……それこそ、試合が終わったら取材してくれ。今日の読ませどころじゃないかな」

「そうですね……」しかしなあ、と思う。若い野球選手を取材するのは、案外難儀なのだ。連中は、言葉を操る術を知らない。気持ちを説明する技術がないというか……最近は、球団の「メディア教育」が盛んで、変な暴言を吐かないように徹底的に叩きこまれるが、その結果、どんなに凄いことがあってもつまらないコメントしかできない選手が増えた。「頑張ります」「バックのおかげです」「ファンの応援で踏ん張れました」。分かった、分かった……と白けた気分になることも少なくない。結局、こちらである特定の一球についてどう対応したのか、その時何を考えていたのか、等々話をリードして引き出さなければならない。それが記者の仕事と言えば仕事なのだが……最近、そういうことが面倒臭く感じられるようになった。自分と同年代の選手ならまだしも感覚が似ているのだが、二十代前半ともなると、話のリズムが合わない。ましてや有原はまだ十九歳。まるっきり子どもじゃないか。

そう考えたが、不思議と「面倒臭い」という気持ちにはならない。今の強烈な一球を呼びこんだのは何なのか、素朴な疑問として知りたかった。

こんな気分になるのは久しぶりだった。記者になった頃の衝動……分からないことは何でも追求したいという、記者としての純粋な気持ち。大したもんだ、と中野は感心した。十九歳の若者が、俺の心をリセットしてしまうとは。

17　菅本の場合

よし、今の一球は今日のベストピッチだ。菅本は会心の笑みを浮かべ、拳を握り締めた。九回にきてまだこんなボールが投げられるとは、秀も成長したものだ。高校時代はスタミナに難があったが、プロの厳しい練習で鍛えられたのだろう。

東京晴華高校野球部の寮は、珍しくざわついていた。普段、夕食が終わったこの時間帯には、選手たちは自主トレのために屋内練習場へ行っていて、寮は空っぽである。

しかし今日は、ほぼ全員が食堂に居残っていた。ＣＳ放送でスターズの試合が生中継されているので、有原のピッチングを見守っているのだ。菅本も選手と一緒に見てもよかったのだが、何となく避けた。あいつが投げているのを見ていると、昔と同じように胃が痛くなる……選手たちに、胃薬——監督業に必須だ——を呑むところを見られたくないので、しばらく前から、監督室に籠っていた。

携帯を開き、試合前に浅川美菜から送られてきたメールを読み直す。

『今日、有原が先発です。球場でバイトついでに観てますけど、たぶん駄目ですよ』

あいつらしいな、と苦笑した。美菜は野球に関しては相当の目利きである。その彼女の、有原に対する評価は非常に低い。要約すれば「ガッツがない」ということで、これには菅本も同意せざるを得なかった。球の速さとガッツだけは教えられない、というのは菅本の持論である。

その数時間前に、有原本人からも連絡はあった。昨日の段階で先発を知らされていたらしかったが、そのメールがまた、どうしようもなくガチガチに緊張しきった内容で……メールを見直そうかと思ったが、何となくあいつの緊張がこちらにも伝染しそうなのでやめにする。

狭い監督室のデスクに置いたテレビに目をやる。同じ場面を、食堂にいる選手たちも見ているはずだ。マウンド上の有原は、今の一球で少しだけ自信を取り戻したように見える。ここは大一番だぞ、と菅本も気持ちを引き締めた。しっかり抑え切ってノーヒットノーランを達成できれば、プロとしてやっていく自信もつくだろう。菅本は今でも、有原は大学野球を経験すべきだったと思ってはいるが、プロスポーツ選手は、一度歩き出してしまった道を引き返すことはできない。

今まで、こういう有原を見たことはなかったな、と思い出す。淡々としているか、目が泳いでいるか、どちらか。闘志むき出しでバッターに向かっているあいつの姿など、想像もできなかった。

だけど今は、なかなかいい面構えをしてるじゃないか。

さて、やはり最後ぐらいは選手たちと一緒に観ようか。どんな結果になるにせよ、試合はもうすぐ終わるだろう。自分一人では、その瞬間に耐えられない、とも思った。要するに、気が弱いのは自分も同じなのだ。この監督にしてあの選手か、と失笑しながら立ち上がる。テレビはつけたままにした。

監督室を出ると、廊下にひんやりした空気が流れているのに気づく。そういえばもう、十月なのだ。プロ野球の季節は間もなく終わる。廊下の先、左側から灯りが漏れていた。そこが食堂で、選手たちが勢揃いしているはずだが……静かだ。先ほどまでのざわつきはどこへ消えたのか。固唾を呑んで見守っているのかもしれない。

この寮にもずいぶん長く住んでいるな、とふと思った。三十歳で監督を引き受けて、もう七年。最初は独身の気安さもあって、監督兼寮長のような気持ちでいたのだが、それがこんなに長く続くとは思わなかった。四六時中練習と試合に追われ、自分の時間はほぼ皆無。女性と知り合う機会など、まったくなかった。このままずっと独身だろうか、と寂しく感じることもある。何とか機会を作ろうとも思うのだが、やはり野球が最優先になってしまうのだ。まあ、仕方がない。これが俺の人生なんだろう。

ドアを開けると、熱気がどっと吹き出してきた。中にいる選手たちは、全員がTシャツ姿。狭い食堂に多くの人間が集まっているのだから暑苦しくなるのも当然だが、それだけではないようだった。興奮した人が発する「熱気」というものは確かにある。

食堂に入ると、「オス」と挨拶が元気に揃った。席を空けようと、二年生ピッチャーの桜田《さくらだ》が立ち上がる。大画面テレビから五メートルほど離れた特等席。しかし菅本は首を振って断った。座っていると、緊張感がどんどん膨れ上がっていくような気がするから……壁に背中を預け、少し離れたところから試合の行方を見守った。

テレビの音量は絞られており、アナウンサーの声が小さく漂っている。それに合わせたわけではないだろうが、選手たちも終始無言だった。今のチームには元気な選手が多く、試合中のダグアウトは煩いぐらいなのだが、今日ばかりは様子が違っている。

全員、縛られて口を塞がれたようだった。

「有原、ここまでノーヒットピッチングを続けています。カウントはワンストライク、先ほどの一球はこの試合マックスの百五十六キロを記録しました。ベテランの代打、江戸も空振り。ランナーが全ての塁を埋めていますが、ツーアウト、ぎりぎりの攻防が続いています」

そう、両チームともぎりぎりだろう。特に有原は……画面に大映しになった彼の顔からは、怒りに近いような殺気が噴き出していたが、かなり無理をしているのは明白だ。自分で自分を必死に奮い立たせている。もちろんそれは、悪いことではない。結局気持ちの問題は、他人から言われてどうにかなるものではないのだから。自分で何とかするしかない——そのきっかけを摑んだのか？　だとしたらこの試合は、お前にとって大きな意味を持つ。ノーヒットノーラン達成よりも貴重な経験になるだろう。

「どうだ」一番近くにいた主将の和田《わだ》に声をかける。この男は去年からレギュラーのキャッチャーで、有原のボールも受けていた。

「何だか、急に変わりましたね」慌てて立ち上がって返事をする。

「さっきのスクイズ失敗からだな」

「ええ。ファーストの篠田さんが何か声をかけてたんですけど」

「そうか……よく見ておけよ。あいつは今、大変身するところかもしれない」

和田が黙ってうなずいた。間違いなく、菅本の意思を見抜いている。この男は、監督生活の中で出会った、最も利発な「野球脳」の持ち主である。一を言っただけで十を知る。それ故、今年のチームは楽だった。最も頭のいい男がキャッチャーという守備の要にいて、しかも最上級生で遠慮がなくなっていたから、グラウンドでもう一人の監督が指揮を執っていたようなものだった。久しぶりに甲子園に出場できたのも、それ故だったと思う。ただし本人にはプロ入りの意志はなく、早々と大学進学を決めている。セレクションにも合格し、四月からは神宮を舞台に戦うことになっていた。まだ寮にいるのは調整のためである。

菅本は壁に体重を預けた。本当は座りこみたいほど、気持ちが疲れている。だがマウンド上の有原はもっと疲れ、緊張しているだろうと考えると、やはり座る気になれない。

「いけますかね」和田がぽつりと訊ねた。

「いける、と信じてやらないと可哀想だろうが」

和田がうなずく。彼がノーヒットノーラン達成に疑念を感じているのは明らかだった。まあ、こういうのはダグアウトで試合を見守っている監督よりも、実際にボールを受けていたキャッチャーの方がよく分かるものかもしれない。

「だけど、どうだ？　有原も成長しただろう」

「確かに、速くなってます」

和田も座ろうとしなかった。監督が側にいるのに失礼だから、と考えているのだろう。緊張して……というわけではないはずだ。この男の半分も冷静さや図太さがあれば、有原はもっといいピッチャーになっていただろう。

「さあ、有原、江戸に対して第二球……セットポジションから一塁、三塁と目をやって、投げました！　ボール！　大きく外角に外れています」

食堂中に溜息が満ちた。誰かが苦笑すると、それが伝染したように広がる。菅本もいつの間にか声を出して笑っていた。緊張感が一気に解け、それが「笑い」という滓になって零れてしまったような……菅本は肩を二度、上下させた。凝っている。自分で試合の指揮を執っていても、これほど肩が凝ることはない。目の前にいないのに、人をこれほど緊張させるんだから大したもんだよ、お前は。

菅本は画面に目を凝らした。今の一球がスローモーションでプレイバックされる。左足の踏み出しは……変わらない。ステップが狭くなることもなく、下半身の粘りに変化はなかった。ということは、まだ疲れは限界まではきていない。ピッチャーの疲れは、上半身ではなくまず下半身に現れるものだ。ステップの幅が小さくなり、ボールに力が乗らなくなる。いわゆる「突っ立ったまま」投げる格好で、上半身の力だけに頼りがちになるのだ。その結果、すぐに上半身も疲れてしまう。今のところ、有原にその心配はないようだった。百四十球以上も投げているのに……そこだけは褒めてやってもいい、と思った。スタミナは、間違いなくついている。

しかし、ボールのリリースが少しだけ早い。あれでは球は高目に浮いてしまう。前へ前へ、一センチでも先にボールを置くイメージで投げろ、と高校時代に教えてきたのだが、さすがに集中力が切れてきたか……先ほどの百五十六キロは何だったんだ、と唖然とする。あれが最後の力を振り絞った一球だったのか。

ボールになった今の球は、百四十三キロしか出ていなかった。いや、もちろんそれでも十分速いのだが、スピードにばらつきがあり過ぎる。意図的に十キロの範囲でスピードを変えられれば立派なチェンジアップになるのだが、スローモーションで見た限りでは単なる速球だった。一球ごとにばらつきがあるのは、やはり疲れている証拠か。

ボールを受け取った有原が、右肩をぐるりと回した。痛みを感じているのでは、と不安になる。高校時代の有原は故障に縁のない男だったし、プロ入りしてからも怪我したという話は聞いていなかったが、怪我は突然襲ってくるものだ。たった一球で致命的な怪我を負ってしまったピッチャーを、菅本は何人も知っている。そしてどれほど気をつけていても、そういう怪我は避け得ない。人間の体は意外とデリケートだし、ボールを投げる動作は、運動生理学的に見てかなりの無理を人体に強いるものだ。

しかし、画面に大映しになった有原の顔を見る限り、苦しそうではあったが痛みを堪えている様子ではない。ほっとして、もう一度肩を上下させる。要するにストレッチか……いいことだ。今は気合いを入れ過ぎるよりも、リラックスして、できるだけ普段通りの自分を出した方がいい。まあ、いつものノーコンは勘弁して欲しいが。

食堂の雰囲気がまた少しだけ緩んだ。あの百五十六キロの後にこれかよ、とでも言いたげな緩んだ空気が流れている。有原は先輩風を吹かせるタイプではなく、彼を知る今の二年生、三年生も特に怖がってはいない。試合の組み立てにも影響するコントロールの悪さに、辟易したこともあっただろう。要するにあの先輩は結局あれか、という諦めにも似た空気を菅本は感じた。

「最後だからしっかり応援してやれよ」菅本は選手たちに声をかけて、食堂を出た。すぐに「頑張れ」の声が溢れてきたわけではないが、菅本の一言で空気は変わった。ぴんと張り詰め、まるで試合中のダグアウトのような雰囲気になっている。

有原、お前はマウンドで一人きりじゃないんだぞ。球場にいなくても応援してくれる人間がいることを心に刻んでおけ。仲間たちの夢を背負って投げているんだから、萎縮するな。思い切って投げれば何とかなるんだから。お前の百五十六キロだったら、真ん中に入ってきてもクリーンヒットを打つのは難しい。

監督室に戻りながら、菅本は初めて有原を見た時のことを思い出した。近くの中学校に、既に百八十センチを超えて体が出来上がっているピッチャーがいる、という噂は聞いていた。しかし成績は芳しくないらしい——どうもいいコーチや監督との出会いがなかったようで、伸び悩んでいたようなのだ。それ故菅本も、積極的にスカウトはしなかった。有原は普通に入試を受けて入学し、普通に野球部の門を叩いた。

しかし最初にキャッチボールを見た時点で、菅本は早くも身体能力の高さに気づいていた。体格もそうだが、とにかくボールに勢いがある。相手の手元ですっと伸びるボールは、手首の使い方の天性の上手さを感じさせるものだった。ホームから遠投させてみて、さらに驚いた。高校のグラウンドはレフトが九十メートルあり、打球が外へ飛び出さないよう高くネットを張ってあるのだが、十メートルほどの高さにぶつかったのだ。ネットがなければどこまで飛んでいたか……後に、遠投百十二メートルという記録を残している。

しかし、ピッチャーとしての基礎を教えこむのは一苦労だった。とにかくコントロールがどうしようもない。最初の一年間は、「力を抜いて投げる」感覚を覚えさせるだけで過ぎてしまった。高校レベルなら、百四十キロのスピードでも十分抑えられる——当時でもマックス百四十三キロを記録していた——のだが、力を抜いてコントロールを安定させる、という感覚がなかなか摑めなかったのだ。

それなりにストライクが取れるようになったのは、二年生になった頃だったか。多少の欠点には目を瞑って、その年は背番号1を背負わせてみた。結果、夏の予選決勝進出……今年を除いては、ここ数年で一番の成績だった。だが、決勝のラストシーンはいただけなかった。一人で慌ててピッチャーゴロの処理を誤り、サヨナラ負けを呼びこむエラー。

試合が終わった後、すぐに抑えに回すことを決めた。翌年のチームに、一試合を完全に任せられるピッチャーがいなかったせいもあるし、有原の「改造」を諦めたからでもある。どうしても、長いイニングを安定して投げる力に欠けたのだ。頼りにならないエース候補と、もっと頼りにならない他のピッチャー。どうやって試合を組み立てるか……有原は抑えに回すしかなかった。短いイニングで、コントロールを気にせず思い切り飛ばす方が合っている、と判断したのだ。しかし去年は、一昨年よりも早く敗退した。全体的に打てないチームで、ピッチャーには可哀想なことをしたと悔いる。

有原は、抑えに回されたことを恨んでいるだろうか。ピッチャーの体調を考え、高校野球でも複数のピッチャーを用意するのは常識になりつつある。だが完全な抑え役は、なかなか育たないものだ。むしろ複数の先発投手を揃え、連投を避ける方法が普通である。同程度の力を持った投手を順番に先発させる——菅本も去年は、そうやってチームを作った。逆に言えばどのピッチャーにも先発のチャンスを与えたわけだが……同期や後輩が先発のマウンドに立つ中、有原は抑えの役割をどう思っていただろう。愚痴を零すことはなかったが、とうとう本音は分からなかった。

しかし彼は今、先発して、九回を抑え切ろうとしている。どんな心境なのか、じっくり話を聞いてみたかった。スターズのシーズンは今日で終わってしまうので、明日以降、会うチャンスはあると思うが……有原は本音を見せない男だった。つきっきりでピッチャーの基本を教えていた時も、抑え転向を言い渡した時も、不満そうにしながら、基本的には黙ってうなずくだけだった。そういう意味では教えがいのない選手だったと言える。ただ、大学進学を勧めた時だけは、頑強に抵抗した。それまで逆らうようなことがなかったので驚き、説得を諦めてしまったのだが、あれでよかったのかと今でも悩んでいる。この試合は、一応堂々のピッチングを披露しているが、基本的にはメンタルの弱い男である。大学野球でもっと修羅場を経験してからプロ入りすべきだった、という気持ちは今も強い。あの時、もう少しきちんと話して気持ちを聞いておけばよかったが、有原の言い分——早くトップレベルでやりたい——には、裏はなかったはずだ。そういう純粋な気持ちは大事にすべきだと思ったが、もう少し考えて説得すべきだったかもしれない。

監督室に戻り、立ったままテレビを凝視する。マウンド上の有原は、先ほどまでの自信満々の態度から一変して、またおどおどしていた――いや、それとも少し違う。今ボールになった一球を悔いている。うつむいたまま首を捻り、どこかぼんやりした様子で足場を均す動きは、高校時代にもよく見た。まずいな……あれは、集中力が切れかけている証拠だ。二年生の夏、九回に四球を連発した時にも、同じようなパターンだった。最初は顔面が真っ青になり、走者が溜まるに連れ、「こんなはずじゃなかった」とでも言いたそうに何度も首を捻る。その後は急に体の動きがぎこちなくなり、あのエラーにつながった。決して難しい打球ではなく、落ち着いて普段通りに処理すれば確実にアウトにできたであろうピッチャーゴロ。嫌な妄想が頭を過《よ》ぎり、マウンド上で崩れ落ちる有原の姿まで浮かんでしまう。

菅本は折り畳み椅子を引いてきて座った。肘を膝に乗せて、前屈みになる。有原はキャッチャーのサインを覗きこんでいたが、何故か釈然としない表情だった。また怖がっている。「変わった」と思ったのは気のせいだったのか……先ほどのボールがストライクゾーンに入っていたら、確実に打たれていただろう。一本ヒットを打たれた後の有原が、がたがたになってしまうのは簡単に予想できる。この試合が、実質的にプロで最後のマウンドになるのでは、とさえ思った。

不思議な話だ。有原ほどの才能を持った選手なら、普通は傲慢になるし、少し傲慢なぐらいがいいのも間違いない。バッターを見下せないようなピッチャーは、投げる前から勝負に負けるのだ。だが有原は、いつも自分の能力に疑問を持っているように見えた。だったら何故、プロ入りを焦ったのか……大学で四年間、みっちり鍛えた方が、実力も自信もつくはずなのに。

なあ、有原、そこから見る景色はどんな感じなんだ？

有原がキャップを取る。汗で、短い髪は黒々と濡れていた。そういえばお前、汗をかきやすいタイプなんだよな。指先は大丈夫か？　ここで一回ロジンバッグを触って……よし、自分でも分かってるようだな。体を折り曲げてロジンバッグを二度叩くと、大きく伸びをするように体を起こし、頬を膨らませる。ユニフォームのズボンをぐっと上げ、もう一度キャッチャーと視線を合わせた。まだ目が泳いでいる。

「気にするなよ」思わず口に出して言ってしまった。何を気にするか……何となくだが、今の有原は情報過多の状態にあるような気がする。試合の状況、キャッチャーとのやり取り、ダグアウトで険しい表情を浮かべている監督たちの様子、観客の野次、相手チームダグアウトの動き。

昔からそうだった。四球を出すと、急に目が泳ぎ出して、あちこちを気にし始める。

こういうタイプの選手がたまにいるものだ。助けを求めるつもりなのか、ダグアウトに目を向ける機会も増える。そんな風にされても、どうしようもないのに。

何というか……有原は、もっと深く強い集中力を持つべきなのだ。バッターを意識する必要もなく、キャッチャーミットだけを見ていればいい。ピッチャーは、最後はどれだけ強く投げこめるかで決まるのだ。バッターとの駆け引きも大事だが、力で圧倒してしまえば、駆け引きの必要などなくなる。それぐらいを目指さなければ、上には行けない。

そう、ここがお前の頂点ではないはずだ。大きな夢を、直接その口から聞いたことはないが、プロ入りを焦った背後にはあいつなりの野望があると思う。ただ、それが何なのかが分からない。ここで投げているのは単なる第一歩、ノーヒットノーランを達成しても、すぐに忘れて次へ行く——そんな風に考えていれば、これほどプレッシャーを感じることはないはずだが、今は明らかに壁にぶち当たって困っている。

急に胸が苦しくなった。見ていられない。選手たちには「応援してやれ」と言ったのだが、自分にはできそうになかった。テレビを消し、携帯を摑んで立ち上がる。灯りが漏れる食堂を背にして廊下を歩き、外へ出た。

高校から歩いて五分ほどのところにあるこの寮は、アパートを借り上げたものだ。住宅街の中にあり、午後九時ともなると、歩いている人もあまりいない。菅本は行く当てもなく歩き出したが、いつの間にか学校の方へ向かっているのに気づいた。行ったから何があるわけでもないが、この息苦しさを解消するためには、慣れた場所、自分のすべてがある場所に身を置くのが一番いい気がする。もっとも学校へ着く頃には、試合は終わってしまっているだろうが。何だか、自分一人が逃げ出したような気がして、申し訳なくなった。だが、監督室で一人でいても、部員たちと一緒に観戦していても、胸の苦しさは消えないだろう。

とても耐えられない。

ふと、苦笑が漏れる。俺はやはり、有原に似ているのかもしれない。いや、向こうが俺に似たのか……俺は基本的に臆病で慎重な人間だ。選手を甲子園に連れて行けた今年でさえ、「これでいいのか」とずっと悩んでいた。人間の欲望には上限がなく、野球をやっている限り、「これで終わり」にならない。仮に──まさしく「仮に」だが──今年甲子園で優勝できても、今度は春の選抜、さらに夏にも連続して勝つことを期待される。永遠に勝ち続けることなど不可能なのだが……高校野球は、一年が終わるとリセットされる。選手は多くが入れ替わり、前の年とはほぼ別のチームになるのだ。しかし人の記憶は連綿と続き、去年の記憶はいつの間にか強化される。そういう期待に応え続けていこうとすると、気持ちは奮い立つよりも萎縮し、疲れてしまう。お前は案外、俺をよく見ていたのかもしれないな。指導者の気持ちは、何も言わずとも選手に伝わるのかもしれない。

だとしたら、俺は駄目な指導者なのだろう。それに指導者と選手は、いつまでも同じ関係ではいられないのだ。お前はもう俺の手を離れ、遠く届かないところへ行ってしまった。だから今は、お前をここから応援していくしかない。同じ東京の空の下で……念を送って、あと一人を抑えられるよう、祈るしかない。

頑張れ。頑張れ。とにかく投げ切ってくれ。

18 花井の場合

B S O

東京スタジアムのことなら俺に聞いてくれ、と花井《はない》は自負している。趣味は外野の散歩。ホームゲームでは誰よりも早く球場に来て、ボールを手にグラウンドをぶらぶらと回る。時々フェンスにボールをぶつけては、跳ね返り具合を確かめることもあった。もちろん、フェンスの様子が急に変わるわけはないのだが、そうしないと何となく不安なのだ。ポジションはライトで、本来は自分の持ち場だけを気にしていればいいのだが、年に何回かはセンターやレフトを守ることがある。そんな時のために、常に準備は必要だった。

今日——試合前にグラウンドを一周して散歩する俺を、有原は不思議そうに眺めていた。それはそうだろうな。ランニングするなら分かるが、ただ歩いているだけというのは、ルーキーには理解不能だろう。

一周してダグアウトに戻ると、問わず語りに説明してやった。

「自分が試合する場所のことはよく知っておかないと」

「はあ」有原の反応は鈍かった。何を言われているか、理解できていない様子だった。

「お前も、マウンドはよく見ておけよ」

「マウンドはいつも同じですけど」

「いや、マウンドとバッターボックスは、コンディションがすぐに変わるんだぜ」土がむき出しで、一番スパイクに踏み荒らされる場所なのだから。それを気にしていないピッチャーがいるとしたら、むしろ驚きである。花井は思わず、目を見開いてしまった。まあルーキーだから、こういうものか……高校時代には当然、お山の大将だったはずだし。二軍でそれなりに鍛えられてはきただろうが、プレーそのもの以外には、案外目が向かないものだ。「自分が仕事をする場所ぐらい、ちゃんと把握しておけよ。

そうすれば、マウンドを使いやすいように均せる。他の球場へ行ってもそうだぞ。土の具合とか、マウンドの傾斜とか、少しずつ違う。少なくとも六つの球場で投げるんだから、全部の癖を把握しておかないと」

有原は「分かりました」と言ったが、本当に分かったかどうか……有原が一球ごとにマウンドを均しているのは分かる。時々、土を蹴飛ばしているのか均しているのか分からないような乱暴なピッチャーもいるが、有原の場合はひたすら丁寧だった。トンボがあったら使いそうな気配である。

ただ、俺の勧めに従ってやっているのではないようだ。試合の前半には、こんなことはしていなかったし……目立つようになったのは八回以降、ノーヒットノーランを意識し始めてからのようである。つまり、神経質になるとあんなことを始めるのだろう。

まあ、悪いことじゃないけどな。足場は何より大事だから。

それにしても俺も、後輩に話しかけるようになるとは思わなかった……元々、人づき合いは苦手な方である。プロ入りした時から、何となく「自分の居場所ではない」感じを抱いていたし、その違和感は今に至るまで消えていない。球場に来るのは、あくまで仕事のため。だからこそ、急に変わるはずがないフェンスの様子も毎度確かめる。仕事は、完璧にこなさなくてはいけないからだ。

そういう生活も、今日で終わる――引退だ。特に感慨はなく、淡々とした気持ちである。引退は夏頃には決めていて、上層部には既に意向を伝えていたが、別にセレモニーがあるわけではない。プロ生活十八年、大きなタイトルには縁のなかった外野手は、引退試合も開いてもらえないものだ。だが、それが悔しいわけではない。面倒なことは嫌いだったから、むしろ静かに消えられるのがありがたいぐらいだ。来シーズン以降のことは何も決まっていないが、悲観はしていない。派手に遊ぶことはなかったから、それなりに金も溜まっている。あまり酒も呑まない、女遊びもしない生活は、他の選手から「つまらないですね」とからかわれるのだが、花井本人は何とも思っていなかった。一年や二年何もせずにいても生活に困らないだろう。その間に、次の仕事をじっくり探せばいい。

ただ、引退を決めてからは、少しだけ変わったと自分でも思う。後輩――特に若い選手とよく話すようになったのだ。十八年間もこの世界に身を置いているのだから、話すことはいくらでもある。経験とか、知恵とか……そういう物を、余すことなく伝えていきたい。大抵の選手は、普段あまり話さない花井が喋りかけてくると驚くが、話の内容が役に立つことだと分かると――特に他チームのピッチャーの癖など――乗ってくる。実は、十八年間ずっと他チームのピッチャーを観察してつけてきた「花井ノート」があるのだが、最近はこれを誰に託そうかと悩んでいた。球団が出すオフィシャルなデータとは違い、あくまで個人的な印象が中心なのだが、打者の役には立つはずである。あるいはピッチャーが読んでも得ることがあるかもしれない。

何というか、今は……水のような心境だった。ひたすら透明で味も香りもない。引退する時の気持ちは人によって様々だろうが、自分はやはりこうなったか、と妙に納得できていた。やり残したこともあるし、悔いが残るのではないかと思ったが、そんなこともなかった。晴れ晴れした気分ではないが、ただ静かにこの世界から抜けていける感じ。

ツーアウト満塁、カウントは1―1。苦しいところだが踏ん張れよ、と花井はライトの定位置から有原に呼びかけた――もちろん、心の中で。大声を出して味方を鼓舞していくのは、やはり自分のスタイルではないし、外野からの声はマウンドまで届くはずもない。

組んでいた腕をゆっくりと解く。軽く前傾姿勢を取り、次の一球に備えた。有原のピッチングにはばらつきがあるので、次に何が起きるかは分からない。守る方として大事なのは、平常心を保つことだ。自分が関係するかもしれない様々な状況を考える。ツーアウトだから、打てばランナーは一斉にスタートする。ライト前に落ちれば同点は避けられないが、逆転は許したくない。しかし、左打席に入った江戸は、ライト方向へ打つのも上手い。強引に引っ張るのではなく、上手く合わせて一、二塁間をゴロで抜くような小技ができる。大振りする必要のない場面だから、転がして外野へ、と狙っているだろう。となると、やや前進守備を取った方がいい……しかしあくまで「やや」だ。極端に前へ出ると、打席の江戸に見抜かれてしまう。二歩だけ。この動きを江戸が気づいたとは思えないが、ベテランは独特の目のよさを持っている。視力がどうこうではなく、広い範囲に目配りが利くのだ。

有原がセットポジションに入る。今回はランナーを気にせず、すぐに始動した。悪くない……ライトから見ていても、上手く体重が乗るのが見える。このボールを外野まで弾き返すのは一苦労だぞ。

だが江戸は振ってきた。膝元の厳しいボールを、上手くファウルにする。打球は緩いフライになって、ライト側に上がった。ファウルだ——そう見極めると同時に、花井はダッシュし始めた。スタンドに入る角度ではない。これは、いける。間に合う。有原はだいぶ苦しんでいるから、ここで試合を終わりにしてやるのがいいだろう。

打球は、ファーストベースと花井の定位置の中間地点……もう少し飛んでいる。間に合う。俺の足なら絶対に間に合う。最初ライナーかと思ったが、打球はやや高く上がって、なかなか落ちてこない。それも花井には有利な状況だった。かつては中軸を任された打棒が衰えても、脚力、守備力は昔のままだ。これは見せ場になる……外野守備の醍醐味は、追いつきそうにない打球に追いついてアウトをもぎ取ることだ。しかもこのアウトには、ルーキーのノーヒットノーランがかかっている。

必死でボールを追う花井に、球場全体から歓声が降り注ぐ。それがさらに背中を後押しして、スピードが乗ってくるようだった。よし、あと十……五メートル。ボールはフェンスぎりぎりのところへ落ちてくる。頭から突っこまなくて済みそうだ。尻でスライディングして、臍のところでキャッチできるだろう。東京スタジアムの人工芝は改良を重ねられたもので、天然芝の感触に近い。滑っても火傷するようなことはないから、思い切っていける。

打球が落ちてくる。自分とフェンスの位置関係は既に頭に入っていた。後は体を投げ出して滑り始めるタイミングだけ。次の二歩で……そう思った瞬間、足が何かに引っかかった。まさか。スパイクが人工芝に引っかかることはまずない。少なくとも花井は一度も経験していなかった。だが今は、完全にバランスを崩してしまった。必死で踏ん張ったせいもあって、左膝に鈍い痛みが走る。クソ、これでは間に合わない――覚悟を決めてヘッドスライディングの格好で体を投げ出し、グラブを差し出した。ボールがグラブのわずか十センチ先を通り過ぎて落ちる。ボールが空気を切り裂く音が聞こえるようだった。ああ……一瞬で緊張感が抜ける。

次の瞬間には、予想以上にフェンスに近づいていたことに気づいた。バランスを崩して転びかけたので、計算が狂ってしまったらしい。フェンスは近い……近いどころか、目の前に迫っている。体を投げ出した状態なので、今更避けることもできない。花井は覚悟を決めた。頭を下げ、直撃を避けて……しかし、体を襲った衝撃は予想以上だった。

左肩から突っこんでしまう。頭ががくんと揺れ、むち打ちになるのはこういう時かと思われた——が、そんな考えはすぐに吹っ飛んだ。全身の骨ががたがたと揺さぶられるようだった。体が大きくバウンドし、コントロールできずにグラウンドに叩きつけられてしまう。息が詰まり、視界が真っ白になった。クソ、こんな素人みたいなことを……意識が飛びそうになる。慌てて体を起こそうとしたが、まったく動かない。左肩の痛みがひどかった。これは、やっちまったか？　今まで骨折のように大きな怪我を負ったことはないが、フェンス直撃は何度か経験している。そういう時には味わったことのない痛みだった。体を起こせないまま、左肩だけを何とか動かして……動かない。一ミリでも動かそうとすると激しい痛みが走る。まるで腕がもげてしまったようだった。

まずい。これは本格的にまずい。

一塁側ダグアウトから、トレーナーが飛んで来るのが見えた。監督の樋口も出て来る。誰が来ても手遅れだろうが……どうしようもない。俺のシーズンは——現役生活はこれで終わりだ。

一塁塁審も近づいて来た。そういう状況は分かっているのだが、自分では何もできない。とにかく、体がまったく言うことを聞かないのだ。そのうち、頭がぐるぐるし始める。これは……目眩《めまい》というやつか？　経験したことのない異変に襲われ、花井ははっきりと恐怖を覚えた。これは再起不能だ。いや、引退するんだから再起もクソもない……しかし、日常生活に支障を来すほどの怪我だったらどうなるんだ？

「肩ですか？」トレーナーの芝田がひざまずき、心配そうな顔つきで訊ねる。

芝田の顔を見て、花井は一層不安になった。芝田はのんびりした男で、普段は慌てた素振りを見せることがない。それが今は、顔から血の気が引き、唇も真っ青である。もしかしたら俺は死ぬかもしれない、と考えた。どこかから出血していたら……周囲を見回してみようかとも思ったが、首が動かない。もしかしたら頸椎をやられた？　そう考えると顔から一気に血が引くのを感じた。一生、下半身不随で寝たきりになるのだろうか。

「起き上がれるか？」

声がした方に首を回そうとしたが、駄目だった。ただし声の主が、チーフトレーナーの桑本だということは分かる。二人で出てきたか……最悪だ。この後病院送りになるだろうが、そもそも無事に球場を出られるだろうか。

ふいに、手に圧迫感を感じた。痛めた左側ではなく、右側。芝田が手首を握っているのだと分かる。

「感覚、ありますか？」

「……ああ」声が出た。それだけで少しほっとする。

「動けるか」桑本がまた訊ねる。

「いや、ちょっと……」喋っているうちに、左肩の痛みはどんどんひどくなる。体全体が痺れたような感触は消えつつあったが、その分肩の痛みが強く意識されるようになってきた。だが、首から下が動かないよりはましだろう。これで何とか生きていける。

「ちょっと待ってろ。担架を用意するから……芝田、急げ」

桑本の指示を受けて、芝田がダグアウトの方に飛んで行くのが見えた。

「相当やばいぞ」桑本はいつものように、遠慮なく指摘してくる。

「そうですか」

そうとしか言えない。今何を言われても、どうしようもないのだ。ヘタクソなプレーだったのは間違いないが、反省しても次に生きるわけではない。

「お前、いつも無理し過ぎなんだよ」

「これぐらい、無理じゃないですよ」

いきなり、顔の周囲が白い霧に包まれた。慌てて顔を背けたが、まとわりついて離れない。桑本が消炎スプレーをかけたのだと分かったが、何の効果もなかった。むしろ、痛みと同時に肩に焼けるような熱さを感じただけである。

「ちょっと寝てろ」

トレーナーの指示とは思えない……だが今は、そうしているしかなかった。頭をグラウンドにつける。どんなに自然芝に近い感触でも、人工芝はやはり人工芝だ。後頭部がちくちくして不快である。視界だけは良好で、ドームの天井がよく見えた。何だか、ちょっと黄色がかっている……当たり前か。真っ白にしなかったのは、フライが上がった時にボールを見やすくするためだ、と聞いている。ただ、古びて黄ばんでいるように見えるのは残念だったが。できれば青空の下で野球がやりたかったな、と思う。ホームゲームではずっと屋根の下でプレーするしかなかったので、仕方ないのだが……花井は、アウエーで訪れる他の球場の方が好きだった。屋根がない自然芝だと、守備はぐんと難しくなる。気まぐれな風にフライが流されるし、外野へ抜けてワンバウンドした打球が、思いもよらぬ方へ抜けてしまうことも珍しくない。だが、あらかじめ球場の特徴を把握して、あらゆるピンチに備えるのは、一種の知的ゲームである。花井にとって、外野守備は将棋やチェスのようなものなのだ。備え、読み、手を打つ。

ああ、ざわついているな……それはそうだろう。俺が寝ている時間が長くなればなるほど、何が起きたのかとファンは不安になる。心配してもらうほど、ファンが多いわけでもないけど……地味にプレーして、地味に引退する選手なんだから、そんなに心配してもらう必要はない。

体の右側に力を入れてみる。肘をグラウンドについて、何とか起き上がろうとしたが、体が浮き始めた瞬間、左肩にまた激痛が走って呻き声が漏れてしまう。「花井！」「頑張れ！」声援が聞こえたが、だからといって痛みが消えるわけではない。まったく、冗談じゃない……桑本が、背中を押すようにして体を起こしてくれた。痛みはあるが、先ほどよりは薄れている。一つ大きく息を吐き、あぐらをかいた。最初につまづいた時、膝も痛めたかと思ったが、そちらは特に問題がないようだった。深呼吸しているうちに、肩の痛みは次第に関節の中心部に落ち着いてくるようになった。筋肉ではなく、関節を痛めたか……いずれにせよ、痛みは簡単に引きそうになかった。

「どうだ」監督の樋口が正面に回りこんでひざまずき、花井の顔を正面から覗きこむ。

「いや……」返事しようがない。

「桑本さん、どうですか」樋口はトレーナーにアドバイスを求めた。

「交代ですよ、交代」当たり前だろう、と言わんばかりの口調だった。「プレーは無理です。すぐに病院に連れて行きますから」

「交代だ」樋口が花井に告げ、立ち上がる。

「すみません」辛うじて頭を下げる。その動きが肩に負担をかけたのか、また肩の中で無数の針が暴れ回るような痛みが走った。これはまずい……しばらくは病院の世話になるだろう、と覚悟する。

痛みが薄れたので顔を上げると、目の前に有原がいた。目の前といっても、三メートルは離れている。来てはみたものの、そこから先へは近づけない、といった様子だった。

「すみません」辛うじて言った言葉は、どうにも頼りなかった。

「何が」

「いや、あの……」有原がしどろもどろになる。

「お前が謝るようなことじゃないだろう」花井にすれば理解できない言動だった。こっちはこっちで、やるべきことをやっただけ。「仕事」だ。そしてその失敗の責任は、誰かに帰すべきものではない。打球と自分の一対一の勝負——自分はそれに負けただけだ。

有原が何も言えなくなってしまったようなので、花井も口をつぐんだ。実際、話をするのもきつい。ぼんやりと彼の足元に視線を彷徨わせると、人工芝が少しだけ膨らんでいるのに気づいた。ああ……ようやく、何でこんなことになったのかが分かった。あそこは、芝の切れ目のはずだ。きちんと整備はしているはずだが、あんな風にめくれ上がっているのを時折見ることがある。気づけば球場の担当者に話をして直してもらうのだが、これはそもそも気づいていなかった。結局自分の責任なのだ、と悟る。毎試合ごとに、あれだけ球場の中を確認していたのに、気づかなかったのだから。単に習慣として歩き回っているだけ、という感じになってはいなかっただろうか。

自業自得ということか。そう考えると苦笑してしまう。十八年もやってきて、こういう基本ができていないとは……試合前の「散歩」は本当に大事だ。これは後輩たちにもっと強く伝えよう、と決心する。

芝田が担架を脇に抱えて持ってきた。あれに乗せられるのかよ、と考えるとぞっとしたが、とても歩いて戻れそうにはない。仕方なく、トレーナー二人に任せることにした。桑本が手を貸してくれたので、担架の上に腰かける。

「寝てろよ。その状態だと運べない」

これじゃ本当に重傷だと思ったが、素直に桑本の指示に従った。ゆっくりと横になり、自由になる右手を胸に乗せる。動かない左手はどうしたものか……担架の上に引き上げて、体の横に置いておくこともできない。仕方なく、担架の外に垂らした。しかし、芝田と桑本が担架を持ち上げると、垂れた腕が重みで自然に垂れ下がり、肩が引っ張られる形になってまた痛みが走る。呻くと、動き始めた担架が止まった。誰かが左腕をそっと取り、担架に乗せると、ようやく痛みが収まる。ふと見ると、有原が横に立っていた。

「ありがとうな」

礼を言ったが、有原は何も言わず、うなずくだけだった。今にも泣き出しそうに目が潤んでいる。馬鹿、お前が泣く場面じゃないだろうが。もう一声かけてやろうかと思ったが、彼の落ちこみようがあまりにも馬鹿馬鹿しく、何も言えなくなってしまった。人の心配をするぐらいなら、自分のことを心配しろ。今、どういう状況になっているか、分かってるのか？　お前、結果的に江戸を追いこんだんだぞ。あとストライク一つだ。

こんな風にグラウンドを去るのは初めてだった。仰向けになって、宙に浮いたまま、グラウンドが遠ざかる。桑本と芝田の足取りが合わずに、担架が微妙に揺れる。不快になるほどではないが……痛みは次第に薄れてきた。それほどひどいことはないかもしれない、と自分を勇気づける。単純な骨折か、脱臼か。それだったら、入院する必要もないだろう。肩を固定して、大人しくしていれば自然に治る。まだ現役を続けるなら、早期回復のために手術を受けなければならないかもしれないが……体にメスを入れる必要はないのではないか、とほっとした。

マウンドとの距離から、ダグアウトが近づいてきたのが分かった。そこで花井は、スタンドから降り注ぐまばらな拍手を聞いた。これでアウトにしていれば、割れるような拍手と歓声に迎えられたのだろうが……突然、花井は、病院へ行ってはいけないと思った。

試合の幕引きをできなかった俺は、最後まで見届けなければならない。

「すみません、下ろして下さい」

「ああ？」桑本が甲高い声を上げた。「駄目だよ。このまま病院へ直行だ」

「試合を最後まで観たいんです」

「無理だ」

「大丈夫です」担架から飛び降りるほどの元気はなかったが……ダグアウト前で二人が担架を下ろしてくれたので、恐る恐る自力で立ち上がる。動くと左肩に痛みは走ったし、かすかに目眩もしたのだが、芝田の手を借りて何とかダグアウトに入り、ベンチに腰を下ろした。誰かが差し出した紙コップの水を一気に飲み干し、握り潰す。

「いいのか」桑本が声をかけてきた。

「ええ」

「すぐにでも病院へ行くべきなんだぞ」

「でも、もう試合も終わりますから」

ノーヒットノーランは依然として継続中なのだ。しかし、精神的に追いこまれている有原が、このまま投げ切れるかどうかは分からない。どういう結果が待っているにせよ、最後を見届けたかった。

「意地を張るなよ」桑本が忠告する。

「そういうわけじゃないですが……」

「アイシングしますか？」芝田が聞いてきた。

確かに、冷やした方がいいかもしれない。左肩が熱を持っている感じがするのだ。だが、ピッチャーが使うアイシング用のサポーターは結構締めつけがきついから、痛みを悪化させる恐れもある。

「もうちょっと、このままでいる」

告げると、芝田が不安気にうなずいたが、無理に治療を勧めはしなかった。

有原は、やはり動揺しているようだった。ひたすらマウンドを均し続け、次の一球を投げようとしない。球場全体がまだざわついているからいいが、気をつけないと遅延行為だと指摘される。仲本が注意しているはずなのに、それも聞いていないのか？溜息をつき、潰れたカップの底を覗きこむ。水は一滴も残っていなかった。ひどく喉が渇いたが、自分で取りにいくのはおろか、誰かに飲み物を持ってきてくれと頼むのも面倒だった。今は、喉の渇きぐらいは我慢して試合に集中しなければ。

マウンド上ですっかり自分を見失ってる有原を見ているうちに、胸が痛くなってくる。あいつはスターズに久しぶりに現れた、本物の才能だ。だが、まだプロとしてやっていく心構えができていないし、この業界の常識も知らない。そういうのは先輩を見て自然に学ぶものだが、有原の引っこみ思案な性格を考えれば、自分から近づいて教えを請うことはできないだろう。そして今のスターズには、積極的に若い選手を育てようという人間もいないはずだ。こういうことは、どれだけ言ってもできないもので……。

自分は残るべきではないか、と突然思った。選手としての自分は限界だが、チームにいてやれることもある。それをチームが望むかどうかは別にして、だが。

引退宣言など、撤回してもいい。球団側には頭を下げ、年俸が大幅に下がるのを覚悟して、シーズンオフの契約交渉に臨めばいいのだ。もちろん、チームの方で俺を見限るかもしれないが……オーナーが変わることで、選手を取り巻く環境も激変するだろう。

だがその激流に身を置いてみようか、という気持ちになった。もう少しだけ、プロ野球という世界を味わっていたい。そのためには怪我を治すのが大事で、早く病院に行かなくてはならないのだが……有原、さっさと決めてしまえ。そうしたら、来年からは俺が基礎の基礎を教えてやる。

19 江戸の場合

今のはラッキーだった、と江戸は安堵の吐息を漏らした。完全に振り遅れ、辛うじて当てただけ、という打球。まさか花井さんが無理に飛びこむとは思わなかったが……あの人は、時々無茶なプレーをする。冷静に状況を分析しているように見えて、いざとなったらすべてを無視して限界を超えるようなプレーに挑むのだ。

それにしても有原の奴……やりにくいことこの上ない。わざとやっているわけではないだろうが、ボールにばらつきがあり過ぎる。あれでは的を絞れない。ちらりとスコアボードに視線をやる。まだ先ほどの一球の球速表示が残っていて、「148キロ」と読み取れた。今日の有原としては平均的なスピードというところか。この後で百五十五キロがきたら、振り遅れてしまうだろう。最初から速球に――今の一球以上の速球に感覚を合わせておいてもいいが、それだと時折混じる気の抜けた棒球にも対応できなくなる。

お前も苦しんでいるだろうけど、もっと苦しんでいるのはうちのチームなんだぜ、と江戸は心の中で弱音を吐いた。その証拠に、今までヒットは一本も出ていないのだ。「初物に弱い」というイーグルスの悪しき伝統だけの問題ではない。

仲本が戻って来た。花井は担架で運び出され、今ちょうどダグアウトに入るところ……おっと、降りた。大丈夫なのか、と江戸は思わず目を細める。トレーナーの肩を借りて立ち上がると、ゆっくりとベンチに腰を下ろす。苦しそうだったが、水を貰って一息つくと、頬を膨らませてふっと息を吐いた。水が入ってだいぶ楽になったようで、グラウンドに視線を投げる。見ているのは……マウンド上の有原。

花井は変わった男で、いつも飄々としている。他人との間に壁を築いているというわけでもないのだが、何となく話しかけにくいのだ。自分だけの世界を持っていて、そこに立ち入ると厄介なことになりそうな感じがする。江戸より五歳年上だが、その雰囲気は自分がルーキーだった頃から変わらない。

しかし、おかしいな。さっさと病院に行かなければならないはずなのに。ベンチにいても何もできないことぐらい、花井は分かっているはずだ。そう、あの男は、自分以外のすべてに無関心なのだ。他人がどんな成績を挙げようが気にもせず、ただ淡々と自分の仕事をこなすだけ。それが今、何故か有原に熱心な視線を注いでいる。先ほどの一件を怒っているわけではあるまい。あれは、どうしようもない「事故」なのだから。ファウルを打たせた有原、打った俺、取り損なった花井、誰の責任でもない——後味はよくないが。

「花井さん、どうだ？」思わず仲本に声をかけてしまった。

「大丈夫でしょう」

「病院、行かなくていいのかね」

「それは俺が決めることじゃないんで」

仲本の口調は素っ気なかったが、それも当たり前だ、と江戸は思い直した。今はそれどころではないのだから。仲本の頭にあるのは、どうやってこの試合を幕引きするかということだけだろう。まあ、仲本も、今やスターズの大黒柱だからな……入ってきた頃は、海の物とも山の物ともつかなかったが、真田に鍛えられて、キャッチャーとして実績を重ねてきた。リードは今ひとつだが、肩が強いので盗塁阻止率は高い。ただ、真田が引退した後に投手難が続くスターズでは、その実力はなかなか発揮できていなかった。盗塁は、ピッチャーとキャッチャーの共同作業で防ぐものだから。

俺がスターズを出てから五年か、と唐突に思う。「追い出された」意識はない。大型トレードに巻きこまれただけで、自分が「絶対に出されないリスト」に載るだけの実力がなかったことが問題なのだ。「そういう甘いことを言うからレギュラーが取れない」と忠告する人もいたが、これは仕方がない。人は、自分がいる場所で精一杯やるしかないわけで、背伸びすれば必ずどこかに無理が生じる——無理しないように、と考えている時点で、俺はプロ失格なのだろう。花井さんのように、どんな状況でも全力プレー、フェンスに激突するのを恐れないのが、本当のプロなのかもしれない。ただ、それで怪我してしまったら、試合には出られなくなる——とマイナス方向に考えてしまうのが江戸の性格だ。自分でも分かっているが、こればかりはどうしようもない。

打席に入って足場を固める。先ほどは窮屈に打たされた……いつもあのコースに百五十キロを投げられれば、有原は手のつけられないピッチャーになるだろう。スターズに絶えて久しい、右の本格派の登場だ。

そう、俺はスターズの最後の栄光時代を知っている。自分がいなくなったからというわけではないが、スターズは本当に弱くなった。何より軸になる選手がいないのが痛い。ピッチャーで一人、野手で一人……毎年タイトル争いに絡んでくる選手がいれば、他の選手のレベルもそれに引っ張られるように上がっていく。そう考えると、沢崎と神宮寺が揃って活躍した年のスターズは凄かった。優勝こそ逃したものの、チーム全体に「勝つ」意識が徹底していたと思う。江戸は守備固め、時には代打で起用されるだけの若手だったが、自分の意識もあの時に変わったと思う。

ある意味、チームの中はぎすぎすしていた。大リーグ入りを狙った沢崎が、自分の全能力を解放するように打ちまくって三冠王を狙ったり、一方の神宮寺はそれに全く影響されず、飄々と自分のバッティングに徹し……沢崎が神宮寺を敵視していたのは、傍目で見てもよく分かった。タイトル狙いの直接のライバル。一方神宮寺の方は、そういうことをまったく気にしていないのも、笑える話だった。沢崎の空回り。そしてチーム内に流れるぴりぴりした空気。だがそれが、最終盤の十試合の奇跡的な追い上げにつながったとも言える。仲がいいだけでは強くはなれないのだ。実に貴重な経験だったと思う。

あの一年を経て、江戸はそれまで以上に真剣に野球に打ちこむようになった。なかなかレギュラーには定着できなかったが、まだ上手くなれるという自信はあった。そういうシーズンが何度か繰り返された後の、突然のトレード。

そして今——イーグルスではレギュラーを取ることもなく、既に中堅からベテランの域に入りつつあり、「代打の切り札」などと呼ばれている。全身に怪我を抱えた身としては負担が少なくありがたい話であるが、この状況に満足しているわけではない。野球選手は、フルに出場してこそ価値があるのだ。

足場をしっかり固めた。とにかく意識はニュートラルに保とう、と決める。百五十五キロのボールなど、何度も続けて投げられるものではないし、有原の集中力は明らかに人より劣っている。百五十キロ前後のボールがくるものと想定しておけば、五キロ前後速くても遅くても、何とか対応できるものだ。ヒットにはできなくても、カットすることは可能である。ここはひたすら粘り、まず1点を取りにいこう。そうすれば有原は勝手に崩れ、ノーヒットノーランも崩壊する。

ちらりと後ろを見ると、仲本と目が合った。マスクの奥で、ひどく暗い目をしている。誰かが代わってくれるものなら、今すぐにでも代わりたい、と言いたそうな……それがお前さんの弱点だよ、と思う。キャッチャーの仕事は奥が深く、はまればはまるほど楽しめるはずだ。それをいかにも、「面倒な仕事」のように考えてはいけない。

野球は仕事だが、仕事ではない。そうでなければ、こんなに長くは続けられないのだ。

俺も長くなったな、と思う。高卒でプロ入りして十六年目。そろそろ終わりも見えてくる頃だが、まだ気持ちは衰えていなかった。どうしてもどこかに、「遊んでいる」という感覚があるが故に。

バットを肩に担ぎ、ふっと息を吐く。重心がすっと下に落ちてくる感覚があった。へその下……「臍下丹田」という古めかしい言葉を最初に聞いた時には、何のことかまったく分からなかったが、今は感覚的に理解できる。こうすることで、打席ではリラックスできるし、瞬間的に力が出せるのだ。

ライトスタンドにちらりと目をやる。普段はスターズのストライプのユニフォームを着た一団が陣取り、賑やか過ぎるほど賑やかな一角だ。今日は少しだけ寂しい……シーズン最終戦で消化試合だから仕方ないのだが、侘しい限りである。全盛期には、外野席すらプラチナチケットだった。今は、コアなファンが必死に声援を送って盛り上げようとするだけ。しかし、いつも賑やかな外野の応援団も、今日は静かだった。勝っているのに。ノーヒットノーランまであとストライク一つなのに。

こんなものかもしれない。大記録達成直前になると、人は言葉を失う。応援も忘れ、ひたすら祈るだけになる。

野次も聞こえない。場内の緊張感が異常に高まり、空気が薄くなってきたように感じた。こういう試合は、江戸でさえ経験が少ない。気づくと、鼓動が異様に高鳴っているのだった。

サイン交換を終え、有原がプレートを踏む。その瞬間、江戸はタイムを要求した。有原の顔からふっと緊張感が抜けるのが見える。江戸はウエイティングサークルに戻り、バットに滑り止めをつけた。ダグアウトに目を向ける。監督の菊川は、依然として一番上の階段に足を乗せ、曲げた膝に肘を乗せていた。前屈みになり、嫌な視線をグラウンドに投げている。目が合うとうなずきかけてきたが、サインを出すつもりはないようだった。自由に打て、か……ツーアウトだから、ここはバッターに完全に任せるしかないわけだ。

幾つか選択肢がある。その中で最も成功の確率が高いのは、臭い球をカットしてひたすら粘ることだ。有原は、肉体的にも精神的にも疲れている。ボールの勢いにばらつきがあるのがその証拠だ。ファウルを続ければ、「投げるボールがなくなった」と追いこまれ、最後は気力が溶け落ちてしまう。その時点で、有原はおしまいだ。

それでいいのか——何となくそう思う。

菊川の顔をもう一度見る。厳しいその表情からは、本音を感じ取れない。あれは……きつい試合の指揮を取っている時の顔つきではあるのだが、正直、意外だった。この試合が始まる前には、すっかり気の抜けた顔をしていたのだ。試合前のミーティングでは「プレーオフに向けて、意識を高く持つように」と言っていたが、あれは「別に今日無理する必要はない」という意味の裏返しだったはずだ。確かに、順位に関係ない試合で無理して、プレーオフに影響するような怪我をしたらつまらない。しかし、いざこういう状況になったら、やはり勝ち——何よりノーヒットノーランを避けることを意識せざるを得ない。監督も、俺のようなベテランには一々言わないが、当然期待はしているだろう。

打席の外で、二度、素振り。打席へ戻りながら、三塁コーチャーに視線をやった。

サインは「グリーン」。そうだろうな……臭い球はカット。打てる球が来た時だけ振っていけ、だ。もはや奇襲はない。

審判に向かって軽く頭を下げ、打席に入る。もう一度スパイクで足場を作りながら、ヘルメットの天辺《てっぺん》を押さえつけた。次第に気合いと集中力が高まってくる。グリップに目をやり、軽く膝を曲げた自然な形で構えに入る。有原に視線を投げると、弱気がはっきりと伝わってきた。セットポジションに入って、少し前屈みになり、そもそもグラブを下に垂らしている。投げたくなさそうだ、と思った。打たれるのでは、そもそもストライクが入らないのでは、と不安になっている。こういう時は、どうしても腕が振れなくなるものだ。

有原がゆっくりと体を伸ばす。左手を腹のところまで引き上げ、右手をグラブに入れた。かすかに見える手首を凝視したが、特に筋張ったようには見えない。変化球を投げる時、ピッチャーはグラブの中に手を隠したまま握りを変える。そうなると、手首の筋肉が少しだけ動くのだ。こういう時、まだ視力が落ちていないことに感謝するのだが……今回は変化球を投げる気はないようだった。もっともこの試合では、九割以上がストレートのはずだが。

有原が膝を胸の高さまで引き上げる、セットポジションなのだから、そこまで大きなフォームにしないで投げるべきだ……ワインドアップする時と同じぐらい足を上げているので、ひどくぎくしゃくしてしまう。しかし江戸は、そのリズムを完璧に摑んでいた。ぎくしゃくしてはいるが、力強い……ステップもいい感じで踏み出しているし、胸の張り、腕のしなりも完璧だった。一番いいボールがくる時のフォーム。

速い。

剃刀《かみそり》のような切れ味ではなく、重い鉈《なた》が高速で振り下ろされるような剛球。しかし江戸は反応した。コースが甘い。手元で微妙に変化するストレートだということは見抜いていたが、それは内外角に上手く散った時に限られる。真ん中にくれば、変化のないストレート。

捉えた。ジャストミートした時に特有の、むしろ軽い感触。ボールがバットに乗る手応えもあった。角度は出ないが、速い打球になる。バットを放り出して走り始めたが、五歩でスピードを緩めざるを得なかった。ライナーで外野まで飛んだ打球は、ライトポールから二メートルほど外側のフェンスにぶつかったのだ。「ああ」という溜息のような声がスタンドに満ちる。

ゆっくりと足を止め、一塁側ダグアウトの方に顔を向けたまま、逆戻りした。スターズベンチの様子がちらりと視線に入る。監督の樋口は腕組みをしたまま、渋い表情。隣に控えたピッチングコーチの真田が、何か盛んに語りかけていたが、完全に無視している。立ったまま死んでしまったのではないか、と一瞬不安になった。

　バットを拾い上げて打席に戻ると、急に樋口のことが思い出された。自分よりほぼ十歳年上だが、スターズのファームでは結構長い時間を一緒に過ごした。現役時代の樋口は「一軍半」の選手であり、上と下を行ったり来たりだったからだ。それでも腐らず、二十年近い現役生活を送ったのは尊敬できる。若い選手はどんどん入ってくるのだから、一歳年を取れば、その分追い出される可能性は高くなるのだ。そこを踏ん張り、野球にしがみつき続けたのは大変なことだと思う。そして、現役最後の試合で、真田と一緒に完全試合を達成したのは、野球の神様の贈り物だったと言えよう。

　神様ね……江戸はそんな物を信じていないが、「天の配剤」を感じる時はある。今日の試合もそうだ。経験の少ないルーキーが、初先発でノーヒットノーランまであとストライク一つまできている。

　スコアボードを見やった。今の一球、百五十一キロ……悪くないボールだった。少なくともこの状態では、精一杯だったと言っていいだろう。

　バットを担ぎ、右肩を二回、叩く。今のファウルで、スタンドにはまだざわめきが残っていた。

「やらせてやれよ、江戸！」

　突然、まったく久しぶりに野次を聞いた。声の大きさからして、バックネット裏近くに陣取る観客だろう。結構年のいったオッサン、という感じだった。

江戸は、自然に頬が緩むのを感じた。それは無理だよ……これは勝負なんだ。わざと負けるわけにはいかない。

「頼むよ！　スターズのためだよ！」

今度は別の、もっと若い男の声。呼応して、低い笑い声が広がっていった。一度打席を外し、素振りを一回してから戻る。今の若い男、どういうつもりで言ったのだろうか。来年新チームとなるスターズの景気づけのために、ルーキーにノーヒットノーランを達成させてやってくれ、ということか。スターズOBなんだし。

OBね……難しいところだ。最近は日本のプロ野球も、流動化が進んでいる。トレードも活発に行われるし、FAで自ら新天地を求める選手も少なくない。一つのチームで現役生活を終える選手は、確実に減ってきているのだ。

江戸も二チーム目である。このままイーグルスで現役生活を終えるのか、それともまた別のチームに移るのか……先のことは分からないが、今もイーグルスでは「お客さん」だという意識が消えない。どちらで活躍したかといえば、イーグルスなのだが……それなりに結果も残しているし、ファンの声援もスターズ時代よりはるかに大きい。

しかし、「最初のチーム」が自分のチーム」という意識は消えない。プロ野球を卒業した時のことを考えると、「元イーグルス」よりも「元スターズ」として紹介されたいと密かに思っている。そんなことを考えたからといって、試合で手を抜くことはないのだが……本当に？

いつの間にか、有原に同情している自分に気づいた。もういい加減、くたくたになっているだろう。才能は溢れていないのに、指導がよくないのか、プロのピッチャーとしての基礎が身についていない。それがここまでノーヒットピッチングを続けてきて、最後をどう締めていいか分からないのではないだろうか。おそらく、大記録を達成したいというよりも、一刻も早く試合を終わらせたいと願っているに違いない。いや、最早懇願か……誰に願っていいのか分からないだろうが。

振ってやるか？

空振り一発で試合は終わる。わざとやっても、呑みこんでしまえば誰に咎められることもないし、イーグルスのプレーオフに影響するわけでもない。スターズは待望久しい右の本格派を育てる機会も得られるのだし、誰もが得をするではないか。当然、ファンも喜ぶ。

スターズファンは、このところひどい目に遭ってばかりだから……そう考えると、寂しさで胸が潰れそうになる。成績は低迷し、今年はついにチームは身売りだ。そして悲しいことに、身売りに対するファンの「抵抗」すらほとんどなかった。抗議活動に発展してもおかしくなかったのに、ファンは今のオーナー企業がスターズの経営にあまり力を入れていないことを知っているが故に、「どうでもいい」と諦めてしまった節がある。むしろオーナーが変わることで、何か新しい動きがあるのではないか……いや、それを期待するとまた痛い目に遭うかもしれない、と声を潜めていたのではないか。複雑な感情は、贔屓チームを素直に応援する気持ちを削ってしまったのだろう。

悪いことばかりだ。

スターズのファンは、もう少し報われてもいい。昔は、「レベルの低いファン」「野球の面白さを知らない」と他チームのファンから馬鹿にされていたものだ。競り合いのスリルなど求めず、ただチームが勝てば喜ぶ単純な連中ばかり——ということだ。まあ、確かにそういう傾向はあった……ただ、純粋なファンが多いのも事実である。歴史の長い球団だから、親子三代、あるいは四代のファンも珍しくないと聞く。こうなると、一種の宗教と言っていいかもしれない。

そういう人たちが、何年も悶々たる思いをしてきた。そろそろ、嬉しいことがあってもいいのではないか。

気持ちを決められないまま、再び有原と対峙する。目が合った瞬間、江戸は啞然とした。再び魂が入っている。何なんだ、この男は……スウィッチが入るタイミングがまったく分からない。先ほどの一球は、完全に捉えた。ファールにはなったが、勝負で言えば有原の負けである。危機感が、本気に火を点けたのか。誰かに声をかけられたはずではないから、自分でスウィッチを入れたとしか考えられない。

——馬鹿なことを考えたな。

自分がここでわざと空振りをして、有原がそれに気づかないわけがない。どんなに経験の少ないピッチャーでも、プロのマウンドに上がる人間は、鋭い勘と観察眼を持っている。「わざと空振りする」という意識でバットを振れば、当然気づくはずだ。それでノーヒットノーランを達成しても、手放しでは喜べないだろう。どうしてわざと空振りしたのか、これは一種の片八百長ではないか、と悩むはずだ。直接俺に確認するには、相当な勇気を振り絞らなくてはならないし、そもそも有原はそんなことができるタイプには見えなかった。

全力でくる者に対しては、全力で応えなければならない。それが野球選手の基本的な礼儀だ。勝った負けたは、その時々の運に過ぎない。

俺はスターズが好きだ。今ならはっきり認められる。好きだが、勝負となると別である。こういう記録が達成されるかどうかという瞬間に立ち会えるのは、不思議な縁を感じさせる。結局俺とスターズには、見えない絆がある、ということなのだろう。

ゆっくりと息を吸いこみ、頬を膨らませる。細く息を吐きながら、再び臍の下に力を入れた。打てる気がする。先ほどのジャストミートの感触は、まだ手に残っていた。

構えに入りながら、グラウンド全体をちらりと見回す。

江戸の決意と気合いが乗り移ったように、三人のランナーは全員がぴりぴりとした雰囲気を漂わせていた。内野陣も同様である。自分の所へ飛んでこい――そんな風に思っているようだった。エラーで試合が決まるのを恐れて、こういう時は「俺のところにこないでくれ」と弱気になる選手も多いのだが、今は違う。

試合はいよいよ大詰めだ。ノーヒットノーランにおいて野手は主役になりにくいが、少なくとも「参加した」という事実は遠い将来まで残る。「俺、あの試合でヒットを打ってさ」。調子のいい話とも言えるが、人間はそういうものだ。江戸が観察していた限りでは、スターズの選手たちも、このルーキーの扱いに困っていたようだが……勝手に四球を出してはあたふたし、何とか後続を打ち切ってノーヒットノーランを続けるのだ。そんなことは何度も続けば、「リズムの悪いピッチャーだ」とうんざりするものだ。しかしこの状況では、皆がいつの間にか前のめりになっている。勝ち馬に乗る、ということだろう。

動機はどうであれ、お前らが本気なら、こっちも全力で叩き潰しにいくだけだ。それが礼儀。それがプロ野球選手だから。

20 有原の場合　その3

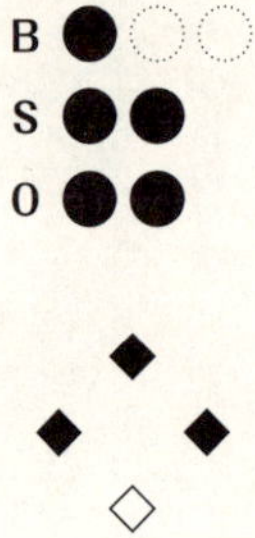

いつまでこんなことが続くのだろう。

もしかしたらいつまでも。

有原は、かつて感じたことのない感情の波に洗われていた。辛い。今すぐやめたい。だけど……終わらなくてもいい。

今日――試合をしていた三時間以上、どれだけ気持ちが揺れ動いただろう。最初、それこそ六回までは、何かを考えている余裕さえなかった。ひたすらむきになって投げていただけ。七回までできて、ノーヒットが続いていると分かった時の、心臓を鷲掴みにされたような緊迫感と恐怖。八回にランナーを二人置いて、何とか切り抜けた時の安堵感。そして九回……この回はもう、滅茶苦茶だ。

ショートのエラー。乱闘騒ぎもあった。そこからストライクが入らなくなって、死球、四球……ファーストの篠田が稼いでくれた二つのアウト。花井の負傷退場。もう、何が何だか分からない。落ちこんだり持ち直したりで、このイニングだけで体重が何キロも減った気がする。何だか胃も痛いし。右手で胃の辺りを摩《こす》ったが、それで痛みが引くわけではなかった。薬が呑みたいな、薬……だけど、こんなところ――マウンドの上で薬を呑めるわけもない。一度ダグアウトに戻って、トレーナーから胃薬を貰うか？　まさか。そんなことをしたら、後で何を言われるか分からない。

ふっと息を吐き、振り返る。先ほど江戸の打球が直撃したライトフェンス。一メートル……二メートルほど外側だったが、そんなのは誤差の範囲だ。ほんの少しタイミングがずれていたら、フェアゾーンに入っていただろう。あるいはスタンドインしていたかもしれない。それを考えるとぞっとしたが、ファウルはファウルだ。何の影響もない――いや、こっちは一つ、アウトカウントを稼いだ。

ふと、フェンスに白い跡がついているような気がした。ボールが当たった位置……そんなはずはない。だが、どんなにいい当たりでも、今は気持ちを強く持てる。所詮ファウルはファウルだ。

改めて江戸に対峙する。

先ほどの打球を見た限り、ベテランといえど、衰えはまったく感じられなかった。年を取ってくると、まず目に衰えがきて速いボールについていけなくなると言うが、そんなことはない。さっきの一球は、俺にとっては九十五パーセントの力のボールだった。それをジャストミートされたわけで、やはり気持ちは鎮まらない。自分の鼓動がはっきり聞こえてくるようだった。

ずっと続く、気持ちが浮遊するような感覚……ようやく理由が分かってきた。自分がスターズのピッチャーとして、東京スタジアムのマウンドに立っているのが、未だに信じられないからだ。

子どもの頃から、何度も観戦に訪れたこの球場。小学生の頃には沢崎がいて、神宮寺がいて……とにかく強かった。真田さん——真田コーチの完全試合を生で観戦できなかったのは、一生悔いが残る。

真田が現役を引退する頃まで、スターズは単なる憧れの存在だった。高校生になって、自分でも驚くほど球速は上がったが、それでもずっと、プロに入ることはないだろう、と考えていた。だいたいプロというのは、甲子園に出たような選手が最低基準になるはずだ。大学でもやれるかどうか分からず、セレクションも受けなかった。実業団に入って一から鍛え直そうかと悶々としていたのだが……いったいスターズのスカウトは、俺をどこで見つけたんだろう。ドラフトを前に、監督には「指名予定なのでよろしく」と連絡が入ったそうだが、それを聞いた時にも全然ぴんとこなかった。実際にドラフト会議で自分の名前が読み上げられた時——競合はなかった——にも実感がなかった。あまりにも、夢のような話で。

それからずっと、雲の上を歩き続けてきたような気がしている。入団会見、年が明けての入寮、キャンプ、二軍での練習と試合漬けの日々、そして九月に入ってからの一軍昇格。夢じゃないか、と今でも思っている。日記をつけておけばよかったと悔いるほどだ。ブログでもツイッターでもよかった。この一年、自分がどこで何をしていたか、後になって思い出せないかもしれない。もったいないよなあ……。

同期入団――ドラフト二位の春日《かすが》と話していて、驚いたことがある。同じ高卒ルーキーだが、二年生から二年連続で夏の甲子園に出場した春日は、どこか堂々としていた。

「二年生の夏には、プロ入りすると思ってたよ」と平然と言い放ったその強気には、引くのではなく純粋に驚いてしまった。

「そんなに早く？」

「甲子園でびびらなかったんだよ」それで分かるだろう、と言いたげに春日は自慢気な表情を浮かべたものである。「決勝は、五万人入ってたんだぜ？　応援団のブラスバンドも聞こえないぐらいだったけど、俺は全然平気だったんだ」

その試合で、春日はレフトへライナーで叩きこむホームラン、左中間を真っ二つに割るツーベース、さらにセンター前ヒットを放って爆発した。しかし他のバッターが完全に抑えられたために、チームの得点は春日のソロホームランによる1点だけで、敗れ去った。

翌年は、まさに「打ちまくる」感じだった。チームは準々決勝で敗れたが、四試合でホームラン3本、打点7、打率四割五分は、プロの高評価を受けるのに十分な成績だった。

「じゃあ、三年の時にはどう思ってた?」

「どこが指名してくれるかなって」

「プロ入りするのは当然で?」

「ま、そうだな」さらりと言ったものである。「どこでもよかったけど、地元に近くて良かったよ」

「本当はパイレーツに行きたかったとか?」

「確かに地元はそっちだけど、やっぱスターズでしょ」

神奈川県出身で、地元の高校で活躍した春日にすれば、「ホームチーム」は横浜を根拠地にするパイレーツ、という感覚のはずだ。もっとも東京のチームであるスターズは「全国区」である。

この会話を交わしたのは五月ぐらいだったな、と思い出す。春日が二軍で早々に頭角を現し始めた頃だ。何しろ初出場でいきなり三安打の固め打ち、次の試合ではホームランを放っている。「物が違う」「六月には一軍昇格」という声を、有原は五月の終わりぐらいには耳にするようになっていた。

ところがその春日は、一度も一軍に上がらないまま、最初のシーズンを終えた。スタートダッシュこそ凄かったのだが、六月に入ってから打撃成績が下向き、結局二軍でも二割五分の打率しか残せなかったのだ。ホームランは３本。意識は昔からプロだったとしても、体がついていけなかった、ということか。

ところが俺は、ここにいる。長年憧れだったスターズのマウンドに。

一軍に昇格することが決まった時、春日は皮肉っぽい笑みを浮かべて言ったものだ。

「お前の方が先に上がるとは思ってなかったよ」

何となく馬鹿にされたように感じた。「俺の方がスターズ愛が強いからだ」と思ったが、口には出せなかった。そもそも、自信がなかったから。一軍へ上がるのは早くても二年後、常に投げられるようになるには、何年もかかると思っていたから。展開があまりにも急過ぎた。

スターズ愛か……それを堂々と言えない自分がもどかしい。元々口下手だから、思っていることを素直に言葉にするのが苦手なのだ。さすがに、小学生の頃の野球仲間は誰でも知っている——子どもは無邪気に気持ちを口にするから——が、高校のチームメートたちも、俺の本音はろくに知らないだろう。

監督も。

指名がありそうだ、という情報が入った時、監督はまず大学行きを勧めてきた。セレクションがなくても入れるチームもある。大学で経験を積んでからプロ入りしても遅くない、と。

しかし俺は、自分が大学レベルの力を持っているかどうか自信がなかったし、四年間が無駄になるのが怖かった。確かに、四年間で体力と技術力が向上する可能性もあるが、潰されてしまうかもしれないのだ。大学野球でも、ピッチャーは連投させられることが珍しくないし、指導者と上手く合うかどうかは賭けになる。実際、「高校時代がピークだった」「大学へ行って駄目になった」と言われる選手は少なくない。

プロ入りも賭けだが、大学へ進むのも賭けだ。

だったら、早くプロに入りたい――いや、スターズの選手になりたい。密かに指名を待っていたのだ、とは打ち明けられなかった。自分程度の実力でそんなことを夢見たら、馬鹿にされるだけだろう。しかし夢のまた夢だと思っていたことが、急に「目標」になったのだ。

監督は、俺が「大学へは行かない、指名を受けてスターズへ行く」と宣言した時、怪訝そうな表情を浮かべた。要するに、俺がプロのレベルに達していない、と考えていたのだろう。まあ、実は俺も……指名されたら奇跡だとは思っていたけど。ここで投げているのがまだ信じられず、今でも落ち着かないが、あの時の自分の選択は間違っていなかったと思う。スターズに入りたい。スターズのピッチャーとして東京スタジアムのマウンドに立ちたい。その純粋な気持ちを、誰にも邪魔されたくなかった。もっともそれを、監督には上手く説明できなかった。プロ入りの動機が「スターズが好きだから」というのは、どうにも子どもっぽく、格好悪い感じがしたから。本当は、そういう純粋な物であるべきなのだが。

自分がここにいていいのかな、と今でも不安に思う。しかもまだノーヒットノーランが続いている……夢ではないか、と頬をつねりたい気分だった。それこそ子どもっぽい仕草だが。代わりに、右手で腿をぴしりと叩いてみる。心地よい痛みが走り、自分が今いる状況が素直に頭に入ってきた。東京スタジアム、午後九時十二分。ツーアウト満塁で、バッターのカウントはワンボール、ツーストライク。ツーアウトだから、バッターが打てばランナーは自動的に走り出す。

当てさせたくない、と思った。バックを信頼していないわけではないが、今日はエラーがいくつかあったし……プロならちゃんと守ってくれよ、と一瞬むっとしたものだが、そういう自分も、四球を連発してランナーを許している。正直、いくつ四球を出したかも覚えていなかった。一流のピッチャーは、自分の投げたボールをすべて記憶していて、一球一球解説できるというが、そんなのは特別に才能を持った選手だからこそできることだ。俺は……人よりほんの少し、速いボールが投げられるだけ。それだってばらつきがあり、プロのレベルに達しているとは言えない。ここまでノーヒットを続けてきたのは、本当に偶然のようなものだ。

ふいに、まったく唐突に、三振が取りたいと思った。

別に、ノーヒットノーランを格好よく締めくくりたいとか、野手を信用していないとか、そういうことじゃない。この試合を自分が完全にコントロールした実感を得たいのだ。三振は唯一、ピッチャーが自分の力を直接実感できるものである。バットを振れないほどのスピードで、きつくコーナーをつく。あるいは完全な高目のボール球を振り遅れさせる。どっちでもいい。江戸を圧倒して試合を終わらせたかった。

勝ちたい、ノーヒットノーランを達成したいと今までになく強く思う。自分がこの先、スターズで長く投げ続けられるかどうかは分からない。頑張ればいいのだが、頑張ってもどうにもならないことがあるぐらいは分かっていた。だったら、今ここで爪痕を残したい。

仲本のサインを覗きこむ。ストレート。コースの指定はない。まあ、速球しか投げられないようなものだし、細かいコースを指定されてもどうしようもない。だったらとにかく、腕を思い切り振って投げこむだけだ。だいたい仲本さんも……いい加減、呆れているようだし。

江戸の顔を見た。ヘルメットの影に隠れて表情は伺えないが、打つ気満々なのは分かる。いや、それだって演技かもしれない。バッター側が打つ気でいれば、ピッチャーも気合いが入る。その結果力み過ぎて、実際には棒球になってしまう──というところまで計算しているとか。ベテランだから、それぐらいのことは企みそうだ。そう言えば、大貫の乱闘騒ぎ……あれも、計算ずくだったかもしれない。だったら成功だったよな、と思う。あれでどれだけ動揺したか。

俺、案外冷静じゃないか、と有原は驚いた。こんなことを考える余裕があるんだから、まだ大丈夫だ。全身が熱を持ち、特に下半身に疲労を感じているが、気持ちは折れていないのだ、と気づく。まあ、ここまでいろいろ悩んできたけど、実は大したことじゃなかったんだろう。雲の上を歩いているような──夢の中で投げているようなものだったから、自分が感じたこと、考えたことは全部、夢のようなものだったのだ。

ここからが本当の試合になる。だったら、一から始めるのと同じことだ。

江戸から視線を外し、一瞬スタンドを見る。そういえば、高校の野球部でマネージャーだった美菜が、東京スタジアムでビールの売り子のバイトをやっているはずだ。噂で聞いただけで、本人には直接確かめていなかったが……彼女とは、それほど仲がいいわけではなかった。あくまで選手とマネージャー。ただし彼女が自分に負けず劣らずスターズ好きなのは、会話の端々から伺えた。それで、東京スタジアムでのバイ

ト を選んだのだろう。だけど、俺のスターズ入りが決まった時も、そんなに喜んでいる風じゃなかったよな。自分の好きなチームにチームメートが入るとなったら、もっと興奮してテンションが上がってもおかしくなかったはずなのに。

もしかしたら彼女は、俺なんかスターズの選手に相応しくない、と思っていたのかもしれない。そう考えたら、素直に祝福もできないよなあ、と皮肉に考えてしまう。

あれ？　あいつじゃないか？　有原の視力は両目とも二・〇だ。それでも、この広い東京スタジアムのスタンドで、一人の女性を見つけ出せるとは思えなかったが……いや、間違いない。一塁側内野席の上の方、通路に立ってグラウンドを見下ろしている。そうか、ビール売りの派手な制服——青と黄色——を着ているから目立つのか。しかも横に、同じ制服を着た女性がいる。バイト二人がサボって試合観戦ですか……と皮肉に思ったが、九回もここまでくると、ビールも売り切れになっているのかもしれない。

知っている人間が試合を観ていると分かっても、不思議と緊張感は高まらない。いいさ。どうせならここでノーヒットノーランを達成して、美菜を見返してやりたい。「凄い」と一言言わせることができたら、高校時代のもやもやした感情が消えるような気がする。

ふっと息を吐き、もう一度江戸を見る。一瞬顔を上げた瞬間、顔がはっきりと緊張して強張っているのが分かった。ああ、そうなんだ……江戸さんみたいなベテランでも、やっぱり緊張するんですね。そりゃ、最後のバッターになるかと思えば、嫌なものでしょう。バッターは七割は失敗するわけで、圧倒的に不利なんだから。そう考えると、無駄な力が抜けてきた。満塁のランナーを背負っていても、まだまだこっちの方が有利なんだ。

ざわめき……ノイズのような音がずっと聞こえている。観客は息を潜めてこの状況を見守っているはずだが、時折漏れる息遣いが、ノイズのようになっているのだろう。この球場で、今緊張していない人がいるのか？　いない。樋口監督も、真田コーチも、仲本さんも、怪我で退いた花井さんもぴりぴりしている。江戸さんも、イーグルスの菊川監督も、顔つきを見ればこれ以上ないほど緊張しているのが分かる。観客も。仕事を放棄した美菜も。もしかしたら、テレビでこの試合を見ているかつてのチームメートや後輩たち、それに菅本監督も。

俺だけじゃないんだ。

もしかしたら、俺が一番緊張してないんじゃないかな？　何しろ、この場の主導権を握っているのは俺なんだから。俺が投げなければ、何も始まらない。

ふいに笑みが零れる。江戸がそれに気づいたようで、怪訝そうな表情を浮かべた。何を考えているのだろう。馬鹿にしている？　緊張でおかしくなった？　違うんですよ、江戸さん。何か、笑わずにはいられない感じだっただけで、他意はありません。どういうわけか、急に楽しくなったんです。

これがプロというものかもしれないな、と思った。高校時代までは、ひたすら自分とチームのために投げていればよかった。二軍でもまだ、そんな感じだったかもしれない。でも今の俺は、商品みたいなものだ。俺が投げるのを見るために、多くの人が金を払い、テレビの前に齧《かじ》りついているんだから。不思議なもんだよな……だが、何故か緊張はしない。自分も結局、あらゆるピッチャーに共通の性格を持っているのだろうか。お山の大将。注目されるのが大好き。

まさか、ね。俺はそんなタイプじゃない。今だって、自分のボールに絶対の自信があるかと聞かれたら、首を横に振るしかないんだから。それでも、主導権を握っているのは俺なんだ。俺が投げなければ試合は始まらないし、終わりもしない。

セットポジションはやめた。どうせ満塁、盗塁はないのだから、クイック——苦手なのだ——で投げる必要もない。一番慣れているワインドアップで、今投げられる最高のボールをお見舞いしよう。

振りかぶる。両腕を思い切り上に引き上げると、脇の下がぐっと引っ張られる感覚があった。そういえばこのイニングは、ずっとランナーを背負っていたので、セットポジションでばかり投げていたのだと思い出す。やっぱりワインドアップだよな。絶対に勢いがつく。俺はこれが大好きだ。

左足を引き上げ、始動。膝が胸につくまで上げる。左足の踏み出し位置はベストだ。左腕――グラブを一直線に仲本のミットに向ける。そこから一本の線が見えた。球筋を示してくれる、光る線が。そこにボールを乗せていけばいいだけだ。難しいことは何もない。

腕を思い切りしならせる。自分の体が硬いのは自分が一番よく知っているし、疲れもあるのだが、今回は絶対上手くいく。十分力を溜めこみ、リリースの瞬間を待つ指先……耳のすぐ横を肘が通過する。完璧なオーバースローで投げる時だけに感じる感覚。胸を張り、ぐっと力を入れる。重心を低く保つことを意識しながら、体重を前へ、前へと動かす。いつもの自分は、高い位置から投げ下ろす感じになる――ビデオを観ても間違いなかった――のだが、今は一センチでも先でボールを手放したい。そのためには、この体重移動をスムーズにしなければ。

左腕を折り畳む。その時点でもキャッチャーミットに向かう線ははっきりと見えていた。いける。絶対にいける。右足で思い切りプレートを蹴ると同時に、腕を振り切った。指先で「ぴしり」と鋭い音が聞こえ、軽く心地好い痛みが走る。

ボールが点になった。

今日最高のボールだ、という自信はあった。しかし時の流れが遅くなってしまったかのように、ボールはゆっくりと進んでいく。空気を切り裂き、渦を発生させ、深い穴の中を落ちていくようなイメージ……そんなはずはないのだが、ボールが突き進むに連れ、スピードが増すようだった。

音が消える。自分の鼓動や息遣い、スタンドの歓声、両チームダグアウトから飛ぶ声。今までずっと耳に入っていた音が、すべて失われた。やがて、鼓動だけがはっきり聞こえるようになる。それはひどくゆっくりしており、まさに時の流れが遅くなったのを裏づけるようだった。

江戸がバットを振り出す。いける、と確信しているようだった。ヘルメットの陰から覗く目は鋭く、光を放っている。ユニフォームを着ていても、全身の筋肉が複雑に連動し、バットの軌道を安定させると同時に、十分なヘッドスピードを与えているのが分かる。

だが、打てない。有原は投げ終えると同時に確信した。ピッチャーとバッターは騙し合いをするのが常だが、時にそういうことと関係ない勝負もある。どちらの力が上か、純粋な戦い。今がまさにそれだ。そして絶対に、俺のスピードと気力は江戸を上回る。

内角高目。速球に強いベテラン選手なら、フェアゾーンに飛ばせなくても、カットするぐらいはできるだろう。だが、俺のボールは少しだけ動く。バットの軌道のごく近くで、自分でもコントロールできない動きを見せる。今も――伸びた？　物理的に硬球がホップすることはないそうだが、明らかにぐっと浮き上がったように見えた。

　江戸がバットを振り切る。だがボールは、バットの上を通過していた。実際には、仲本が中腰になるほどの高さである。ボールがミットを叩き、土埃が立ち上がる。江戸はバットを振り切った体勢のまま、固まっていた。ボールがバットの上を通過したのが信じられないようで、短い時間に驚愕の表情が顔に張りついてしまった。一瞬、すべての音が完全に消えた。次の瞬間には、歓声が滝のように降り注いでくる。

　終わった……力が抜けたところへ、誰かの体がぶつかってきた。誰だか……分からない。仲本はまだ、マウンドに向かって来る途中だ。ファーストの篠田か、ショートの須永か。誰でもいいや。力が入らないまま、有原はもみくちゃにされた。一瞬恐怖を感じるが、ほどなく自由を奪われ、体があちこちに揺れるのが快感になってきた。

　俺は爪痕を残した。来年は――そんな先のことを考えても分からない。今は、この記録の余韻を味わえばいいだろう。明日になればまた、別の一日が始まるのだし。

　もみくちゃにされたまま、有原は右手を突き上げた。ドームの屋根を突き破れ、とばかりに。

こいつは史上最低のノーヒットノーランだな、と沢崎は苦笑した。興奮で爆発した観客がなかなか帰ろうとしない中、一足先に階段を上がり、通路に出る。スターズに言えば関係者席を用意してくれたのだろうが、沢崎は普通の観客としてこの試合を観る方を選んだ。どうしてそんな気分になったのかは自分でも分からないが……ニットキャップとサングラスという軽い変装だけなのに気づかれないのが意外でもあり、寂しくもあった。何年かアメリカに行っている間に、自分は完全に過去の人になった、ということか。

それはそれでいい。俺の現役生活は終わったのだから。

沢崎は引退してアメリカから戻り、今年はずっと浪人生活を送ってきた。もちろん、働かなくてもいいぐらいの金は稼いだのだが、少しばかり疲れていたのも事実である。物心ついた頃からずっと野球ばかりやってきて……少しだけ距離を置いておきたかった。だからこそ引退を表明した去年の秋、古巣のスターズからコーチ就任の話があった時も見送った。ぶらぶらと、何もせずに過ごした日々。その間も、野球だけはよく観ていた。スターズの試合だけではなく、夏は甲子園にも足を運んだし、一か月ほど

※

アメリカにも行っていた。近所の少年野球の試合まで観ていたのだから、結局野球が好きなんだ、と意識せざるを得なかった。

今日の試合も、単なる観戦のつもりだった。古巣の、そして「現スターズ」のシーズン最後の試合だから観ておこうか、と思っただけである。だが思いもかけず、ノーヒットノーランを見届けることができた。

背中を丸めてざわつく通路を歩きながら、こういう試合の背後には多くの人生があるんだよな、とふと思う。スターズでプレーしていた頃は、そんな風には考えたことがなかったが、大リーグに行ってからは、野球そのものではなく、その裏にある物に思いを馳せることが多くなっていた。理由は分からない。アメリカの乾いた風が、自分を変えたのかもしれない。

スターズのフロント陣やコーチたちは、「現スターズ」最後の試合がノーヒットノーランになったことを、どう考えているだろう。選手たちも複雑な思いではないだろうか。そして何より、有原……初先発でこんな大記録を打ち立てて、お前はこれからきっと苦しむぞ。これがベストピッチだったのではないかと、幻影を追うことになるかもしれない。

だけどな、最後の一球、あれは見事だった。体力や技術だけではなく、魂がこもっていた。あの一球の感覚を忘れないようにすれば、お前はこの試合だけのピッチャーでは終わらないよ。頼もしい後輩が出てきたと、俺を喜ばせてくれ。

そういえば今日は、神宮寺がラジオの解説をしているはずだ。久しぶりに会ってみるか……好きか嫌いかと言われれば「嫌い」なのだが、今でも野球にかかわっているかつてのチームメートに話を聞いてみたい、と唐突に思った。あるいは相談、かもしれない。

俺もそろそろ野球に戻るべきだと思うか？　後輩に技を教える時期がきたのか？

有原のピッチングが、俺の気持ちを動かしたと思う。有原、分かるか？　野球は、人の心や生き様を変えることもあるんだぜ。

お前の今の一球で、人生が変わったと感じた人間は、俺以外にも何人もいるはずだ。

＊本書は書き下ろし作品です。フィクションであり、
実在の組織や個人とは一切関係ありません。

実業之日本社文庫 と19

20《ニジュウ》 堂場瞬一《どうばしゅんいち》スポーツ小説《しょうせつ》コレクション

2013年10月15日　初版第一刷発行

著　者　堂場瞬一《どうばしゅんいち》

発行者　村山秀夫
発行所　株式会社実業之日本社
〒104-8233　東京都中央区京橋 3-7-5 京橋スクエア
電話 [編集]03(3562)2051 [販売]03(3535)4441
ホームページ http://www.j-n.co.jp/
印刷所　大日本印刷株式会社
製本所　大日本印刷株式会社

フォーマットデザイン　鈴木正道（Suzuki Design）

ISBN978-4-408-55143-2（文芸）